U0022635

北京

穆儒丐京話小說

穆儒丐 著
陳均 編

京話與伶史——穆儒丐京話小說《北京》前記

穆儒丐的小說《梅蘭芳》重新出版（或稱「出土」）之後，頗能引起一些讀者的興趣。首先自然是《梅蘭芳》一書被焚燒的奇特命運，如今僅有孤本，卻又重見天日。書之命運既如此。讀之則可明晚清民初梨園之狀，而戲界往常所諱言之堂子、歌郎事亦浮現於世人之眼。

一位朋友購得此書，迅疾讀畢後卻感言：原來不過如此如此呀！我答道：是呀！穆氏寫堂子歌郎，如用獵奇眼光去看，自然是並非香豔詭異之流。不比民初之通俗小說與花邊新聞。因穆氏名為寫梅蘭芳，實為寫世相也。只不過這一焚，反倒焚出個百年之謎了。

臺灣佳音電臺的蘇闊小姐讀來卻是不同，在一次推介《梅蘭芳》的電臺節目中，她感興趣的卻並非只是梅蘭芳（對梅蘭芳之堂子歌郎經歷一掠而過），而是穆儒丐。不僅追問穆儒丐的其他作品（此亦是《北京》出版之一緣），且對穆儒丐小說的文筆大加讚揚，連讀了好幾段文字。這一姿態也提示我從穆儒丐與梅蘭芳之間不得不說的公案中脫出身來，而思考穆儒丐與中國現代文學、與京派文學之關係。

此前亦有研究者談及穆儒丐與東北文學、淪陷區文學之關聯，其中最引人注意之觀點當是以穆儒丐為現代文學寫長篇小說之第一人，因其長篇連載早於張資平也。然連載與單行本之意義畢竟不同。而且更重要的是，穆儒丐之創作與現今所謂之現代文學或許是毫不相干。

中國現代文學所云京派文學者，其實並非指具有北京地域特色之文學，大體是外省人在北京居住、工作，而在彼時文學場域中形成北京文人這一群體，如周作人、沈從文等。其人尚未歸化，其文至多或是對北京城之風景氛圍有一描述而已（如卞之琳云北京城為「垃圾堆上放風箏」）。穆儒丐卻不同，其人於北京土生土長，所使用之語言皆是京話京味，且其傳統是來源自《紅樓夢》、《兒女英雄傳》、《三俠五義》及子弟書岔曲等，故隨意寫來即是真正之北京文學。故所謂老北京文學（或北平或舊京或燕都之文學）並不在京派文人，而在穆儒丐、老舍等飄泊之京人也。

如今之中國現代文學，經三十餘年「重寫文學史」，疆域較以往之政治化已遠遠超出，且民國文學這一概念呼之欲出。譬如鴛鴦蝴蝶派，當日以批判之標本附於現代文學，今日亦登堂入室矣。更有人以之為現代文學之另一起源。鴛鴦蝴蝶派其實為蘇浙滬之小報文人也。然彼時之北京，隨報業之興起，亦有一批寄身於報紙副刊之文人，寫小說、寫劇評、寫花絮……其文多半文半白且雅馴，其質則多以市井、梨園為對象。此類文人，今日仍泯然無聞焉，穆氏即是一例。即所謂人又何堪也。

穆儒丐小說《北京》可作如是觀。其文可說是穆氏之准自傳，即詳述如何由京郊至城中謀職而潦倒？如何去報館又因何捧角？前半部乃是沒落文人之傷心史，後半部卻如《梅蘭芳》一般，借白牡丹（荀慧生）之發跡史而描繪世相也。故又可稱作伶人小說。因之，此書讀來，一可見民初北京兵荒馬亂之際之眾生相，直如入地獄之境。二可知名伶白牡丹之早年境遇，穆儒丐寫白牡丹又與寫梅蘭芳不同，寫梅蘭芳或多取自小報八卦，而寫白牡丹卻又因是親歷，故真實可感，因而可歎可泣。由此反轉一想，當日穆氏或是白牡丹之黨，故對梅黨諸君多譏誚也。

《北京》一書亦多好語，譬如開篇敘京郊道中之風景，便可入古人之書。其描摹世相人物，亦多維妙維肖處。蒙蘇闊小姐之好奇心、蔡登山先生之熱心，將穆氏近九十年前之佳構影印出版，冰心丹心，只待讀者諸君細細品論也。又，在蘇闊小姐之節目中，我曾仿「甄嬛體」名之曰「儒丐體」，近日新聞云臺灣螢幕亦為「甄嬛」佔據，故「儒丐體」似可重提也。陳均癸巳年正月初三於海上。

北京：穆儒丐京話小說　6

序一

嘗聞妙心實相、照取萬萬之恒沙、定慧止觀、憫此沄沄之人海、非言無以寄言、乘本願而託諷、必道乃可悟道、參慈力而應化、夫然則世情歷閱、皆爲精進之幢、習俗盡知、何云不退之轂、根不染乎六塵、道實符乎一貫、舉凡禍福之倚伏、陰陽之消息、寇婚之恩怨、物我之成虧、皆可視同浮幻、解離貪著、發意樹之空花、吐心蓮之輕馥、宏啓三塗、恢張六道、開金繩之覺路、爲甘露之玄言、此其誘掖浮生、觀感流俗、爲何如哉、於吾友穆君儒丐所著之北京說部、有以知其然矣、君家世清華、襟心卓越、洞澈微旨、鏡治前聞、備君子九能之才、而噤不得施、悟風詩三百之旨、故樸以有立、夙慜自然、黃中通理、素心淡泊、白望何尤、神劍萬灌、甘藏胥斂之鋒、唐弓九成、何必抉拾之試、固已韞匱自珍、抱璞而止矣、當其少年之場、豪氣葢世、眼高四海、心醉六經、一舸乘彼滄溟、萬里窺乎瀛島、扶桑若薺、天風海水之聲、渤澥如杯、浮芥坳堂之感、旣而讀百國之寶書、採殊方之風俗、子産博物、張華多聞、記遠國遐鄉之事、窺宛委瑯環之編、嘗誦五十萬言、能作百六公對、性情所契、詩書成緣、枕籍能勤、筆翰淦肆、方意鵬摶扶搖、龍翔寥廓、得天衢之哼道、會目下之羣賢、文釆辭華、兩臻其極也、孰意故國歸來、新局已變、滄桑滿目、蒿萊棘心、悲歌燕市、殘韲冷炙之場、狂喜鳩居、卑賛纖趨之輩、昔日摯友、已作宣明之而向人、自有素心、何必范叔之袍憐我、驢材令僕、羊胃通侯、車赫馬耀、策高足而相淩、振色肝衡、猶雅跽以相對、脩容入廐、視爲固然、望塵拜趨、恬弗爲恥、以此誇天下而無靳顏、對故人而有驕意、君旣嫉之、色斯舉矣、甘受頗頷之譏、不耐酸鹹之味、求相知於風塵、甘此心於寂寞、口如嚼闕、對俗客而無言、刺已生毛、恥要津之干謁、魚喧米閧、苦於周旋、豪竹哀絲、聊以閒寫、乃覺靡顏膩理之鄉、差無俗意、娛光渺視之豕、別有會心、傾情柔曼、觸目琳瑯、神疏笑淺、知余情之信芳、風語花言、令意消而矜釋、亂頭粗服、彌覺淸佳、玉觔石華、無非眞摯、華琰苕琬、亦有才傑之人、傳粉薰香、不減英璐之氣、心乎愛矣、慨其言之、所謂取人無方、初非棄位而竣也、然而十丈軟塵、茫茫東市、一坏香土、脉脉西泠、方知猥形俗狀、一時之榮、豔骨芳魂、千年不朽、於是所感旣深、所知尤博、世事洞明、人情練達、激濁揚淸、發抒其宿志、蘇世居正、固具乎素心、因之擒詞篡思、淸明條達、洪筆麗藻、英儒贍才、或綴集乎異聞、或會粹乎舊說、考方國之語、采謠俗之志、設言必近乎人情、隸事則周於世用、明是非以宣敎、厲淸議以督俗、如禹鼎象物、魑魅莫能逢旃、如秦鏡燭邪、肝胆無不洞澈、雖虞初之說部、殊洞冥之浮言、匿非藏情者、對之恧焉、抱僞懷奸者、望而懼矣、民彝天秩、其所關實深、世道人心、將借之以正、伏而誦之、愛莫能已、如以慧劍、破煩惱之賊、如獲智珠、應不住之法、得三明、超九劫、而理苞聖愚、道濟眞俗也、於其刋行、爰爲之序云。

瀋陽陶明濬拜序

序二

攷漢書藝文志、小說家出於稗官、蓋所由來久矣、其中所載小說家、九十有五、都千三百八十篇、其書多屬依託、詞旨淺薄、故後世無傳焉、自漢以還、代有作者、遞衍遞進、以迄於宋、而章回小說、於以盛行、著述浩如煙埃、僂指難數、迨及晚近、作者益衆、文人學士、於吟誦之暇、出其聞見、著之篇章、以流行於遠近、其書之繁、眞可汗牛充棟、然而優劣交雜、雅俗相揉、求其有關世道、有益人心、足以增長智慧者、誠寥寥不可多覯、夫淺見寡聞之士、讀書未多、積理未富、則逡巡退縮、而不敢爲、敢爲矣、而著述未工、何能傳世而行遠、彼讀書多矣、積理富矣、著述工矣、而其所爲虛妄怪奇之談、導淫誨盜之語、各自矜許、以弋名利、藉使播之遠方、垂之異世、其滑人聽聞、蠱人心志、蔽人聰明、流敝之大、寗有終極、吾以是橫求之現今、豎求之往古、能傳之小說、其數幾何、在能傳之中、而可讀者、其數幾何、在可讀之中、而必獲其益者、其數又幾何、甚矣小說名著之尠、而爲之之難也、余友穆子六田、工詩文、善畫、才情高騫、理宜顯貴、而乃溫溫無所試、一若與世無爭者、居常譔述小說以自遣、所著如梅蘭芳落溷記香粉夜叉等、皆膾炙人口、藝林重之、北京小說者、爲其最近得意之作、書既成、將付印、朋儕多爲之序、六田更索序於余、余意小說之於世人、其感化力爲最大、世之人、往往囿於積習、是非混淆、善惡莫辨、則有人焉、將一切世態人情、皆筆之於書、如溫犀燭恠、如禹鼎鑄奸、如秦鏡之照人肝膽也、爲之指導於前、告以人生之正鵠、存其是而去其非、稱其善而貶其惡、言者無罪、聞者足戒、是誠有移風易俗之功者也、賈生曰、移風易俗、類非俗吏之所能爲、余則以爲移風易俗、非可盡諉之在上者、讀書人與有責焉、然讀書之士、則有喜作浮靡之文、頹喪之詩、以無用爲有用、又烏足以當斯重任、六田善爲文、而不欲以文顯、善爲詩、而不欲以詩傳、善爲畫、而不欲以畫名世、獨喜作社會小說、蓋隱以移風易俗爲已任、其抱負之大、固何如哉、六田之小說、與彼世俗之詩文集較、其優劣之相去、奚翅十倍百倍千萬倍、更與彼世俗之新小說較、其雅俗之相去、奚翅十倍百倍千萬倍、是書也、吾知其必傳、吾知其可讀、吾知其讀必獲益、願以此言、質諸六田、并願以此言、質諸讀者。

如弟蝶生韓夢琦拜譔

序　三

小說者、所以警世勵俗也、於社會教育、儼據一席、東西各國、每選有關世道人心之作、列入教科、是小說不第爲社會教育、其有造於學校教育者、亦非淺鮮、顧利之所在、害每隨之、不善讀者、易滋流弊、於是偵探小說、每有誨盜之嫌、言情小說、輒遭誨淫之誚、未收其利、反蒙其害、此小說作者亟應力矯斯弊、而預爲之防也、邇來魑魅朋興、妖孽羣起、大千世界、倘有幾何淨土、而小說作者、感環境之險惡、慨世俗之澆漓、於是社會小說、已於霜林落後之山、爭相輩出、懸秦宮之鏡、燃牛渚之犀、舉凡社會之齷齪行爲、罔不記叙描摹、巨細靡遺、似可寒姦邪之膽、收筆伐之功矣、究其實際、適以供若曹之參考資料而已、照奸燭怪、警世勵俗、恨未能名實相符、此小說家之狃習、固無庸深諱者也、穆子儒丐、以長篇小說雄於時、梅蘭芳一書、膾炙人口固已、其爲盛京時報所著、如香粉夜叉徐生自傳諸作、亦莫不風行海內、譽滿寰中、最近之北京、尤爲精心結撰之品、主旨所在、專注民生、寫貧民之苦況、倡廢娼之盛舉、以余所見、輓近社會小說中、別具匠心而能確收補救社會之效者、當以是篇爲巨擘、移風易俗、濟世福民、儒丐之功、不亦偉歟、蕉影近十年來、廹於生計、從事說部、然祇可謂爲啜飯術耳、所著之長篇社會小說、若余之黑幕、若華胥國遊記、若覺後言、雖亦志在警世、以視儒丐之北京、則相形見絀、頓增愧作矣、儒丐近徇讀者所請、另印專書、付梓之後、索序於余、惜余鎮日怱忙、腦力衰退、原著曩昔分刊、閱後半多忘却、玆略揭其本旨、弁諸簡端、實未能罄是書之所長也、佛頭着糞、已愧荒唐、探驪遺珠、更慙掛漏、儒丐老友、當不斥余之唐突也。

中華民國十二年十二月

撫順陳蕉影序于東三省公報館

序四

小說之要、厥有三焉、辭美足以憾動閱者、一也、旨趣足以懲奬人心、二也、刻畫足以表襮眞象、三也、自庸妄者爲之、力不足以憾動、則搆飾嫚褻以導淫、力不足懲奬、則比附道學以勸善、力不足以刻畫、則訐發邪隱以駭俗、若是者、皆優良作家之所不屑爲、而亦優良閱者之所不屑寓目也、儒丐之爲小說也、有眞美、不須嫚褻以導淫、有眞旨、不須道學以勸善、有眞力、不須訐發以駭俗、雖然、一與二、縱爲儒丐之所長、而亦中流以上作家之所能勉、至其三、則根於痌瘝之性分、基之平生之經驗、非可卒致力辦、隨人取求者、則儒丐之所獨也、水滸紅樓之所以江河不廢者、以前者能傳江湖桀猾之生活狀態、而後者能傳貴家華族之生活狀態、而其所傳者、則亦根於性分、基於經驗、而非虛構而妄飾也、儒丐之爲北京、亦猶是而已矣、抑又思之、今之涎慕夫賓雪維幾主義之新頴、而日津津以談平民生活爲時務、終以自身之生活、與所謂平民的相距頗遠、而言之多閡者、盍即儒丐之北京以求之乎、而儒丐則仍曰、吾爲吾之小說云耳、無須謬附新主義以自標揭也。

中華民國十二年十二月　楊棠吾序

北京：穆儒丐京話小說　14

序　五

予耳穆子之名久矣、嘗思拜謁杖履、與之納交、而因二元當前、燭火失色、雷門在近、布鼓無聲、小巫見大巫、不覺廢然思返、故雖心向往之、而終未獲一見也、年來寄跡戎馬、遠戍關山、南北飄蓬、行踪無定、惟每日觀其文章、以開茅塞、數年之間、如一日焉、觀摩彌久、景仰彌深、蓋雖未謀面、而神交已久矣、歲在癸亥、予棄戈歸田、應大北新報之聘、大北新報者、盛京時報之所分也、始得與先生納交、觀其議論風釆、汪汪焉、浩浩焉、不可量已、而後乃知其學問之深且遠也。先生雖爲當代文豪、而謙虛若谷、好獎勵後進、不以予爲椎魯、時加辱教之、可不謂茫茫宇宙間、一知己也乎哉、憶予自弱冠冠以來、慈父見背、南北奔馳、依人作嫁、閱人何慮千百、而知己則廖廖、屈指計算、僅父執袁潔珊、吾家冷佛、及先生三人耳、甚矣夫風塵中知己之難得也、今先生所著之北京小說、行將出版、問序與予、予喜其書之成也、而無辭以贊之、因叙先生之學問爲人、與夫予之所以納交者、以爲海內人士告、至於其小說之珠玉滿篇、膾炙人口、則爲有目者所共賞、無須予之贊揚、故略而不言云。

中華民國十二年十二月朔十有九日

白眼狂生序於濱江大北新報社

北京：穆儒丐京話小說　16

序　六

穆子儒丐、負不羈清才、生當末季、悲憫有志、問世無心、不得已寄卓識於稗官、抒偉議於說部、所撰之小說多矣、悉關于世道人心之作、『北京』一書、其尤著者也、是中之主要人物、如伯雍以高尚學者、坎坷不遇、秀卿以淑慧女子、淪落以終、白牡丹以純潔藝人、而醉心勢力、朱從權以俠義男兒、而甘蹈猥賤、雖或爲環境所役、或爲生計所迫、要之皆不良之社會、有以驅使之也、餘所述官場之齷齪、教育之窳敗、娼窰之污濁、民生之困瘁、凡社會汚點、風俗惡化、無不描寫盡致、均於鋪敘之中、隱寓諷刺之意、言者無傷、而聞者知警、有益於世道人心、豈淺鮮哉、今之世、社會小說、汗牛充棟、非嫉世憤俗、激憤謾罵、即西抹東塗、記述瑣屑、觸人忌諱、厭人聽聞、於世無補、且遺害焉、較諸是書、直有大小巫之分也、余希讀『北京』者、目爲惡社會之寫照可矣、目爲惡社會之針砭亦可矣、奚必以小說名之耶。

中華民國十二年十二月　東萊鄭福序于瀋陽旅次

題詞

△讀北京說部 （自適齋主拜識）

心血區區幾嘔殘形容妙處到毫端尋常著作知多少難與先生一例觀
社會人人思改良從無砭俗救時方知君說部裝成帙功德巍巍不可量
徒手無從假斧柯權將筆墨慰蹉跎維持社會關生計神聖功能一樣多
苦口能成救世功正人心術挽頹風發明道德無餘蘊說部由來是正宗

△奉題北京說部四首即呈六田兄郢政 （瘦吟館主）

惆悵中原逐鹿場幾番回首淚沾裳劇憐一代興亡恨付與伊誰話短長
未肯蹉跎負此生盛衰家國事關情祗將一管生花筆敢向人間倒不平
捲地干戈混馬蹄爭城爭野戰雲迷誰知國計民生事一介書生掩淚題
黑白紛紜湧萬端盲風怪雨亂如湍祝君保此春秋筆好作中流砥柱看

△題六田兄北京說部

（怡園弟沈彭齡）

三復瑤編感若何燕京風物太蹉跎金吾槊戟無關鎖夜月樓臺有笑歌羅刹場中新市闤春明池畔古山河繪聲繪影猶餘事一片婆心利濟多

爽氣西山拂面來江淹又見筆花開不教柱下窺新史誰信昆明有劫灰風雅漸頹移俗志文章久負談天才燕臺韶事彫零盡多賴扶輪妙化裁

△題北京說部

（游龍館王金籀氏拜題）

滾滾長江浮白骨茫茫燕市蔽黃埃伊誰軫念蒼生苦肯向人間說法來

一部新詞字字酸忍教中夜起長歎看來世態都如此何必人間有稗官

太息人心多墜落只堪說與有心人絕憐一管生花筆慣向人間一寫眞

萬斛京塵洗不清逃名無奈走蓬城知君筆底牢騷甚寫向人間總不平

自序

文章之道非一、要在達性情抒思想而已、性情不容乎僞飾、必出之以眞摯、思想不假乎幽玄、必示之以切確、文學者何、表現眞摯之性情、發抒切確之思想者也、一流於僞、雖有藻詞、難興情感、始吾爲文、不務高遠、惟擇其情眞而理確者、朝夕研誦、然文章之見乎眞性、不假僞飾者、無如小說、水滸儒林紅樓夢兒女英雄、皆天地之至文也、竊嘗慕之、比年以來、稍稍研究外國文學、於英之迭更斯、法之囂俄、以及晚近俄羅斯之文學、尤所酷嗜也、乃捨向之爲文之道、執筆學爲小說、譽之者有人、毀之者亦不乏也、以爲棄古文而不爲、津津乎爲稗官家言、是自暴也、噫、吾惟知以性情爲文、以文宣吾之理、吾豈暇顧其他哉、使吾爲墓表碑誌之文、吾不得不諛乎塚中之枯骨也、使吾爲獻壽贊頌之文、吾不得不媚乎座上之權勢也、違此則非其文、式其文、則違其性、吾是以避僞而趨眞、不以其爲小說而小之也、是篇、於讀書之餘、命筆直書者、都十四五萬言、言非出於好惡、事則取諸平凡、至其爲情爲理、則由吾心中所自出也、或曰、文以戴道、不聞易錢、小說者流、以文爲貨者也、烏見其有道理哉、則見仁見智、又在讀者、吾雖以是博微資、凡吾所言、亦未嘗無物也、書中如述被服廠女士之慘狀、教養院貧兒之不幸、以及下等娼窰之毫無人道、皆爲歷來作家所不屑寓目者、吾則以爲此等社會狀況、誠乃小說必需之材料、亦作家所宜注意者也、此吾所以樂爲小說、以目之所觸、情即生焉、因情生文、用抒吾想、舍小說安能左右逢源、自由描寫者乎、孰毀孰譽非所計也。

歲在癸亥季冬、穆辰公自序於瀋陽半畝寄廬

社會小說

北京

北京 穆辰公儒丐 著

第一章

民國元年三月。在由西山向青龍橋的道上。有一個青年。騎着一頭驢。年紀約有二十八九歲。他在驢背上。態度至爲閒雅。不住的向北山看那仲春的景色。在他所騎的驢前面。另有一頭驢。馱着他的行李。驢後面跟着兩個村童。手內替他提着小皮包。一邊叱着驢。一邊還玩耍。青年也不管他們。只顧看他的山景。

這時約有午前十點餘點。前兩天的春雨。把道路洒的十分潔潤。一點塵土也揚不起。那山上草木。被雨沾潤。都發了向榮的精神。一陣陣放來淸香。使人加倍的爽快。那道路兩旁的田畝。麥苗已然長起來了。碧生生的一望無邊。好似鋪了極大的綠色地衣。把田地都掩蓋住。驢子所經過的地方。時時有成雙成對的喜鵲。由麥田裡飛起來。鳴噪不已的飛到別的田地裡去。赶驢的小童。見了這些喜鵲飛鳴。便由路上拾起石子。追擊他們爲戲。

那山麓間的農村。也有用秫稭圍作墻院的。也有用天然石築成短垣的。院子裡面都栽着小棗、山桃、苦杏等樹。那桃杏樹已然開了花。紅白相間。籠罩着他們的茅屋。襯着展然欲笑的春山。便是王石谷所畫的杏林歸牧圖。也無此風致。

如今利用這青年在路上行着。且叙叙他的家世。這青年。姓甯名和字伯雍。上有父母。下有兄弟。世居這西山麓下。雖無多餘財產。却世世守着幾本破書。伯雍幼時。由小學而中學而高等。受了幾年良好教育。陶鑄的品行學問。很有出人頭地的地方。因爲公家有考送留學生之舉。他却考中。便送到東洋學了幾年法政。如今他纔卒業歸國。沒有半年工夫。便赶上革命的動亂。他無心問世。便在山林裡。奉着他的父母隱居起來。伯雍爲人。並不是不喜改革。不過他所持的主義。是和平穩健的。他祇改革人心。增長國民道德。比胡亂革命要緊的多。所以革命軍一起。他就很抱悲觀。他以爲今後的政局。不但沒個好結果。人的行爲心術。從此更加墜落了。所以他甘心隱居。不問世事。這時他的父母。見他已然老大不小。便把頭五六年。給他定的媳婦娶了過來。且喜這位娘子。倒也賢慧。能够體貼丈夫意思。上事翁姑。下和兄弟。家庭之間。總算幸福不淺。這時有近畿一旅軍隊。營長等中上級的軍官。都和伯雍有鄉

誼。而且還有許多同學的。知他在家賦閒。便聘他來掌書記

伯雍因爲在家白閒着。終歸是閒不起。沒法子只得受了人家聘書。好在作幕的勾當。名義上還淸高一點。當下稟明父母。擇個日子。到軍營裡給人家作書記去了。他以爲這些軍官。除了同鄉就是同學。自然容易處的。誰知這些老爺大人們。在軍營裡染了滿身驕傲脾氣。動不動。以階級壓人。伯雍初到營時。多少還受點禮遇。過了二十天一個月的。也就不拿伯雍當事。有時大家一起閒談。還指桑說槐的。把書呆子貶的一文不值。他們說念書好一點的。總要帶一點酸狂樣子。看不起人。照伯雍這樣純厚端莊的。也太少了。可是如今看不起人的窮酸。要想當個司書生。都沒人要。當初被他們看不起的人。如今倒大馬長刀。當了營長團長。還有當旅長的。這不上天睜開眼睛。無形中懲治他們一下子嗎。說到這里。許多老爺大人總要哈哈大笑。並且有的說。這些窮酸也不能辦什麼大事。他們的材料。自能當個司書生。不至餓死。也夠他們享受的了。伯雍聽了這些話。自然有些不願意。雖然目下念書的不値錢。也不應當這樣作踐。何況當初都是村學房聖人龕下一同長起來的。便是如今所業不同。有幸不幸之分。也不可因爲自已地位一時比人家強。便這樣肆口奚落。未免使人太難堪了。從此伯雍不願在軍營裡作那會使筆的奴隸。有一天他給營長留下一張辭呈。捲了鋪蓋。竟自回家去了。次日營長回營。知道伯雍已然辭了差使。還打發副官到伯雍家裡挽留一次。伯雍婉言謝絕說。賤質不慣於軍營生活。諸君台愛。異日再補報吧。

副官無法。回覆營長另聘高明去了。這是還沒改民國那一兩個月內的事。轉過年來。便是民國元年。伯雍依然在家賦閒。假如他有相當的不動產。丁此大革特革時代。他一定不會出來的。在山裡頭事奉父母。閉戶讀書。老老實實當一輩子山農。也就夠了。無奈他房無一間。地無半畝。仰事俯畜。不能不另謀生計。長此家居。終非了局。可巧這時有同窗友人。在前門外開了一家報館。定名大華日報。兩個經理。正經理白歆仁。副經理常守文。都是新被選的衆院議員。一個加入國民黨。一個加入進步黨。當初他們都是很有志氣的青年。如今榮膺民國代表。在議會裡很占一部分勢力。由黨部支了一筆補助費。開張了這家報館。伯雍聽說他們的報。銷路還不壞。打算在他們報館裡賣文爲生。或者充任一員編輯亦可。於是他給歆仁去了一封信。說明所以。歆仁素日很知道伯雍的筆墨。有兩下子。假如得他來帮忙。於報紙聲價。不無小補。而且伯雍爲人狷介。最不愛提錢字。較比他人。容易打發。一舉兩得。有何不可。何況他來求我。我沒去邀他。日後的薪金大小。他不能與我爭執了。主意拿定。便給伯雍去了一封信說。你命令我的事。已然和同人說好了。請你赶快到館。襄助一切。伯雍見字。收拾進城。前面所述。正是他僱了驢子。進城上報館的那一天。伯雍一邊催促着驢。一邊看那山村景色。不知不覺。已然到了萬壽山。他由驢上下來。付了驢錢。招呼了一輛車。言明僱到新街口。二十五枚銅元。到了新街口。他多給拉車的五枚。說我多着一件行李。這五枚給你打酒喝吧。拉車的道聲謝。接了錢。用條破手巾。不住擦他臉上的汗。伯一點聲息也沒有。廚房裡也不見有什麼動靜。呂子仙把煙吃完。纔叫館役打水。漱口淨面。原來他纔起床不大會。伯雍無法。初來乍到。也不能便要飯吃。只得向呂子仙說。兄弟下榻地方。想是預備出來了。子仙道。頭幾天便預備好了。說着叫來一個館役。把伯雍帶到寢室。却是那五間上房。南套間裡。伯雍到了套間一看。沿窗放着一張書案。案面上蒙的綠呢。已然看不出本色。一塊黑。一塊黃。一塊紅的。還有一圈一圈的茶污。那紙煙的燒跡。比馬蜂窩還密。案頭沿墻去處。放着一個書架。塵土積的有一錢多厚。挨着後簷墻。兩條長凳。架着一張籐織床面。他的行李。已被館役堆在床笹上頭。此外別無陳設。惟有那墻上因爲潮濕。把糊紙霉的都變了顏色。一塊一塊的霉濕陰暈。瀰滿了四壁。隱隱現現的。好似郭河陽雲山的藍本。伯雍一見這屋子。也就明白他後來的運命了。他沒法子。把行李打開。向館役要了一把担子。把案子和書架打掃打掃。把自已帶來的幾本破書。放在書架上。然後把鋪蓋就床上叠起來。他略微休息休息。又到外屋去看一看。外頭四間。却隔成兩間。堂屋臨窗。也是一個大書案。上面放着文具。他那墨污的程度。比套間那張還利害。挨着西墻。放着一張楡木擦漆的方桌。一邊放一把舊式大椅。此外有許多報夾子。架着那些交換報。伯雍暗道。這間一定是編輯部了。那北屋屋門上。掛着一張靑布簾。下面犄角不知被什麼燒去半邊。上面的污垢。與書案上的綠呢面。可稱双絕。此時伯雍知道屋裡必然無人。因爲過於寂靜了。他遂把門簾揭起。到這屋裡一看。兩張床上。都放着油污的寢具。大概是職業都可以作。從前的事。也就不必想了。德三說。還敢想從前。想起從前教人一日也不得活。好在我們一個當小兵兒的。無責可負。連慶王爺還腆着臉活着呢。這時德三已然把脚步放快。他們二人已無暇談話。伯雍抬頭看時。已然到了西四牌樓。只見當街牌樓。焦炭一般。兀自倒在地下。兩面舖戶。燒了不少。至今還沒修復起來。這正是正月十二那天。三鎮兵士。焚掠北京的遺跡。

伯雍看了這些燒殘的廢址。他很害怕的起了一種感想。這北京城自從明末甲申那年。遭了流賊李自成一個特別的蹂躪。三百來年。還沒見有照李自成那樣悍匪。把北京打破了。坐幾天老子皇帝。便是洪楊那樣厲害。也沒打入北京。不過狡猾的外洋鬼子。乘着中國有內亂。把北京打破了兩次。未久也就復原了。北京究竟還是北京。如今却不然了。燒北京打北京的。也不是流賊。也不是外寇。他們却比流賊外寇還厲害。那就是中國的陸軍。當過北洋大臣。軍機大臣。如今推倒清室。忝爲民國元首。項城袁世凱的親兵。項城先生。是北洋派的領袖。國家陸軍。多半與他有關係。如今他的兵。在他脚底下。居然敢大肆焚掠。流賊一般的飽載而去。此例一開。北京還有個倖免嗎。嗳呀。目下不過是民國元年。大概二年上就好了。二年不好再等三年。三年不好。再等四年。四年不好。再等五年。五年不好。再等六年。六年不好。再等七年。八年。九年。……若仍見不出一個新興國家樣子。那也就算完了。伯雍一邊感想着。一邊替未來的北京發愁。他總想北京的運命。一天不如一天。他終疑北京是個禍患的癥結。未來慘象。

比眼前的燒跡廢址。還要害怕的多。他終以北京是不可居的。還是在西山尋個無人所在。韜晦起來。較着平安。但是他房無一間。地無半畝。仰事俯畜。都得現抓。爲饑所驅。遂把伯雍一個志行高潔。有意山林的青年。彷彿用鞭子赶到猪圈裡去。他明知道一入北京。人也得壞。身子也得壞。耳目所接。一定不如澗邊清風。山間明月。但是無論怎樣與志相違。終是不能不到北京城裡去。他的境遇。也就很可憐了。伯雍在車上不住感想。車夫德三。在馬路上不住飛跑。少時已出了宣武門。進了西茶倉胡同。伯雍纔把他的思潮打住。又走了半里多路。進了一條僻巷。早見一個如意門。兩邊靑灰墻上。寫着老大白字。大華日報社。伯雍教車站住。當下伯雍下了車。教車夫把行李搬到門洞內。然後遞給德三一張五吊錢的票兒。德三千恩萬謝去了。伯雍來到門房。只見有三四名館役。正在炕上躺着睡覺。伯雍叫了幾聲借光。纔有一個由炕上爬起來。矇矓着眼睛。懶懨懨的問伯雍說。你是做什麼的。伯雍當時取出一張名片說。煩勞通稟白先生一聲。就說鄙人求見。那館役此時仍是懶洋洋的。彷彿未睡一會兒纔好呢。所以他很願意來客赶緊就去了。他好再睡。只聽他打着呵欠說道。你要見總理麼。總理沒在報館。說罷似仍然要去睡覺。伯雍見這館役的神氣。待理不理的。知他爲睡魔所困。想是昨夜不曾睡覺。也不嗔怪於他。只得把自已來歷說了一番。並不是尋常拜訪。特來到社作編輯的。那館役見說。少微把精神一振。說你先生在此等一等。我去回一回賬房的經理。當下他拿了伯雍的名片進去了。不多時出來。和伯雍說。請進去吧。伯雍隨他進去。走入一個木板屏門裡面。却是座西五間正房。南北各有兩間廂房。院子沒有一把掌大。被四面房屋欺的。連太陽光也得不着。館役把伯雍讓到南廂房裡。裡面也有幾件木器。最重要的是一個鐵櫃。証明此處是報社的財政部。隨墻放着一張木床。上面放着煙具。早有一個極瘦的人。由床上站起來。向伯雍一拱手。作出笑臉來說。伯雍先生請坐請坐。我常聽我們總理提你先生。兄弟很是久仰的。頭幾天總理跟我們說。已然把你先生約來幫忙。好極了。活該我們的報紙應該發達。這時伯雍一邊還禮。一邊問那瘦人說。閣下貴姓。那人說賤姓呂。草字子仙。伯雍說久仰久仰。於是二人就木床上對面坐下。彼此周旋幾句。呂子仙煙癮未足。仍就躺下吸煙。吸了兩口。問伯雍說。伯雍兄於此怎麼樣。伯雍說倒是喜愛。還沒嘗試過。子仙說不吃甚好。兄弟一生事業。便爲這東西給耽誤了。假若我若不吃煙。內閣總理也敢去做。伯雍說現在濶人。誰不吃煙。皆因吃煙纔能做總理。照我們不吃煙的。也無非給人家賣賣胳膊。自目下看起來。究竟是沒出息的人。吃大煙纔能表示有做濶事的資格。呂子仙見說。不禁大笑說。伯雍你這樣一個人。還會說笑話。如此看來。我這煙倒得足吸一氣。他又連吸了五六口。精神比從前大了些兒。伯雍細看他時。雖然瘦的不成樣兒。眼睛裡却含着機警的神氣。歆仁既然用他當賬房經理。想必是歆仁的心腹。可以無疑了。此時外面已有午後四五點鐘。伯雍一個山居的人。起的絕早。自然早晚飯也早些。他此時因爲行了三十多里路。雖然騎驢坐車。未免有些勞乏。肚子裡尤覺饑餓。可是報館裡靜悄悄的。

雍在一旁看着。老大不忍。暗道。小二十里路。給他三十銅子。還很高興。可見出汗賺錢。過於不易了。這時伯雍方要再呼一車。到宣武門外去。那拉車的見伯雍還要出城。又知他肯多花錢。便說先生。不必另僱車了。我送你去就完了。伯雍說。你已然出了一身汗。跑了二十來里路。再到南城恐怕你的力氣來不及。這時那車夫已然把汗擦乾。喘息定了。連說。行行。三四十里算什麼。我就怕不掙錢。道路多跑。倒不在乎。先生。你上車吧。伯雍說。你既然願意去。我仍坐你車去吧。省得費事。當下告訴他什麼地名。伯雍方要上車。這時在街心上。早擁來許多輛車。一個個你言我語。都說先生別坐他的車了。他已然跑不動了。這個拉車的見大衆車夫搶他買賣。便大聲說道。誰跑不動。有敢跟我賽賽的麼。還是伯雍排解了幾句。別的拉車的纔散了。當下上了車。那車夫拉起來便跑。伯雍說。你倒不必快跑。我最不喜歡拉車的賭氣賽跑。你只管自由着走便了。車夫見說。果然把脚步放慢了些。此時伯雍在車上問那車夫道。你姓甚麼。車夫道我姓德。伯雍道。你大概是個固賽呢亞拉瑪。車夫說。可不是。現在咱們不行了。我叫德三。當初在善撲營裡吃一份餉。摔了幾年跤。新街口一帶。誰不知跛脚德三。伯雍說。原先西城有個攀腿祿。你認識麼。德三說。怎不認得。我們都在當街廟摔過跤。如今只落得拉車了。慙媿的很。伯雍說。你家裡都有什麼人。德三說。有母親。有妻子。孩子都小。不能掙錢。我今年四十多歲。賣苦力氣養活他們。伯雍說。以汗賺錢。是世界頭等好漢。有什麼可恥。掙錢孝母。養活妻子。自要不辱家門。什麼底下人的。他一想。不能。底下人自有下房。這里明明是上房。怎能住底下人呢。一定是編輯先生臥榻了。這屋窗前。也一樣放一張書案。文具倒很齊備。伯雍把各屋參觀已畢。他的感想。也不知是喜是傷。只見他點點頭。仍回到自已屋中。他此時餓極了。聽一聽厨房那里還沒信。也沒人來問他開飯不開飯。他暗想道。大概飯時還早。別教老肚埋怨我了。應當吃點什麼纔對。想罷。取出二十枚銅子。喊了兩聲來人。却不見有人答應。他不由暗想道。我叫來人。他們或者不願意。叫他們一聲館役試一試。也不見答應。伯雍無法。又叫一聲夥家。就短叫大哥先生了。却仍不見有人答應。氣得伯雍無法。暗道。他們眞會欺負人。我新來的人。就不佩使令你們麼。我自已有腿。會外頭去吃飯。當下要出去吃飯。只聽廂房裡呂子仙喊了一聲來人。遂聽門房那邊四五個人一齊答應了一聲。是。隨着就聽有一個人。連忙跑過去。只聽呂子仙和那人嚷道。你們都幹什麼來着。上屋叫半天人。怎麼一個答應的也沒有。快過去問問什麼事。沒一會。果見一個館役。到伯雍屋裡問說。先生有什麼事嗎。伯雍本來有着氣。要出去吃飯。如今見一個館役跑了過來。當時把氣減了許多。及見那館役問說。有什麼事嗎。只得把那二十枚銅子交給那館役。說。求你到外頭給我烙一斤餅。買一吊錢醬肘子來。那館役見說。接錢去了。此時伯雍倒不禁好笑起來。暗道。這些館役。怎這樣不知自愛。我叫了半天。却一個答應的沒有。賬房經理不過哼了一聲。五六個人。一齊答應。不用說他們心裡就知有總理經理。把別的先生。自然看不到眼裡。小人常態。

大抵如此。姑且不必與他計較。等日後手內富裕。給他們幾個零錢花。也就不能呼應不靈了。正自想着。那館役已然把餅烙來。伯雍趁熱。捲了醬肘子。飽餐一頓。因爲他餓極了。在鄉下時。那里這晚吃過飯。他吃完了。電燈早來了。俗語說得好。吃餅。離不開井。他此時已然不敢教館役替他泡茶。生恐碰釘子。幸虧他還明白。仍跑到呂子仙屋中。子仙一見他。便說。你自已買飯吃作什麼。喒們館裡有的是厨子。餓了自管分付他。伯雍說。爲我一個人。也沒有開飯的道理。再說飯時未到。不可破例。此時我倒很渴的了。大哥。你教他們給弄壺水來喝。子仙說。那容易。只聽他沈着聲音叫聲來人。門房那邊又嗡的一聲有五六個人答應起來。比司令官的命令還有效呢。隨即有個年青的館役。年約十八九歲。面皮挺俏皮的。跑過來問有什麼事。子仙說。你去給泡壺茶來。挐好葉子。那館役見說。由一張抽箍櫃內取出兩罐茶葉。問用那個。子仙說。糊塗。挐一包給總理喝的。那個館役又由別的抽箍內。取了一包茶葉。挐了茶壺去了。少時。把茶泡來。給伯雍和子仙。每人斟了一碗。却站在一旁。這時子仙又躺在床上。弄他的大煙。伯雍乏了。也躺在對面。因問子仙說。館裡什麼時候辦事。怎麼這時候編輯部裡還冷清清的。子仙說。每日吃完晚飯纔辦事呢。這時候稿子也不能來。所以他們吃了早飯。便都出去瞎跑。有聽戲的。也有看朋友的。待一會。就熱鬧了。串門子的也都晚上來。完了事。還可出去逛逛胡同。打八圈麻將什麼的。你如今入了報館很好。究竟比你老在鄉下強的多。伯雍一聽。便有些害怕。暗道。晚間辦事。已然是沒益處了。辦完事。還打麻將逛窰子。那一夜還有睡覺的時候麼。他正自尋思着。早聽院中有了腳步聲音。也有不等進屋子。便喊叫開飯的。一陣說笑。都奔上屋去了。此時子仙因向伯雍說。你去看看去。他們都回來了。伯雍道。兄弟與他們諸位還沒會過面。求老兄給介紹一下子。我們好同手辦事。子仙說。好、我同你過去。當下呂子仙同着伯雍到了上屋的編輯部。先和二位住館的編輯先生見了面。一位姓張名瑤字子玖。直隸人。一位姓王名桐。字凰分。京兆人。這二位都是三十上下的歲數。子玖先生還是前清的一位孝廉公。他們都彼此交換了名片。另有二位少年。一位是韋少卿。一位是蕭若士。若士是江蘇人。生得和女孩子一樣。少卿倒是北京人。很有文名的。不過有些怪僻性質。人人都說他狂傲。他們二人。都在民德報當編輯。在這邊也幫忙。所以先到這邊來發稿子。完了再回那邊去。少年人如此用功。也是很可佩服的了。呂子仙一一替伯雍介紹完了。仍回自己屋中去了。此時他們幾人初次對面。自然要說些久仰的話。雖然彼此聞名。當然不必拘呢。這時也不得不略事謙抑。可是十句話過來。他們便大講特講起來。張子玖此時得意揚揚的說。他方纔在茶室裡挑了一個姑娘。別提多好啦。頭是頭。腳是腳。纔十八歲。明天一定要去住局。皆因他待我太好了。頭一天招呼。竟會有這樣的勁兒。伯雍見子玖差不多有四十來歲了。身上的衣服。臉上的氣色。在窰子裡。似乎得不了什麼待遇。他爲什麼。這樣入迷呢。或者他特別有此嗜好。這時只見韋少卿指着張子玖說。老張。你大槪又提起你那窰案了。我一聽這事我腦袋就疼。窰子裡那有有情的人。再說你逛窰子。也不講什麼品題。自要肯留晃的。在你就算遇了神仙。你不過恣行肉慾。在我們跟前賣弄什麼。我們不愛聽。這時𬤊若士方在據案大書。把十幾張宣紙信箋。已然用禿筆給抹得不成模樣。聽了韋少卿奚落張子玖。他便把筆一投。鼓掌大笑起來。完了又附和着少卿說。老張逛窰子。跟猪八戒玩老雕一樣。什麼人玩什麼鳥。此時張子玖臉上有些紅了。可是假作笑容。和他們辯道。我天天逛窰子。也不是去言情。不過大爺玩樂。聊以解憂。我比不起你們。你們都是寶哥哥林妹妹一流人物。不妨彼此言情。我跟誰言去呢。只可到二等茶室裡去物色知音。旁邊王鳳兮。怕他們越說越深。只得從旁取笑說。算啦。算啦。子玖如不棄嫌。我當你的寶哥哥如何。大家不禁大笑起來。這時只見進來一個館役問說開飯不開。鳳兮說。快開吧。早就餓了。館役見說。遂把外屋那張方桌放在當地。安了五個座位。伯雍已然吃過飯。只得陪他們坐一坐。凑個熱鬧。大家吃完飯。便去預備發稿。伯雍頭一天到館。也不知作什麼功課。只在旁邊看他們作活。只見他們把通信社的稿子。往一塊粘了粘。用朱筆亂抹一氣。不够的。便拏了剪子。向交換報上去尋。不大工夫。新聞電報都算有了。交給館役往印刷所送。他們騰下手來。又作論說時評。還要來兩首詩。伯雍在旁邊看着。却很驚訝的。這樣忙忙亂亂的。胡抓一氣。居然也能出兩大張報。却是不易了。伯雍正自參觀編輯事務。只見進來一個館役。向他說。總理來了。請您過去呢。伯雍見說。隨那館役去了。原來這報館却是兩個院子。由廂房旁邊。一個小夾道。便可以通過那邊。那邊也另有大門。因爲欲圖兩院的連絡。所以生闢了這一條小徑。爲是方便。可是總理過這邊來的時候很少。都是由這邊往那邊叫人。所以這邊的情狀。總理很難賞下貴目的。

白歆仁。每天到議院裡去出席。散了會。還到黨部去辦公。最後纔到報館來。每天頭一段緊要新聞。雖然關係國家大事。可是在總理看去。却是關係報館的生死。也是他一身升沈之所繫。所以等閒不肯交給編輯去作。總是他自己捉筆。他每天除了作第一條要聞。還要審查別的稿子。生恐有不謹愼的地方。所以他很覺得勞累。此刻他纔由黨部裡來。知道伯雍到了。舊日老同學。當然要請過來一叙。

伯雍隨那館役進了夾道。忽的豁然開朗。只見五間廳房。前廊後厦每根柱頂。都裝一盞電燈。照得院中十分明亮。各種花木的盆栽。已被花兒匠擺設停妥。東西各有三間廂房。也都帶廊子。南面臨街。却是連大門共五間草房。院內格式。雖然不是什麼偉大的局勢。却很整齊潔淨。那五間廳房。都安着整扇大琉玻。屋內電燈輝煌。滿壁書畫。已然憑着燈光看見了。這時那館役把伯雍引到當院。自回去了。只見另有一個四十來歲的差役。氣度很是不凡的樣子。站在廳堂門前。預備肅客打簾子。伯雍暗道。派頭眞不小哇。這里與那邊一牆之隔。居然是兩個世界。一邊心思。已上台階。那差役已把簾子揭起。伯雍躬身進去。只見四間一通連。只另隔一個套間。這大廳之內。壁上掛的。案上放的。架上架的。可謂滿目琳瑯。只那桌琦一項。極時髦和中國黑木的。共有四堂。恍然到了木器舖。伯雍正欲看看室內陳設。只聽歆仁在套間內嗽了一聲說。伯雍來了。請屋裡來。此時那差役已然把那湖色繡花軟簾揭起。伯雍到屋裡一看。只見歆仁在一張鋼絲床上仰臥着呢。見伯雍進來了。他纔扎爭着起來。直咬牙皺眉的。他二人見了面。彼此對鞠一躬。然後遜伯雍在一把軟椅上坐了。他却坐在他那把辦公用的轉心椅子上。差役獻上茶。自出外屋去了。歆仁因向伯雍說。老同學。咱們有些日子沒見了。怎麼有些日子。簡直又換了一個朝代。革命以前。你往那里去了。我們也不知你的住址。大家都很念叨你。我們在去年八九月裡。很替皇室奔走了許多日。打算仍然貫徹我們君主立憲的主張。無奈大勢已去。我們只得乘風使舵。不得不與南中首義的人聯絡。目下經我介紹。入了進步黨的很多。守文却作了國民黨支部部長。當初次選舉時。我們那里不找你。只是找不到。你若在城裡。也能弄到一名議員。不然我和蒙古王公說一說。什麼蒙古議員西藏議員。也能得一個。如今却被別人佔了去。你的爲人。過於因循。在政治方面。未免過於不注意。以後却很難了。在黨裡沒有功。誰肯給你買議員。別忙。我先介紹你入黨。然後我再向黨魁替你說項。伯雍說。那倒不必。兄弟到如今。對於政党是抱一種懷疑。不願人說我在那一黨。況且政變以來。我終日在山窩窿裡住着。把性質養的益發疏懶。我的志願。不過在社會上賣賣胳膊。聊博升斗。孝養老親。也就够了。飛黃的事。我已不想。歆仁聽了。微微一笑。說你要替前清守節嗎。你不過是個洋舉人。還够不上遺老資格。伯雍說不管够不够。我的性質。只是不願意作官。我自己知道。便是勉得一官。也弄不到好處。既然弄不好。何必一定去弄。所以我只願在社會上作事。較比作官彷彿自由一點。我所以給你寫信。也是這個意思。論理。我向你們大家告倆幫。也能夠我活一年半載的。但是究竟沒有自己掙的吃着舒服。我如今不過欲賴筆尖。賣幾個錢。求你原諒這點微忱。給我相當的報酬便了。歆仁聽了。連連搖頭說。可惜。你在同仁裡面。很是有出息的。不想你弄成這麼一種性質。你若老這樣。恐怕你將來要窮死。伯雍說。那也無法。假如社會上不要我這樣的人。我不死怎的。歆仁聽到這里。似乎有點不願意再和伯雍說話。只見他連連打呵欠。伸懶腰。不住的說好乏好乏。今天可累壞了。伯雍見歆仁有些困意。便說我看你有些勞倦。你歇一歇吧。歆仁說。我眞得睡一覺。今天在議會裡。爲了許多議案。累得筋疲力盡。完了又到黨部辦公。眞是苦事。但也無法。回頭還得編新聞。他們我誰也不敢靠。一不留神。就出毛病。有一天頭段新聞我沒管。總統府竟給圈出來。傳諭注意。若不是有人維持。不但報館禁不起。連我也老大不便。如今你來了。好極啦。你得多替我幫忙。我們的報。固然惟黨魁之首馬是瞻。對於老袁。一句話也別得罪。他不久要當中國大皇帝了。現在已有一羣人想着那麼辦。不過不便明說。將來由宣傳入手。先說共和不便於中國。然後再往帝制上作。這種風氣。我已揣摩出來了。我們不可不先事預備。所以我求你替我幫忙。多多注意。將來免不了大買報館。我們的報。不要落第纔好。伯雍說。這事難極了。我新來乍到。怎能統御別人。你不要把難題往我身上加。你是總理。責任還是你負。你就給我一個責任。不與別人衝突纔好。不過我不能壞你的事便了。要緊的東西。還是你自已辦。較爲穩健。歆仁說。也是。沒法子。我還得累。有必要時。你得替我帮忙。目下咱們的報。文藝部太不好。明天你就替我辦文藝部。與別人一點衝突沒有。你看如何。伯雍說。那好極了。我就替你辦辦。別的不行。文藝部或者能多幹兩天。這時歆仁又打了兩個呵欠。伯雍說。你歇歇吧。我到外屋看看你的書畫。歆仁說好。回頭見吧。伯雍來到外屋。由頭看去。雖無唐宋人的眞蹟。由四王吳惲。直到戴文節。以及成劉翁鐵的黑寶。掛滿了四壁。今人如吳昌碩林琴南的東西。也都有幾幅。案上的古玩。也有幾件出奇的。伯雍看完這些東西。又想起方纔他那間寢室。和編輯部的汚穢。暗道。人是平等的嗎。平等不過是一句啞謎。不知寃死多少人了。智者。黠者。悍者。猾者。都能猜得破。說是假的。不過他們不肯說破。還架着去寃人。人們一天不明白。還以爲平等是眞的。便一天一天的受人家的欺弄。他們要做不平等事。必得先說人家不平等。等到他們把人推倒。他們的不平等。比人家還利害。不過口裡還說是爲平等。爭自由便了。其實他們所說的話。還是顧意人家服從他們。不然。他們既爲平等。何必自已要當總統。要當總長。要攬政權。怎見得就是你們配呢。這不是明明不作平等的事麼。可是他們早早若說平等是假的。人也就不猜這啞謎了。他們由那里如願以償呢。

伯雍由後院過來。天已不早了。只見編輯部裡黑洞洞。一點聲音也沒有了。惟有呂子仙那房裡。一燈熒然。大概還在那里噴雲吐霧。他以爲別的先生完了事。都睡覺了。不便驚動。便到子仙屋裡。果見子仙在床上吃煙呢。他見伯雍進來。由床上欠欠身說。在這里歇歇吧。伯雍便躺在他對面。子仙說。你見着總理了。伯雍說。見着了。子仙說。你們是老同學。他將來一定優待你。你只跟着他忍着。他不久要當總長了。他當了總長。咱們都能潤。咱們的報館。原不爲賺錢。現在的經濟。也無力擴張。可是咱們總理手眼很大。凡是跟他作事的。將來都有個位置。所以我勸你極力幫他忙。先別求眼前的便宜。如同薪水什麼的。可以不必跟他爭多論少。再說你們是同學。原說不到這上頭。有錢沒錢。不是一樣。說回來了。這報館跟你自己的一樣。子仙說一句。伯雍答應一句。實則伯雍也無心聽他的話。知道他的話。都是替歆仁在那里作宣傳。他等子仙吸完一口煙。纔問他說。編輯部都完事了嗎。子仙說。都完了。就等總理頭條新聞了。他們利用這點時候。又出去逛窰子去了。只有韋少卿和謅若士。天天這邊完了事。便回他們民德報去。已然走了半天。伯雍說。天氣大概不早。子仙說。早呢。也就十二點鐘。伯雍說。若在家裡。我早睡了。好在今天沒我的事。我睡覺去了。說着辭了子仙。到他自己寢室。暗中摸索。把電燈捻亮。把鋪蓋放好。寬衣睡下了。他一個山居的人。平日早睡早起。鼻子裡所聞的都是新鮮空氣。那里這晚睡過覺。那里住過這樣霉濕屋子。若不是他這一天的勞累。他眞不能睡好。在伯雍爲人。向持達觀。人情世故。沒有他不明白的。沒有他沒看透的。所以他尚能隨遇而安。他看着世上那些形形色色。

不是可笑。就是可憐。尤且對於方纔子仙那些話。他以爲可笑極了。至於歆仁的狀態。他更以爲可憐。據伯雍的意思。總不願歆仁作一個滑頭政客。如今自己既有相當力量。應當盡全幅精神。經營報務。在社會上廣求後援。成爲言論界一個有名人物。何必利用報紙的空名。一心專想買收。作一二人的走狗。也未免過於沒出息了。他竟在政界上揣摩風氣。迎合意旨。將來究竟怎樣呢。倒替他怪發愁的了。伯雍一邊想着。耳邊只聽外屋壁鐘。荅荅的響。忽的交了一下。他驚道。眞不早了。於是他打斷思潮。漸漸入了黑甜鄉了。

第二章

伯雍皆因一天的勞乏。睡得又晚。纔躺下不大工夫。便甜甜密密的睡去。等到一覺醒來。曉色已然上窗。他有早起的習慣。已然躺不住。便披衣起來。値後夜的館役。見他這早起來。却很驚訝。以爲是一件奇事。幸虧館裡有値後夜的。不然他尋一碗水漱口陼不能。當下他求那個館役給他打一盆水洗臉漱口。別的屋子。却一點聲音沒有。都在那里睡得正濃。他不敢驚動人家。只得穿了長衣。打算到外面走走。吸點空氣。皆因他在鄉間住慣了。這里的氣味。實在令他悶損。他出了門。越了幾條小巷。空氣依然一般濁惡。最令人討厭的。每家門口。放着一個嗎桶。有一個掏糞夫。用一担汚水。拏把竹刷子。在那里挨個刷那嗎桶。不但這種氣味。爲伯雍所不曾聞過。連那腐敗汚穢現象。也是初次寓目。他暗道南城外頭。怎的這樣濁惡。大清早晨的。都沒有一點新鮮空氣。反倒成了碼桶世界。人類在這樣空氣裡活着。還能有什麼出息。他一邊想。一邊掩着鼻子。緊緊的跑去。那個刷碼桶夫役。看着很奇怪的直樂。伯雍跑了半天。纔把嗎桶陣跑出去。看了看。已到南大街。只見行人較衆了。可是沒有一個講究的人。都是憑着力氣吃飯的苦同胞。也有泥水匠。也有趕市的。也有賣苦力氣的。也有作小買賣的。也有拉車的。他們都是精神百倍。在這清晨裡慵惰的富人高眠之時。去掙他們一天的衣飯。伯雍在街上站了一會。見那邊有賣豆腐漿的。他也雜在一羣勞動朋友裡面。買了兩碗豆腐漿喝。他覺得非常甜美。他喝完了豆漿。看了看。前面却是粉坊琉璃街。他自思道。這里離陶然亭不遠了。何不到那里看看。空氣比這邊強多了。想罷。鼓舞精神。進了粉坊琉璃街。這條胡同。在南城是很大的。雖然不十分清潔。比窑排嗎桶的小巷。可謂差強人意。他走出東口。忽然空氣又壞了。原來這里有幾處大糞廠。放出臭氣。把空氣都汚穢了。他堵住鼻子。闖過這個災厄。纔喘了一口氣。痛快多了。只見龍泉寺的蒼松古柏。帶着朝煙。正在那里舒展他們的奇恣勁態。瑤台。花神廟。和陶然亭。都在晶明空氣裡。現出一種奇古的恣態。那葦塘裡新蒲。已然有些生動的意思。有許多野鳥。在葦塘裡唧呱亂噪。歡迎那輪乍昇的曉日。他順着蜿蜒的土路。走到那所過街樓底下。只見有兩個少年。在那里喊嗓子。一個十八九歲。一個十四五歲。那十八九歲的。

生得醜八怪似的。面部至爲可笑。那十四五歲的。却十分白皙。眉目之間。秀氣流溢。好似一個女孩子。只見他穿一件半舊的青洋縐薄棉袍。繫一條白洋縐褡包。脚下月白色襪子。穿一双青緞皂鞋。他的頭髮。四圍薙得精光。只留一個劉海頂。手內還提着一個黃雀籠子。那十八九歲的。却是一身布衣。他兩個向着那門樓的高壁。你喊一聲。我叫一聲。在那里喊嗓子。他們見伯雍站在旁邊。却都不喊了。伯雍一見他二人的打扮。斷定他們必是唱戲的。他們見了伯雍。也不避忌。那白皙少年。不住的直看伯雍。本來伯雍斯文儒雅。一見不是市井閒漢。所以他們一點也不害怕。那個醜孩子。反倒滿臉笑容的。過來與伯雍扳談。說。先生起得眞早。大概也是好唱。來喊嗓子來了。伯雍順口答道。可不是。你們大概是梨園行的人。你姓什麼呀。醜孩子說。我姓龐。叫三禿子。他是我的師弟叫白牡丹。先生貴姓呀。伯雍告訴了他們。三禿子說。先生得暇。到我們家裡坐着。伯雍說。好。將來去拜訪。但是你們在那里住。三禿子說。在長巷頭條。伯雍說。離此太遠了。三禿子說。可不是。我們反正每天早起繞一個灣兒。不是金魚池。便是壇墻。要不就到這里來。伯雍說。我離此不遠。咱們可以常常在此相會。說着又問那白牡丹說。你十幾啦。白牡丹見問。小臉先一紅。纔說十五啦。伯雍又問他說。你去什麼角兒。白牡丹說。唱小旦。說話時。又要看伯雍。又不好意思。他大概沒見過什麼正經的人。所以與他正式談話。倒反覺着有些拘謹不安。可是伯雍一見。已然很喜歡他。暗道。可惜這樣一個孩子。只因家貧。落在梨園裡面。若生在富貴人家。不是一個少爺。可是少爺也沒有什麼可貴的。驕慣一輩子。也不過與草木同朽。反到不如身習一藝。將來倒有個名兒。伯雍從此有成全他的意思。因向他們說。我要到陶然亭那邊看看去。你們去不去。他兩個都願意去。於是他三個沿着葦塘邊的大路。繞過瑤台。先到花神廟不過三間破房子。門還鎖着。白牡丹說。聽着這個名兒倒很好。卻沒有什麼。伯雍說。什麼景色名勝。也都是聽着好。一見實在東西。都沒什麼。可有一節。中國的名勝。都有點詩和畫的意思。先得心裡以為是好。由意境裡造出一個好景色來。便是三間茅屋。也算是好。沒有詩的意味。就是高樓大廈。也是俗物。白牡丹聽了伯雍的一片話。似解似不解。只拏眼睛直直的望着伯雍。那三禿子故作解人。聽了伯雍的話。只望着花神廟連連點頭贊歎。伯雍說。這下面還有兩個古蹟。我領你們看看去。說着把他二人引着到香塚和鸚鵡塚的旁邊。只見一個小土坡上。有兩個小小石碣。一個刻着篆文香塚兩字。一個刻着鸚鵡塚三字。背面都有銘誌。白牡丹一見。說。這個大概是兩座墳。為什麼又叫香塚和鸚鵡塚呢。伯雍說。你們沒見背面都有字嗎。因把兩道銘文念給他們聽。他們也不明白所以然。白牡丹因說道。為了一個鸚鵡。還費這麼大事。又買地。又立石頭。又作文章的。伯雍說。這便是文人多情的地方。俗人那里會作這樣的雅事呢。白牡丹聽了。似有所感。半晌說道。我將來若死了。埋在這里倒不錯。但是誰給我立碑呢。我還不如一個鸚鵡呢。伯雍說。你這點歲數。暫且慮不到這上頭。可是你別看這個小土崗。打算埋骨這里。貧人憑弔。

實在不容易呢。這時只聽三禿子。在一旁問道。這里埋的眞是一頭鸚鵡嗎。伯雍說。大家都那樣說。銘文上也那樣寫着。可是據父老傳說。這香塚所埋的是一個才子的文稿。因爲他上京會試。不中。一有氣。把他一生的詩文稿子。用火焚了。把灰埋在這里。起名香塚。以後便成了古蹟。這鸚鵡塚。是一個士人。納了一位愛姬。可恨大婦不容。把姬人治死了。那士人沒法子。把姬人埋在這里。立了這個石碣。所謂浩浩愁。茫茫劫。鬱鬱佳城。中有碧血。就暗指這回事。這也是大家附會之詞。還不如就認定是鸚鵡。又有何不可呢。白牡丹和三禿子聽了伯雍這一解說。很覺有趣。自小彷彿知道陶然亭。這里有什麼。香塚鸚鵡塚。今天纔明白所以。當下他們對於伯雍益加欽敬了。他們在這里玩了一會兒。打算到陶然亭隨喜隨喜。剛下了土坡。往南一轉。只見另一個土坡前面。有一座新墳。還有一個較大的石碣。在攻前立着。伯雍一見。驚道。這是誰的墳。來和香塚作芳鄰。不是可憐的文人。定是多情的妓女。死後無依。被知交埋在這里了。趕緊繞到前面一看。只見石碣上大書醉郭之墓四個字。却是彭翼仲寫的。轉到後面一看。有林琴南作的醉郭小傳。伯雍歎道。醉郭可謂不朽了。他不過是個賣報的。就皆因瘋瘋癲癲的。能勉人去愛國。自已去不留一錢。不過日謀一醉。也就够了。雖然是個畸人。却有過人的氣節。所以一般濶人。雖然生前轟轟烈烈。令人側目。若論身後之名。那里及得醉郭萬分之一。除了他的家奴。或者能替他大吹一氣。可見功名富貴。可以竊取。身後之名。萬不是盜竊來的。就使能盜。將來也有個評判。

伯雍當時又把醉郭的歷史。向白牡丹和三禿子說了一遍。他二人以爲沒什麼趣味。不過說醉郭是個瘋子便了。他們由此又到陶然亭裡。遊了一會。他們都有些渴了。三禿子說。咱們到瑤台喝茶去吧。伯雍說。那里賣茶嗎。三禿子說。那里便是王家茶館。我們唱戲的到那里喝茶的很多。伯雍說。旣這樣時。咱們就去吧。我很願意在野茶館裡喝茶。當下他們又折回來。由蘆葦叢中。一高一低的。尋着乾道。已然到了瑤台之下。這里是在一個大土臺上。建造了一個小廟。有三間大殿。有三間西廂房。已就殘破。年代是不可考的了。幸有王老夫婦。把他租過來。時加修葺。尙不至倒壞。他們夫婦就在這廟裡。開了一個小茶館。賣點清茶。還有燒酒。鹹鷄子。落花生。麻花。排叉什麼的。當伯雍三人。由野葦塘裡往上來時。早見那小角門旁邊。挑着一個茶招子。和一個小酒旛兒。在春風裡蕩着。台上台下。有許多古槐。已都發了綠芽。伯雍一見這地方。連說有趣。及至到了院中一看。大殿前面。擺着許多條桌。有許多人。在那裡品茗。他們有認得白牡丹和三禿子的。都說爺兒們來啦。這邊喝看那樣子。大概也都是梨園行的人。當下他們找了一張閒桌。彼此坐下了。這裡比陶然亭高的多。四下一望。南城一帶的景色。都看見了。這時那主婦把茶具給拏過來。問有茶葉沒有。伯雍說。我們沒帶茶葉。給我們拏一包好的來。那主婦見說。去了一會。拏了一包茶葉。提了一壺開水。把茶泡上。自去了。三禿子很機伶。等茶悶的合了適。他却給伯雍先斟了一碗。伯雍喝這水時。非常甘芳。還是野外地方。比市內强多了。他們一邊喝茶。一邊聽旁人說話。所說的都是梨園演戲的事。說得十分可笑。還有拉胡琴與人家吊嗓子的。雖然是個野茶館。却十分熱閙。約有十點多鐘。伯雍也覺得餓了。白牡丹和三禿子也要家去。伯雍替他們會了茶錢。一同出了王家茶館。下了瑤台。他們分首。各回原路。白牡丹還囑咐伯雍一定到他們那里看看。伯雍說。我有暇時。一定去看你。於是自己慢慢的往回走來。到了粉坊琉璃街。有拉車的問他坐車不坐。伯雍說。快到了不坐車。他想着我到了報館。差不多得過十一點鐘。他們一定都起來了。我和他們說說我這段奇遇。因爲他一心念着白牡丹。也不覺乏。不大工夫。已到了報館。他進去一看。裡邊仍是靜悄悄的。每屋的窗戶簾。一個打開的也沒有。原來他們還是睡得正濃。伯雍跑進屋子。喊道。你們還不起來。外而都一點多鐘了。張子玖王鳳分。正在睡夢中。聽得伯雍一喊。都醒了。忙問說。什麼時候了。伯雍說。一點多鐘了。我上一遭陶然亭都回來了。他二人兒說。纔由床上起來。叫館役打水漱口洗臉。完了事。鳳分問伯雍說。你怎這早就起來了。伯雍說。我跟你們說也不信。我沒等太陽出來。就起床了。我見你們都不起來。打算出去繞個灣兒。誰知跑入嗎桶陣裡。我一直向南行去。竟到了南大街。我想從前曾到陶然亭遊過幾次。何不到那里看看。我便溜達到那里。有趣極了。我還得了一個佳遇。張子玖聽了佳遇二字。忙問道。什麼佳遇。告訴我聽聽。伯雍說。妙極了。但是我此刻太餓了。由黑早就起來。只喝了兩碗豆腐漿。照你們這樣俾晝作夜的習慣。我實在受不了。你們喊一聲。教他們開飯。吃完飯。

我說說我這段佳遇。子玖見說。眞個一聲喊道。開飯哪。他們大概沒這早吃過飯。所以一聲命令。連廚子諸館役都很驚訝的。廚房那里現忙。好容易纔把飯菜作好。因爲只三個人吃。開了半桌。吃完飯。張子玖記掛着伯雍那段佳遇。因向伯雍說。你該說了。伯雍說。你眞沒忘。我跟你打聽。那家戲園有個叫白牡丹的。子玖說。民樂園有個唱小旦的叫白牡丹。可是還沒有什麼名氣。目下很有幾個人捧他。我的朋友也有喜歡他的。天天去聽戲。怎麼。你遇見他了。這也算不了什麼佳遇。我自當你遇見什麼鶯鶯紅娘的呢。伯雍說。你這人怎竟想這些個。怨不得昨天少卿和若士奚落你。差不多凌登徒而上之了。怎見得白牡丹就不如姑娘呢。你也不想想。大清早晨的。誰家小姐去逛陶然亭。便是遇見。咱們一個讀書人。也得迴避人家。皆因是白牡丹。所以我纔敢跟他說兩句話。此時鳳兮從旁揷言道。你說這可望而不即的事。子玖最不願意。你非得跟他說。那個茶室姑娘最喜歡留髡。他聽着必然眉飛色舞。一定去試一試。白牡丹無論生得多好。似乎跟他沒關係。凡是不能成關係的。他都以爲不好。子玖見說。向鳳兮道。怎麼着。連你也挐我打趣兒了。旣而又問伯雍說。你跟白牡丹說話了嗎。伯雍說。怎的沒說。這孩子很有點意思。我給他解說鸚鵡塚時。他說他死了也願意埋在那里。他有這句話。可見沒有俗骨了。子玖和鳳兮見說。齊聲問道。他說這話來着？不錯。孺子可教。一邊誇贊着。鳳兮直撚他的小鬍子。彷彿在那里搆思。要替白牡丹作一首詩似的。此時伯雍又續言道。我們在瑤臺一同喝了半天茶。那里是個特別的社會。很有趣的。可惜從前竟不知道。

如今無意中被我發見。眞不亞如哥倫波發見新大陸一般。我們沒事時。正可到那里去消遣。喝茶的。除了些鄉農野老。便是些唱戲的。雖然言語舉動。有些粗糙。我却喜歡他們都很率眞。大概他們在戲界裡都是够不上階級的人。所以還沒有習氣。若成了名角。或者也就驕矜起來了。總而言之。那里却是一個解愁所在。以後我要拿那里作個避秦的桃源。張子玖聽到這里。已然不奈煩說。纔提白牡丹的事。我已然有點意思。你又說起瑤台來。究竟白牡丹怎樣呢。伯雍說。你想能怎樣。初次見面。也談不到什麼。可是我們臨分手時。他堅囑到他家看看。他說他們在長巷頭條住。他的師傅姓龐。有了地址和姓名。難道不能找去嗎。只是一樣。我看他們家裡也未必怎樣富裕。我們一去。不知他師傅願意不願意。什麼茶水等項。不能不破費一點。子玖說。你這人過於顧慮了。難道一杯茶。就把他喝窮了。再說他們唱戲的。此時正賴人捧。報界的人。他們更是歡迎。因爲能替他們吹噓。此時已有許多人希望捧他。只是沒有與他見過面的。假如因你身上。能與他見着。於他們未嘗無利。有何不可呢。伯雍說。我打算先聽他幾天戲。假如將來不無出息。再替他出力。也還不遲。若是虛有其表。不堪造就。也就罷了。省得教人說我們外行。重色輕藝。瞎捧亂捧。也捧不起來。落個無趣。鬧什麼呢。當下他三人把這話擱起。伯雍向鳳兮子玖商量起分担新聞的事。子玖說。昨晚歆仁與你怎說的。伯雍說。他教我担任文藝部。子玖說。正好這一部分正沒個專人。得你担任。將來一定可觀。伯雍說。你們先不必說這客氣話。我現在還是外行。慢慢的學習吧。於是打開報。三人參酌。用朱筆畫出格式來。分配定了。伯雍自任預備他的材料。這時忽見進來一個館役。臉上笑嬉嬉的向伯雍和子久鳳兮說。剛纔總理來電話了。說今天晚上在陝西巷泉湘班。請吃花酒。請諸位先生。晚上務到。不必到旁處去了。子玖見說。先笑起來說。好好。多日沒吃花酒了。因向那館役說。你去回總理。晚上我們都去。那館役自去了。伯雍因問子玖說。歆仁還逛窰子嗎。子玖說。現在當議員的。那個不逛窰子。八大胡同。簡直指着他們活着。照我這樣五吊錢喊一個鋪。兩塊錢住一夜。眞是無聊已極。不曾想還得個登徒子的徽號。照人家一兩臺花酒。便是一百多塊錢。人倒說他不是色鬼。我倒想那樣。沒錢。既而又向伯雍說。還不錯。他還看得起你。居然還請你吃一臺花酒。伯雍說。別管爲誰。我們晚上倒得看看他的貴相知。或者是很不錯的。子玖說。我們早看見過了。還是淸倌。倒是純粹北京人。名字叫什麼桂花呀。大概叫桂花。十五六歲。好打好鬧。還能唱兩句二簧。歆仁自從挑上他。差不多天天去。牌哩酒哩。不知捧了多少次。這回利用你新加入本社。又作這一回場面。將來他一定把他討出來。伯雍說。他已有好幾個孩子了。他的夫人也很賢慧的。何必還想弄人。此話未必屬實。子玖說。你還不知道。近來他的夫人。得了一種寃孽病。總也治不好。他們的愛情。已然冷淡了。再說。現在當議員的。有兩件流行品。彼此誇耀。第一是馬車。第二是姬妾。那當不上議員的。看着他們如此快活。都有三個志願。伯雍忙問。那三個呢。子玖說。便是一車。一妾。一議員。他們見人家這樣羡慕他們。也就以此三項驕人。如今歆仁。議員有了。馬車有了。只短一個妾。所以每每引爲憾事。他若不弄個妾。便是到在議場裡。也有點相形見絀。伯雍說。你這話我不信。簡直是駡人。子玖說眞的。假如你當議員。若沒有馬車。沒有妾。大家眞能不理你。說你是外行。還免不了用舍郎的呆狀。他們已成了這一種風氣。你不信。問他們當議員的。誰有妾。誰有馬車。他們很高興的。必屈着指頭告訴你。因爲他們每人都有一本統計册。沒有馬車和姨太太的。擯而不錄。所以歆仁近來抓耳撓腮的。很爲這件事發愁。他這樣在桂花身上捧場。也是爲得他歡心。省得爲捷足者先登。不得不預爲地步。論他恨可以了。在議會裡。雖然不是很紅的角色。却能拉黨。所以黨魁很重視他。在經濟方面。自然是不發愁的。慢說一個桂花。十七八個。也辦得到。伯雍道。話雖如此。他的妻黨。很利害呢。恐怕這個議案。不容易通過。子玖說。他所以抓耳撓腮。急的要命。大概也是對於這方面不無戒心。伯雍和子玖正談得熱鬧。忽聽鳳兮在旁邊說道。別瞎聊啦。正經把稿子歸掇歸掇。先發一點。竟等晚上由泉湘班回來再辦。不知什麼時候散。恐怕來不及。莫如先做點活計吧。二人見說。皆以爲然。當下不談天了。忙着去辦稿子。晚上。少卿和若士也來了。幫着把稿子發了一大半。六點來鐘。他們一齊出了門。雇上車。飛奔到泉湘班。這班子是北班中屬一屬二的。他們到了院中。只聽跑廳的么喝了一聲。隨即過來一龜奴。把他四人截住說。諸位老爺。恕眼拙。有熟人提一聲。現在沒有閒屋子了。

大凡在窰子裡得着一個資格。教全院姑娘都認識你。一切跑廳龜奴和掌班的都恭維你。不是稱爲某大人某老爺。就是某大爺某少爺。或是幾爺。都煞是不容易呢。第一得有金錢。第二得有工夫。金錢的魔力最大。能教人腦袋上鐫着字一般。使那些龜奴一見。就能認識。再加上工夫。一天也不闕席。那些龜奴比認他們家祖墳還省事呢。若是這兩件不及。也就不必逛了。窰子中人的勢力眼。比那界都厲害。你若不常去。或者透點寒酸。他們明明知道你招呼過那個姑娘。他能硬不認得你。不是問你有熟人沒有。就說沒屋子。要不就往櫃房讓你。甚至教你在院中站半天。沒一個人招待。若遇見有幾帮濶客。在此打牌吃酒。姑娘也忘其所以了。龜奴更是興高彩烈。簡直不願有普通客人來。不過不好關門就是了。這時若有不識趣的客人。一心要訪他貴相知。火着心。同着朋友去了。誰知他認識的姑娘。打扮得花枝招展。正陪着濶客打牌吃酒呢。忽然你來了。姑娘也不願意。跑廳的也不奈煩。把你們往冷屋子裡一裝。半點鐘姑娘也不過來一盪。相形之下。有多們難以爲情。雖然澆一腦袋冰水。還得掏一塊錢。這一塊錢的來歷。先不必說。這肚子骯髒氣應當怎受呢。作書的旣沒錢。又沒工夫。多少也受過點這樣的氣。恍然大悟了。所以久已不敢作此想。至於現在好逛諸君。臉子是臉子。錢是錢。工夫是工夫。當然不能挨掩的。還請照舊去。別忘了說書。言歸正傳吧。

那跑廳的上前一攔子玖四人。致使四人好生不願意。雖然在這里不認識姑娘。也有跟白歆仁來過的。

怎就忘了呢。方要與他發作。可巧歆仁的那個管家大人。正由裡院過來。一見子玖四人。便說。那是白大人請來的客。跑廳的見說。滿臉陪笑道。恕眼拙。當下把四人引到後院桂花的屋子。只見三間較寬大的屋子。隔作兩明一暗。桌椅床帳等類。都是臨記洋行的舶來品。一見便透出紅姑娘的氣派來。但不知是誰給置的。或者是歆仁所贈。因爲他二人關係密了。別人也不便再花冤錢。此時白歆人還沒有來。只把他的親隨派來。招待客人。這時屋內已然有幾位客。氣度都很驕矜的。可是一見桂花。五官便都挪位了。這個拉。那個跑。鬧個不休。伯雍一見他們。都是國民代表。參衆兩院的議員。因爲他們胸前都懸着金光燦爛的議員徽章。他們所以似乎有挺大的氣度。異乎尋常的樣子。也就因爲他們胸前有這點東西。

伯雍四人。和那幾位貴賓。彼此通了名姓。再看那桂花時。還是雛妓打扮。頭上梳着極玲瓏的兩個抓髻。戴了滿頭的花兒。身上穿着花緞旗袍。因爲身量矮一點。還穿着旗裝的厚底鞋。眉目之間。生得倒很秀媚的。跟他的娘姨。年紀不過四十來歲。一張白瘦臉兒。微有幾個麻子。雖然有了年紀。却仍帶點少年時的風韵。他頭上梳着一個小小的蘇州髻。戴着一頭黃簪子。穿着青緞半大裌襖。青緞中衣。脚下月白襪子。也穿一双七分底旗式青緞坤鞋。腕子上帶着極粗的金鐲。指頭上帶着五六個戒指。說話時。飛眉使目。很有些滿足的樣子。人都管他叫老黃。桂花呼他作阿姨。他倒是桂花的親姨。只見他在桂花身上。很留神的。桂花天眞爛漫。對於諸客。倒是一視同仁。沒有差別的待遇。可是老黃。偏要叫他有分別。桂花若跟胸前沒有徽章的來賓嬉戲時。老黃必然呵止他。說別鬧了。這麼大了。老不會安靜一會。可是桂花一會又去跟帶徽章的老爺們去鬧。撒驕撒痴的。教背着。教抱着。老黃便不攔他。還在一旁跟着凑趣兒。伯雍在旁邊冷靜觀察。這婦人的肺肝。什麼顏色都看見了。

老黃和桂花的母親。是親姊妹。他的丈夫。是街上無正業的一個光棍兒。桂花的母親。嫁的倒是一個旗下當差的。生了桂花一個閨女。革命以後。桂花的父親死了。家裡日月。本來不富裕。自丈夫去世。更是柴米無着了。娘兒兩個。天天在窮愁裡活着。一日黃氏走來。幫助他娘兒倆一些柴米。他們娘兒倆。很感激的。黃氏因和他姐姐說。姐姐。你們娘兒倆老這樣。也不是個了手。怎的也須想個長策。桂花的娘說。我一個婦人。能作什麼。天天想主意。也想不出個善法。除了我給人家使喚着去。又有這個墜頭街。累着我的身子。一步也動不得。要不你把你外甥女兒帶了去。暫且在你家住着。騰出我的身子。給人傭工。每月他的食費。我自己拿。就求你看管他。不至出什麼毛病。我便感激你。黃氏一聽。大不以爲然說。你給人家傭工。每月能掙幾個錢。現放着有個寶貝。可惜你不知道使用。成天抱着烙餅挨餓。你够多愚呀。此時桂花正在一邊剪紙人玩。忽聽他姨說他們家有寶貝。便從旁插言說。姨呀。我們家那里有寶貝。我怎不知道哇。黃氏說。傻鴉頭。你懂得什麼。快外頭玩去吧。桂花兒說。果然找隣居的小孩子玩去了。此時黃氏見桂花出去了。便往前凑了一凑。向桂花的娘說。傻姐姐。你看桂花出落得漸漸是個大姑娘了。吃香喝辣的。就在他身上。桂花的娘見說。驚道。你這話我不明白。他一個小孩子。每日只知貪玩。雖然十四五了。一點好歹也不知。我正愁他這麼大了。不能分我一點憂。還指望他養活我嗎。將來有對式的。給他找個婆婆家了。我這段心願。也就是了。黃氏見說。笑道。我說你傻。你眞傻透了。你也不想想。如今是什麼時候。如今是民國了。你別想喀崩硬正的當你那分窮旗人了。如今是笑貧不笑娼的時代。有錢的忘八。都能大三輩。有人管他叫老祖宗。你看。隆裕皇太后。若在好年頭。老不是老祖宗麼。如今誰還理他。那窰子裡的女掌班。差不多都是老祖宗了。當妓女的。竟敢起名叫龍玉。暗合隆裕二字的聲音。聽說是個議員替這妓女起的。寓着革命的意思。如今什麼事都大翻個兒了。窰子裡的生意。好不興旺呢。好幾百議員。天天都在窰子裡議事。窰子便是他們的家。我看着別提多眼饞了。桂花的娘聽了這些話。更是驚訝的了不得。說。妹妹。這些話你都是聽誰說的。不瞞你說。這些話我聽着都新鮮。照你這樣說。將來天地都要掉換了。黃氏說。那指不定。馬糞堆還有發跡的時候呢你天天老在家裡活挨餓。外頭的事。你知道什麼。現在八大胡同。了不得了。熱鬧的擠也擠不動。桂花的娘又不明白了。忙問道。那兒有這麼一個八大胡同。不是石大人胡同呀。那里也不見得熱鬧。黃氏見說。倒好笑起來說。你眞是不出門的壓炕頭子貨。連八大胡同都不知道。那里就是花界。你知道前門外的窰子呀。就都在那里。桂花的娘說。買賣人所居的地方呀。黃氏說。對啦。那里了不得了。大洋錢天天往那里飛。

差不多都成了金山銀山。比皇宮內院還濶呢。咱們何不到那裡頭亨幾年福。也能作個老祖宗呢。桂花的娘說。那個地方。雖然有錢。豈是咱門所去的地方。黃氏說。我說你沒忘你的窮根。再也不錯。怎兒那里就不許咱們去呢。桂花的娘說。咱們究竟是皇上家的世僕。當差根本人家。雖然受窮。廉耻不可不顧。黃氏見說。把臉一沈。透着有點生氣。咬一咬牙。指了桂花的娘一下。說。你呀你呀。可要把我嘔死。我問你。鍋裡能煮廉耻嗎。身上能穿耻廉嗎。什麼都是假的。餓是眞的。如今沒有別的法子。先得治餓。你知道我的來意麼。我實在不忍你們娘兒倆。這樣無着落的。指引你們一條明路。日後發了財。我也好沾點光。誰知你還是這樣不開通。別想再當旗人了。你只把桂花交給我。管保你坐在家裡充老太太。使奴喚婢的。桂花的娘道。聽你之言。敢麼要教桂花下窰子去。黃氏說。誰說不是。除非如此。你們娘兒倆沒有活路。桂花的娘道。孩子太小。我不忍教他操皮肉生涯。黃氏說。我說你什麼都不懂。果是什麼都不懂。你當一下窰子。便得留客呢。有一種叫淸倌。光賣盤子。不留住客。於身體一點關係沒有。就拏桂花這個小模樣。收拾起來。焉能不招人稀罕。保管下車就紅。不用說別的客。就是現在的議員。就够應酬的了。他們都是拿錢不當錢的。混他二三年。弄萬八千。的桂花依然是個黃花女兒。假如有對式的。未嘗不可教桂花跟了人家去。淸倌的價値更貴。至少也得三四千塊錢。你沒看見呢。議員逛窰子。跟瘋了一樣。他們都惦念娶個小老婆。自要人才出衆。要多少錢給多少錢。機會不可錯過呢。等桂花得了地位。在他們老爺跟前。說什麼不成。你那時不知要怎樣享福呢。恐怕到了那時。你就不認得你這妹妹了。一席話。說得桂花的娘。有點忘其所以了。彷彿後來的富貴。一一擺在面前。迷惘了半天。纔和黃氏說。聽你之言。也有道理。如今我左思右想。除此。亦無良策。但是孩子太小。我們不過爲圖餬口。不得已而操此業。我但囑你一句話。我的孩子。可不能叫他留住客。掙幾個錢。還是給他找婆婆家要緊。黃氏說。這話還用你說。你的女兒。不是我的女兒一樣。我那能賣他的皮肉。養家肥已呢。不過那里徧地是錢。不借重外甥女兒的鼎力。是拿不來的自當我們使了一個美人計。發點財。也就不幹了。當下姊妹兩個商定。桂花的娘。本來是外行。一應手續。都託黃氏代理。坐了一會。黃氏高高興興的辭去。回到家中。跟他男人一提。說。已然說降了。只是搭那一個班子呢。你也該與你那羣忘八蛋。三孫子。人牙子。皮條匠。雞毛蒜皮把兄弟。說一說。總得先使幾百塊錢押賬。給桂花置幾件衣裳。首飾。剩下的給孩子的姨大大作用度。他好放心。桂花是我姐姐的閨女。你別以爲是拐來的。你也須拿出點良心。替我盡盡心。辦妥當一點。一片話數落得他丈夫老王。跟大頭蚊子一樣。連說我去我去。

沒有幾日。六百塊錢的押賬使下來了。黃氏替桂花做了幾套衣裳。買了點首飾。裝扮起來。不啻神仙中人。剩下幾十塊錢。給桂花的娘留着度日。從此黃氏便將桂花帶到泉湘班。上捐營業。孩子既有人緣。老黃又長於應酬。沒有幾天。便成了泉湘班一根台柱歆仁自招呼了桂花。每天總要破工夫去一盪。無論他怎樣忙。心裡總沒忘過桂花。在議員裡頭。雖然有許多是桂花的客。他們已然是有了姨太太的。雖然這種東西不厭其多。可是在議員的地位。有一個姨太太。也足以自豪了。等到弄到國務員地位。再實行多多益善主義。他們皆因歆仁現在尙有向隅之歎。又見他在桂花身上這樣盡心。知他必然有意了。所以都聲明替他幫忙。誰也不許秘密進行。所以此時桂花。雖然沒有脫籍。大家都拿他當歆仁的記名姨太太。差不多在參衆兩院聲明保留案了。在桂花自己。天眞爛縵。可是什麼也不知道。不過他姨娘黃氏。已然看明白了。知道歆仁將來一定會領出桂花的。所以在歆仁身上。特別的留意。這次請客。要說歆仁不是爲伯雍。也未免寃枉他。可是骨子裡面還多一半爲桂花。因爲窰子裡的姑娘。虛榮心比什麼人都利害。要是沒人捧場。牌呀酒的亂鬧一氣。這個妓女。無論色藝多好。便不敢居個紅字。有牌有酒的姑娘。便是無鹽嫫母。也就把架子擺的老高。彷彿一個院子。都裝不下他。那些無人捧的姑娘。也就不敢與他頡頏。小心兒裡暗暗叫苦。埋怨他的客。都是些窮酸措大便了。這時只見有許多同院姑娘。都搭訕着到桂花屋裡來看。一個個都現出一種羨慕和嫉妬的顏色。這時便聽院內一陣呼喊。那個跑廳的也說白總理諸位到。這個跑廳的也說白總理諸位到。老黃見說。趕緊往外迎接。桂花也笑着跑出去說。你們都來了。只見一個獐頭鼠目。狼顧鵄聲的人。年約三十來歲。微有幾根黃鬍子。上前把桂花摟住。連着就去親嘴說。乖乖。幾天沒見你。更出息了。歆仁在旁邊看着。心裡想是十分不快。却也無可如何。桂花在那人腕裡。支掌半天。纔爭脫出去。鼓着小翹梆子說。我們不願跟八爺鬧。動不動挺臭的嘴就跟人要乖乖。什麼毛病。那人見桂花奚落他。張着兩手。要去抓他。嚇的桂花呀的一聲。如燕雀避鷹鸇一般跑去了。惹得大家一陣好笑。連忙往堂屋裡讓。一時連主帶賓。有十幾位了。說話的口音。那一省都有。眞所謂南腔北調。聚會一堂。吵吵嚷嚷。鬧成一團。除了議員。便是各報的大總理。歆仁因問他那長隨說。誰還沒來。去催請催請。長隨說。二爺不來了。三爺到別處有一局。胡總理王總理都有電話謝謝。歆仁說。除了他們。大概都齊了。你分付他們擺吧。一聲下去。龜奴四應當下在堂屋裡擺下兩張大圓桌面。只聽那個要筆。那個要紙片。紛紛寫起傳局條子來。歆仁說。你們別忙。誰叫誰。我給你們寫。當下他一人代辦。寫了二十來張條子。有一個人叫兩個姑娘的。不認識的人的由歆仁推薦。寫個借局。都寫完了。歆仁笑着問伯雍說。你也得叫一個。伯雍說。我一個人也不認得。算了吧。已然够熱鬧的了。我只作個觀花人便了。生拉硬扯的。勉強叫了來。他不認識我。我不認識他。也沒什麼趣味。算了吧。歆仁說。不行。一定得叫一個。別人也說。大家都叫。你憑什麼不叫。不認得人。我們給你借。只見歆仁搖着筆。笑了半天。回頭跟大家說。把秀卿給伯雍叫來怎樣。大家拍手大笑。都說好極。於是把條子寫齊。教人分頭去叫。這里紛紛擺棗。在伯雍心裡。十分納悶。怎麼他們給我借條子。非常的喜歡呢。這秀卿不知是什麼人。他們這回。一定拿我取笑了。這時棗面擺好了。大家紛紛入座。不一時。所叫條子。陸續着都來了。有肥有瘦。有高有矮。有南有北。一個個雖具幾分姿色。不過仗着一身衣裳。滿臉脂粉。堆成一個人。勉强只說是粉白黛綠罷了。他們一個個。都挨着叫局本人坐下。伯雍暗道。這里頭一定有個秀卿。誰知都坐下之後。却沒有。別人都說。秀卿怎還不來。這個東西。可惡極了。軟硬他都不吃。動不動就給人難堪。這時候了。他還不來。伯雍說。他既不來。不如辭了他。何必爲他一人。致令舉座不歡呢。歆仁說。你不知道。他也不是擺架子。簡直有點怪脾氣。誰招呼他。也不能合式。今天給你借了來。或者他能看得上眼。伯雍說。你這是何苦。你們都擺布不了他。他看我是個呆子。更不愛理了。你們不是跟他玩笑。簡直跟我過不去。歆仁說。不能。他若犯狗食。今天咱們羣起而攻。這時已然吃了幾巡酒。那些乍出茅廬的妓女。都要獻獻他們的能耐。叫師傅拉胡琴。一個一個的賽唱他們的二黃。在衆聲歡動之中。只見進來一個姑娘。穿着一身布衣。腦袋上也沒有多餘裝飾品。年紀差不多二十多歲了。兩隻天足。亭亭的身材。面皮倒很白晳的。不過隱隱的彷彿有點煙氣。但是眉目之間。有些英爽冰霜之意。一看便是個不老實的人。這時大家見了他。都說歡迎歡迎。只是來晚了。該罰的。那姑娘說。我認罰。但是你們誰叫的我。歆仁一笑說。我的朋友甯先生。要借你一個條子。說着把伯雍一指。這時伯雍已然不安起來。暗道。他就是秀卿。已然是個老妓。假如他若把我冷淡起來。實在不好看。暗暗的把歆仁好罵。沒有挐朋友開心的。別人也都把眼睛送倒秀卿身上。看他作何舉動。只見秀卿把伯雍看了一眼。半晌說道。是位老實先生。說着竟走到伯雍身旁坐下了。伯雍反倒不好意思起來。大家見秀卿竟挨着伯雍坐下。都很奇怪的。那獐頭鼠目的老爺。笑嘻嘻的和秀卿說。你今天是怎麼啦。向常不喜歡挨着老爺坐着。今天怎會挨着他去坐。你留點神。他身旁有錐子。看扎你一下子。秀卿說。我愛挨着人家坐着。你管的了嗎。你大概被錐子扎怕了。替我瞎操心作什麼。又有一個人說。甯先生是一身布衣。秀卿也喜歡穿布衣。穿布衣的當然要挨着穿布衣的。秀卿見說。立着眉毛。向那人道。穿布衣裳懲盜嗎。包子好不在摺兒上。你們倒都穿着綢緞呢。一般也見不出什麼好骨頭肉來。那獐頭鼠目的人。見秀卿還出來的話非常利害。便說道。不得了。他又該罵人了。我今天要跟你豁拳。非把你灌醉了不可。秀卿說。你先打個通關。完了我跟你豁。歆仁在一旁非常贊成。那人也最愛豁拳。當下挽了挽袖子。挨家兒豁起來。不一會應當與伯雍豁了。秀卿說。你跟他豁。我替你喝酒。歆仁聽見這話。笑着向秀卿說。你這人究竟是怎回事。怎麼纔見面。你就在人家身上這樣上勁。教我們怪疑心的。秀卿說。這有什麼可疑惑的。我由心裡頭願意替他喝酒麼。你不會教你們桂花替你喝嗎。這時桂花在旁邊斜着眼睛向秀卿說。秀卿姐。我可沒得罪你。你不知我不會喝酒嗎。出這壞道兒作什麼。秀卿說。沒跟你說。小鴉頭片子。那獐頭鼠目的人。這時在那里直用力。不住把拳頭揮上揮下的說。不管誰喝酒。反正你們倆人有喝的就行。秀卿在伯雍旁邊。也極力鼓舞說。跟他豁。他是屎拳。不過瞎喊便了。伯雍平日也很會豁拳的。不過今日要在秀卿面前作個臉。未免有點心慌。連豁三拳。都輸了。伯雍把臉微微一紅。只見秀卿把伯雍瞪了一眼說。看着你很老實的。心裡也够鬥。你知道我替你喝酒。怎麼一拳不贏呢。伯雍說。不是成心。你若不信時。我陪你喝三杯。秀卿說。算了吧。賣一個饒一個作什麼。我不服氣。跟老八先豁三拳。因向那人說。老八。我們老爺輸給你三拳。我要替他攛一攛。你敢豁嗎。八爺說。誰還怕你。來。來。來。不把你打回去。你也不知八老爺的利害。這時伯雍也和秀卿說。你這向要輸了。我也替你喝。秀卿說。你先別盼輸。放心吧。這回用不着咱們喝酒了。說聲到。二人便豁起來。一轉眼間。秀卿連勝三拳。舉座都鼓掌喝起采來。伯雍心裡尤為痛快。八老爺連輸三拳。未免有點上火。硬說秀卿都是等拳。執意不喝酒。秀卿說。你不喝。我提着耳朵灌你。大家也都說。你明明輸了。憑什麼不喝。喝了再說。八老爺。沒法子。吃藥一般。把三杯酒都喝了。接着又跟別人豁。互有勝負。一個通關完了。八老爺終不肯與秀卿甘休。還要與秀卿豁。秀卿說。你要豁。咱們換大杯。這一點的小酒杯。有什麼意思。八爺說。好。當時換個大杯。兩人一對拳。豁起來。秀卿的拳。雖然好。也有時輸。端起杯來便一飲而盡。伯雍在旁邊看着。暗暗替他叫苦。可是秀卿猶如無事人一般。再看那八老爺時。小臉兒紅得跟猴兒屁股一樣了。舌頭根子也短啦。眼見就要往桌子底下鑽。還在那里叫陣。幸虧大家怕他醉倒了。極力勸止。方纔罷了。這時叫來的條子。漸漸的都去了。來賓也有去的了。只有秀卿。還不曾去。不一時。飯都吃完了。他却拉着伯雍。

問長短問。既而又問你今天有工夫嗎。可以到我那里坐一坐。伯雍說。晚上還得辦稿子呢。秀卿說。你沒工夫。就不便去了。歆仁諸人。至此更以爲奇怪了。大概秀卿總沒有過這樣的態度。所以引起大家的注意。此時歆仁因向秀卿說。你若喜歡他。我放他一晚上假。教他跟了你去。秀卿說。不必。他自有職務。你能天天老放他假嗎。因又向伯雍說。每日事務辦完。願意出來。不妨到我那里坐坐。說着自去了。秀卿去後。這里大家却哄起伯雍來。有說他豔福不淺的。有說他年貌占便宜的。有說秀卿自命不凡。矯情立異的。伯雍也不管他們。不過對於秀卿萍水的知遇。不能不動點情感。這時天不早了。伯雍和子玖鳳兮諸人。謝了歆仁。一同回去發稿子。這里歆仁不免要和他幾個切要朋友。在桂花的寢室裡。略事休息。老黃忙着去泡好茶。一切帳目。教長隨向櫃上去開付。連酒席帶車飯錢。共用了一百餘元。一個小編輯兩三個月的薪水。八口之家的用度。在燈紅酒綠。鬢影釵光裡頭。沒有了。千金買笑。一飲萬錢。原是大大夫的本色。寒賤鄙夫。慳吝下士。當然是不足語此。可是天下事。都有個緩急先後。到了仁至義盡的時候。揮霍亦可。儉樸亦可。不過民國以來。有好多事。不但去仁義太遠。並且有許多不足掛於齒頰的。自己以爲很豪了。殊不知每每爲識者齒冷的。有好多人。因爲一時的機會。地位也有了。收入也多了。似乎可以行一點有人味兒的事。誰知却不然的。他們有錢買房子。有錢買馬車。有錢置姨太太。花天酒地。眞敢揮霍一下子。表面上透着豪華極了。可是對於他的苦朋友。却另有一根腸子去看待。

現在少微得意點的人。他們都不致他們的孩子上學堂。多一半要請個家庭講師。不用說。當老師的自然是他們的朋友占多一半。一個人若給人家佔了西席。他的境遇。也就不問可知了。當東家的。應當如何優待。纔算盡了朋友本分。何况人家當老師的。也不是白吃飯白拿錢。誰知他們的辦法。眞有令人擊節驚歎的。他們不但每月一文不出。而且還僱着頂好的老師。教育他的子女。他們使的是什麼法子呢。却先跟一個沒事的苦朋友去說。我看你太困難了。我打算在部裡或參衆兩院。給你尋一個三四十塊錢掛名的差使。但是你得應我一個條件。得在家裡教我的子女念書。你們看。這種僱老師的辦法。有多麼聰明。欲不應他吧。現在正餓着。便是自已能挨餓。家裡的妻子老婆孩兒。也不答應。可是一應承他。却是掙一分錢。担着兩副責任。沒法子。爲治餓起見。就得應他。可是從此人格損失。一輩子便是活奴隸了。假如他們自已拿錢僱。也不過是二三十塊錢。你若嫌少。他們便有話說。當初僱個舉人。纔四兩。進士也不過八兩。如今白花花二三十塊錢拿出去了。窮酸還不滿意嗎。他們也不替人家想想。如今生活程度是怎樣。八口之家。租房。吃飯。子女教育費。以及衣履等項。一個月得多少錢。他們老不忘當初僱個舉人只不過四兩。他也不想當初是怎樣生活。東賓之間。是怎個相得。學生出息之後。對待老師是怎個恩情。那里照他們用種種機詐。騙取人的智慧呢。家庭講師。旣這樣。那報館的編輯。更可憐了。一個個。俾晝作夜。弄得跟鬼一般。到了月終。連三十塊交通票都捨不得給人家。不是說人家不賣力氣。就是說人家懶。一般的肉體。誰肯犧牲身家性命。白給人家作機器呢。可是他們不是花天。便是酒地。念書的。只爲依人作嫁。爲一個貧字所誤。直不如當姨太太的一雙鞋值的多。文人要打算吐氣。便是海枯石爛。也沒有指望了。

不言歆仁諸人。在桂花屋裡廝混。却說伯雍和子玖諸人。回到報館。忙着把稿子發完。湊在一起。說些閒話。子玖提倡去看秀卿。因向伯雍說。你不去上個盤子。他今天在席上。特意跟你要好。你若不去。未免有負他的美意。伯雍說。我今天不去了。實對你說。這樣鬧法。我實在來不及。我得睡覺了。自從我到了報館。與我的習慣是大相反。這兩天了。我覺得渾身都不舒服。若不睡覺。恐怕要生病。你們要出去只管去吧。過兩天我再奉陪。子玖說。你大概是沒錢。不妨到賬房去借。伯雍說。錢倒有兩塊。便是沒錢。我剛到報館沒有兩天。便去借。未免不好看。我委實乏了。得睡覺了。子玖說。既是這樣。你睡吧。不過秀卿很把結你。你不去圓個面子。未免太差。伯雍說。他若想把結我。他眞是可憐的人了。我在他身上。能盡什麼義務。你們別看他今天晚上對我不錯。或者因他脾氣古怪。故意矯情。我就不信如今的妓女。放着應時當令的議員不把結。反倒垂青一個寒士的。不用說沒有。便是有一個。他不久也就要到南下窪(妓女之叢葬處)去了。子玖說。你這人原來也是怪人。你管他怎樣。他既喜歡你你。就去。等不喜歡時再說。豈不是因時制宜的老法子。何必替他想到後來呢。若必想想自己。想想人家。這窰子也就不必逛了。伯雍說。我就愛這樣。所以我逛一回窰子。反倒着一回煩惱。這時鳳分在旁邊說。這樣看來。伯雍到是有情的人。有情的人。可以不必逛了。不誤人。也誤自己。子玖。你不是要看你那個人去嗎。我陪你去。教伯雍睡吧。等他把咱們的惡習慣養好了。再約他出去不遲。子玖說。伯雍有這麼好機會。他不去。眞教我怪不痛快的。說着他二人去了。少卿和若士早已走了。伯雍又到呂子仙屋裡坐了一會。回到自己屋子。躺下了。可是腦海裡。有諸種思潮。一起一伏的。沒個靜止。方纔的花酒局面。一色一色的。都攻了上來。彷彿那些議員。那些報館總理。那些妓女。那些娘姨。那些琴師。那些跑廳。一個一個。走馬燈一般。在他腦子裡直轉。他並不是羨慕。他對於這些人。很是懷疑的。他不明白這是怎一稽事。他暗道。歆仁化了一百多塊錢。請了兩臺酒。說是爲我。也許我剛到報館。應當有這塲接待。但是我在那桌面上。也不覺得怎樣體面。桂花。老黄。和許多龜奴。許多妓女。也不知道我是誰。不過仗着一百多塊錢的面子。熱鬧兩點鐘散了。或者他們以爲這兩點鐘。便是人生極大的意義。是一件不可免的要務。那我就不大明白了。再說假如是爲我。在那兩點鐘裡。把人熱的要死。在我這間寢室裡。又冷的令人不欲生。霉濕的屋子。滲漏暈成的畫壁。油汚不堪的桌椅。暗淡無光的電燈。我睡在這屋子裡。那一件配吃兩臺花酒。可是有人說。是爲我花的一百多元錢。不問其是不醉翁之意。便千眞萬眞。實在爲我。他這一冷一熱的待遇。也未免令人過於難堪了。或者這眞是他們一種誠意。在我看來。此種闊法。適足證明中國人不調節的生活便了。說不到豪華。言不到酬應。

一會兒他又想到秀卿那邊去了。他不解秀卿是怎樣一個人。旣然當了妓女。不去甜甜蜜蜜的媚人。花花稍稍的打扮。作出這玩世不恭的樣子。豈不是與妓業背道而馳嗎。他大概有點精神病。有父母的遺傳。雖然作了這樣不幸的營生。他到底不能改他的脾性。那天我倒得去看看他。看看他究竟是怎樣一個人。這時他又把秀卿抛開了。他又想起子玖和鳳兮的舉動來。看他們那樣子。收入也像沒有多少。天天完了事。怎麼連歇一歇都不歇。跟着就往外跑。就說逛二等茶室。每晚走一趟。也得塊八角的。他們這樣不辭勞苦。不是每月白賠精神。竟給無用途的幹了麼。他們的鋪蓋。油汚破爛。都沒法收拾了。爲什麼不省幾個錢。買一床被呢。反倒有錢胡逛。這不是跟歆仁的辦法一樣了嗎。歆仁有錢吃花酒可沒錢修飾編輯部。子玖他們以錢而論。當然沒有歆仁那樣多。但是自己睡覺的被褥。也要乾淨一點。怎就沒有這一點的支出呢。他在床上躺着。越想他們的行事。越是衝突矛盾。簡直是錯誤到極點了。可是在他們决不以爲這是錯誤。他們似乎都以爲是應當這樣。在歆仁呢。自要把他那邊的屋子。另一個世界。收拾得乾乾淨淨。裝飾得華華麗麗。便算達到他不枉爲人的目的。闊了時。到桂花那里玩玩。就算他人生偉大的作爲。得意的表現。至於編輯部這邊。便是弄得和豬圈一般。似乎跟他也沒有關係。因爲這邊都是僱來的人。勞工的工廠。沒有裝飾潔淨的必要。他那邊是資本家的客廳。當然要特別的講究。但是他一肚子資本主義的人。固然可以那樣。至於子玖。沒有不把自已睡覺所在弄乾淨了。反倒竟逛窰子的。那眞是不可解的事了。

伯雍這個那個的。胡想半夜。好容易睡着了。他這一睡。再不能照前天那樣早起了。差不多有十二點多鐘纔起來。他看看日影。暗道。完了。他從此與那寶貴的晨光。將要見不着面了。這里都是晚起的人。斷不能容他一人早起。沒有一會。子玖和鳳兮也起來了。他們見伯雍他似纔起來。兩隻眼睛還朦朧着。鳳兮便和他笑道。有點意思了。你怎麼也不早起上陶然亭去啦。伯雍說我沒有那麼大精神了。睡得晚。當然不能起早。鳳兮說。往後還要起得晚呢。只是我們得了一個同志。北京又喪失了一個好青年。可惜得很。伯雍說。沒什麼可惜的。人沒經過的社會。我也須歷練歷練。

第三章

他三人盥沐以後。天有一點多鐘了。便叫館役開飯。吃完了。商量着到那里玩玩。伯雍說。忙了這幾天。也沒聽一次戲。我想聽戲去。子玖說。既是要聽戲。何妨看看白牡丹去。那里有許多朋友。天天爲他包桌子。捧得不得了。你若加入他們那個團體。他們一定歡迎。伯雍說。自從那日在陶然亭我見了牡丹一面。總想看看他的技藝。咱們就去吧。說話之間。換了衣裳。出了門。安步當車的去了。穿街越巷。

不大工夫。到了王廣福斜街的民樂園。這里本是山西朋友一個公共會館。裡面有個戲樓。年代大概很久了。民國以後。纔租給梨園。開鑼演戲。此時正是正樂科班在此演唱。若論這個班子。却不十分完全。不過財主是很有錢的。他是前清一個大內監李蓮英的姪子。拏錢起了這樣一個班子。不過給管事的和教員。多添幾處房子。於班子打的並不見怎樣。只有一個唱正旦的尙小雲。唱武生的王三黑。還能敷衍。其餘沒什麼可造就的人。本班角色。既然不夠。不得不請外搭班。白牡丹便是外搭班的一個人。

他們到了園子裡面。場上正演荷珠配。都是本班的孩子。演的十分熱鬧。這時那幾位捧牡丹的先生們。已然看見子玖。便點首招他往前去。他們擁擠了半天。纔到前面。只見那幾位。都是極洒落的青年。還有兩位衣裝樸雅的先生。子玖一一給伯雍介紹了。一位是隴西公子。一位是古越少年。一位是沛上逸民。一位是東山遊客。彼此落座之後。免不了一番久仰的話。照舊靜坐聽戲。這時荷珠配已然收場了。下面應當是白牡丹的小放牛。他們有摩拳的。預備鼓掌的。有潤喉的。預備叫好的。少時去牧童的先上場了。伯雍看時。便是那個三禿子。旣而繡簾揭處。牡丹上場。他的秀目。他的長眉。他的纖腰。他的鳳翹。那里像個男孩。便是極時髦的坤角。也無此扮相。好聲早已起於四座。這齣戲。雖然唱小曲。猶具古時歌舞之遺意。只見牡丹載歌載舞。驚鴻游龍。不足方其翩宛。穿花蛺蝶。不足比其輕盈。伯雍至此。亦不得不鼓掌擊節。連連說好。暗道。他的本來面目。雖然很淸俊的。若比起他的化裝來。彼猶濁世佳公子。

此已天上跨鳳仙了。這樣的孩子。是舞台的錢樹。也是人間的禍水。將來不知顛倒多少衆生。他也未必能有好結果。不一會。放牛演完。下面是小雲的別宮。大軸是八歲紅的金錢豹。他們看完了戲。約會到報館去吃飯。回到報館。伯雍取出一塊錢。教厨子添幾個菜。吃完了飯。大家商議怎樣捧白牡丹。必得與梅黨並駕齊驅。纔能有趣。再有一節。便是如何到他家裡去一趟。看看他家情形。我們好積極進行。將來有堂會戲時。我們也能替他介紹。若不見面。如有這樣的事。跟誰說去呢。子玖說。若要到牡丹家裡去。可以先教伯雍去一趟。皆因他二人已然見過面了。古越少年見說。便一把拉住伯雍說。怎麼你在那里見過他了。我們捧了他多少日子。也沒與他謀一面。你到先遇見他。只是你們談話沒有。伯雍見問。便把那日起早。如何在陶然亭遇見牡丹的話說了一遍。古越少年說。你眞有幸福。這也是你起早的好處。今天我們公舉你作代表。先到牡丹家裡探望一下。看看他家裡情形如何。有幾間屋子。能容得幾個人。假如我們都去了。他家沒那大地方。拒絕也不好。招待也不好。不是教他們爲難。所以先請你去一盪。就說我們有一個團體。打算捧捧牡丹。問他們願意不願意。他們可別疑惑我們有別的意思。我們不過借他人杯酒。澆自已塊壘。以他爲名。作個詩社文會便了。假如筆墨有靈。能把他的聲價抬高起來。也不枉賞識他一番。伯雍說。你們大家有這樣美意。我想他們歡迎不暇。那有個不願意的。只是這個使命。也很重要的。我一個人不願意去。你們要知道。將來要結社呢。牡丹便是社長。結黨呢。他便是黨魁。

咱們雖然比不起人家政黨。有好些黨綱黨規的。也不可以不愼重。咱們是初會。牡丹你們已然捧了多少日子。我爲免除嫌疑。請你們裡面那一位隨我同去一盪。好明明眞相。古越少年見說。笑道。伯翁。看你很老實的。敢則還富於心計呢。伯雍說。不然。這樣的事。不得不小心。古越少年說。旣這樣時。我們再推一位代表。因向沛上逸民說。你辛苦一盪吧。沛上逸民對於牡丹最熱心不過的。當下銳身願往。他二人便教他們在報館等候。出門僱上車。飛奔而去。這時天已黑了。滿街電燈輝煌。他們因有一個高興的目的。在車上坐着。特別有精神。不一會。出了大柵欄。進了鮮魚口。跑到東頭。伯雍教車夫站住。付了車錢。因向沛上逸民說。他們跟我說。是在這條巷內。路西向東的一個小門。我們到那里問問。於是走入巷口。在一所大房的陰影底下。借着路燈的微光。果見有三間小房。後簷臨街。東向一個拐角。隨墻起了一個小門。他二人鼓着勇氣。走到門前。拍拍拍把門打了幾下。不一會聽得裡邊有人出來了。一邊走一邊問說。誰呀。伯雍說。你們這里是姓麗嗎。裡邊說。不錯。說話時。赤的一聲。門開了。借着街燈的餘光。只見出來的是一位五十來歲的媽媽。一張油黑臉。倒很喜相的。腦袋上的頭髮。半黃不黑。已然揭了頂。身穿一件藍布衫。前襟有些油汚。只見他做出笑容和靄的樣子。問伯雍二人說。二位先生貴姓呀。是找我們的嗎。伯雍說。我姓寗。這位姓劉。白牡丹不是你們徒弟嗎。婆子說。是。旣是找我們的。就請裡邊坐吧。他二人見往裡請。纔把心放下來。隨那婆子進去了。却是一個極窄的院子。裡面有三間正房。還有一間小西廂房。婆子把他們讓進堂屋。進了左手的裡間。只見紙壁有幾年沒糊了。地下也放着幾件破桌子爛板凳。炕上放一張小炕桌。隨墻放着幾個圓籠。大概裡面裝着唱戲的盔頭。屋門的兩旁。掛着唱戲的馬鞭。還有一個布套。露着一點紅髯口。大概是唱辛安驛用的。怕被煙塵熏壞了。所以用套子罩着。另有幾個較長的布套。還有一個大竹筒子。裡面大概是刀槍雉尾之類。這時婆子恭恭敬敬的。讓二人在炕上坐下。連着喊一聲了頭。只聽磕得磕得的一陣響。隨着進來一個小了頭。年約十一二歲。脚下還綁着寸子。所以那樣響。婆子因和那了頭說。去泡茶去。你爹和你哥哥他們呢。怎還不過來。來客啦。他們沒聽見嗎。了頭見說。磕得磕得的去了。沒一會。白牡丹和三禿子過來了。見了伯雍二人。鞠了一躬。三禿子仍是笑嘻々的臉兒。向伯雍說。那天咱們在陶然亭見了之後。我們又去了兩盪。您怎沒去。我們這里您也沒來。今日怎有暇呢。這時牡丹却不住的望着沛上逸民。伯雍說。我們今天特意來看看你們。因指着沛上逸民向他們說。你們認得這位先生麼。白牡丹見說。笑了一笑。說。我們早就認得了。只是沒說過話。三禿子說。他們幾位天天捧我們。在戲台上已然看熟了。伯雍說。他們是捧你們嗎。既不說話。怎會知道呢。牡丹說。那再看不出來得啦。前台聽戲的。捧那一個角兒。我們都知道。此時那婆子笑着向伯雍說。別看他們都是小孩子。可就明白着呢。一心一念的。竟盼有人捧。也是如今都改良了。唱戲的小孩子。也要報看。報上若說他們兩句好話。樂的要上天。若說他們兩句壞話。哭的不吃飯。他們時常跟我說。現在有幾位先生。很捧場。怎的見見人家也。給他們登登報纔好呢。這時沛上逸民。向那婆子說。要登報。那不容易。因指着伯雍說。這位先生現在就在報館作事。婆子說。可不是。我聽他們說了。有一天在陶然亭去喊嗓子。說遇見一位先生。是報館的。還在瑤台請他們喝茶。回家之後。念叨好幾天。我說人家都很忙的。天天去聽你們唱戲。熱心捧場。就够感激的了。再求人家給作報。這話怎麼說呢。咱們又不是多大的角兒。能耐還沒學好。可教人家怎樣誇你們呢。我就常跟他們說。咱們現在還沒到那分際。你們自管好好學能耐。將來不愁沒人捧。蘭芳也由你們這個時候過過。可巧就有你們幾位見愛。沒有什麼說的。你們幾位眞得好好捧々我們。伯雍說。我今天便是受人之託。有好幾位都是很捧你們的。他們求我給你們送一個信。也打算照那些捧蘭芳的先生一樣。作點詩呀文的。將來還打算做作一本書。把牡丹各種的像片。也印在裡面。意思要跟梅黨打對仗。不知你們願意不願意。婆子聽了。啣了一聲說。您這話可說遠啦。這一來。不是我們的造化到了嗎。那有個不願意呢。這是我們心裡所希望的。只是不敢出口。向諸位先生去求。如今自己願來捧我們。眞是我們的福神。說着只見他叫着白牡丹小名兒說。詞兒。你還不快謝謝他們二位呢。你這就要抖啦。牡丹果然滿臉高興樣子。向他二人各鞠一躬。他的小心眼兒裡。有千萬感謝的話。只是說不出來。不過用他一双秋潭一般的眼睛。望着他二人。表示一種謝意便了。這時白牡丹的師父老羆。也過來了。他大概是在他屋裡換換較好的衣履。所以這半天纔過來。他已有五十歲了。是個唱掃邊梆子青衣的。幼時常給十三旦配戲。所以十三旦的戲。他看過不少。後來便以教戲爲生。他所教的小旦戲。都很地道。全是老十三旦的規矩。大凡當兒子的。總愛述說父親的盛德。老麗的歷史。三禿子知道很多。他說他爸爸在戲班裡所以不紅。並非是能耐不好。實在被脾氣鬧壞了。最愛打架。動不動就紅眼。所以人家給他起了個外號。叫紅眼旦。因爲這個外號。所以一輩子沒有混好。這個大概是實話。一個旦角。愛紅眼睛。不問是怎樣紅法。他的運命也就可想而知了。

老麗有三個兒子。自然都吃戲飯。可惜一個成材的沒有。大小子二小子。都是武行。在外縣跑大棚。三禿子學了小花臉。跟牡丹配戲。白牡丹是老麗在天津時收的徒弟。如今已七八年了。還沒出師。聽說合同上寫的不是九年便是十年。那婆子便是他的荊人。家中還有兩個童養媳婦。他夫婦兩個。帶着三個兒子。兩個媳婦。一個徒弟。可是八口之家。他兩個大兒子。既然沒有驚人本領。自然收入不多。不過是自掙自吃便了。三禿子也不能掙錢。方纔那個小姑娘。便是第二的童養媳。不知誰家的孩子。竟來到麗家當童養媳。他家的景況。不問可知了。這孩子一邊當媳婦。一邊還得學戲。老麗夫婦。在他身上。很有希望呢。但是多怎纔是掙錢日子。眞可謂遙遙無期了。老麗雖然在科班裡當一份教習。也掙不了幾個錢。看光景。他一家的生活。似乎全在牡丹身上。牡丹不啻他家一顆錢樹。所以衣履等項。也是牡丹比別人整齊一點。不過牡丹沒有二年。便出師了。到了那時。牡丹一走。他的生活。立刻要受影響。便是不走。他也到了年齡。嗓子到萬不能指了。這時老龐夫婦。是很爲難的。他們心裡有兩個打算。第一。怎的教牡丹認識兩個濶人。趁他沒出師。大大的敲一筆竹槓。雖然不必照梅蘭芳那樣有個中國銀行總裁的老斗。那麼送幾件行頭。置兩件衣裳。貼補幾個費用。也就不無小補了。他看見那個濶了。這個濶了的。非常眼饞。暗道。牡丹模樣。不在蘭芳以下。怎就沒人招呼呢。不想牡丹的色藝。雖然不錯。只是名譽太小。一班以老捧戲子。全憑耳食。自要大家一吵嚷。說那個孩子如今不錯了。報上時不常的再有兩段捧場文字。他們一定要據爲己有。從此便不許別人傍邊了。他們的行爲。簡直是强姦名譽。幸虧牡丹此時一點名兒沒有。還不至深入侯門。可是老龐却耐不得了。他以爲這種像姑式的營業無望了。他又沒錢裝飾牡丹。他只得另想別計。好替牡丹的缺。他一方物色徒弟。一方赶着教他那小童養媳。將來好有個接續。誰知近來很有一羣人來捧牡丹。差不多天天要包兩張桌子。他的心又動了。但是他又不知這羣人是作什麼的。不過見他們的穿着打扮。似乎像有錢的。他又不好自薦。請人家到他家裡坐一坐。他也知道他家裡沒個坐處。益發不敢自獻殷勤了。可巧今晚伯雍二人來了。他聽了聽。知是爲牡丹來的。他喜歡極了。赶緊換換衣裳。也過這邊來周旋。伯雍看老龐時。黑的與他老婆一樣。不過他是個細高的身量。兩個深眼窩子。他老婆却是矮個兒。彌縫眼。因爲他二人的黑。益顯得牡丹白皙無比了。這時老龐帶笑向他二人鞠了一躬。說。多承諸位先生捧場。始終沒到府上謝過。說着便問泡茶去了沒有。買盒煙捲來。

伯雍說。我們喝過茶了。不用張羅。此時老龐找了一個小凳兒坐了。大家暫時就沈默一了會。因爲老龐不善於辭令。他心裡的話。一時却說不出。還是他老婆能言會道的。向老龐說。難得這幾位先生捧場。他們從此還要特別帮忙呢。說還要給牡丹作什麼書。這一來。天下都知道了。雖然是孩子的小造化。咱們的時運。借着他們幾位的洪福。也快到了。這眞是一件可感激的事。老龐見說。也作出感激的樣子。不住兩手互搓說。現在唱戲。全仗有人捧。戲碼也能往後排。戲份也能長一點。再說唱旦角的。更是離不了人。若論我這徒弟。倒是學的不錯了。有人帮點忙。不難起來。不過我認得誰呢。向常梆子班就不値錢。不能照人家徽班的人交際寬。論我呢。雖然唱一輩子戲。不過是餬口。家計就把我累住了。那里還能應酬人。我這三個兒子。又都不成材。所以直到如今。我的日子還挺困難的。牡丹雖然是我的徒弟。旣然教他唱戲。什麼行頭便衣等類。也是置不起。如今唱戲。又專門講究行頭。也很困難的呢。伯雍說。別着急。胖子不是。一口吃的。如今不是有我這幾位朋友要捧你們。准得有個辦法。置幾件衣裳。也不算難事。不過他們幾位所期望的很高。非牡丹成了名。不算完的。你們自有掙錢日子。自要有了名。戲份多掙。不用說了。便是在堂會戲裡掙一百八十的。也不難。老龐說。那就專仗諸位鼓吹了。此時老龐的老婆。又發言了。他未曾開言。先嘆了一口氣。彷彿想起以前的困難。因說道。收一個徒弟。困難極了。就以牡丹而論。是我們在天津時收的。我們先生。本打算不要。那時他纔七歲。他的父母。是東光縣的人。委實窮的不得了。非把孩子認給我們不可。也是我看他們可憐。死說活說。教我們先生收下了。這時這孩子長了一身膿瘡子。是我當我親兒子一般。纔把他對付活了。此時只見牡丹把嘴噘着。臉也沈得挺整。似乎不願他師娘說這些話。他師娘也不管他。仍續說道。我們在他身上。費心費大了。七八年工夫。纔有今日。往後若不孝順師父。成不成。正說着。只見進來一個人。却是戲館子催戲的。伯雍說。你們歸撥歸撥該到館子去了。我們坐的工夫已不小。也該走了。說着便和沛上逸民站起來。老麗夫婦說再坐會吧。天還早呢。伯雍說。改天再來吧。這時牡丹說。回頭不聽戲去。我今天晚上是大軸子翠屏山。伯雍說一定有人去聽。當下他一家把二人送在門外。很滿意的說。閒着只管來。總要多捧我纔好。二人說。那一定。自出巷口去了。

他二人由老麗家裡出來。走到天樂園門口。只聽裡面鑼鼓鏗鏘的。早已開了戲。他二人也沒進去看看。僱上車。一直的跑回報館。古越少年見他們回來。笑道。你們怎纔回來。不是被花王一番聖眷。你們迷了歸路不成。伯雍說。我們纔去了多大一會兒。我就怕担嫌疑。所以請沛上逸民同了我去。不料你還說這話。以後我不敢去了。古越少年說。伯翁。別着急。我說的是笑話。當眞他們是怎樣招待你們。沒有不願意樣子。伯雍說。他們求之不得呢。那能不願意。這時子玖鳳兮都在那邊辦稿子。聽見伯雍回來。也追到這邊來問說。怎樣。伯雍說。那有什麼難的。這是於他們有利的事。還有往外推的嗎。只是他家太寒苦了。若不想個積極辦法。恐怕不能成全他們。不過一樣。牡丹沒有二年。就滿徒了。應當怎樣進行。我是門外漢。而且又是措大。實在不敢贊一詞。你們大家商量吧。古越少年說。第一當用文字的力量鼓吹。第二再說物質上的援助。其實我們大家湊幾百塊錢也不難。不過那一來。他不是說我們是大頭。便疑我們是老斗。雖然愛他。也須敎他們知道。我們的身分。不是嫖像姑。是要成全他作個名伶的。沛上逸民說。這話固然是。但我看他唱梆子戲。究竟不能上達。須得敎他改二黃纔好。伯雍說。他師父就會敎梆子。沛上逸民說。咱們花錢替他請敎習。大概一齣戲有十塊錢左右夠了。古越少年說。這也是個主意。反正我們要栽培他的藝業。不是爲胡亂敎他們得幾個外財的。隴西公子說。讓他學二黃戲。我非常贊成。東山遊客說。最要緊的須敎他學作人。往後得了名。也別染梨園的惡習。當下你一個主張。我一個見解。反正都是於牡丹最有利的。伯雍說。你們別只顧說這些了。我們臨來時。牡丹敎我給你們帶信。請你們聽戲去呢。古越少年說。眞的嗎。伯雍說。不信。你問沛上逸民。古越少年見說。便如中了催眠術一般。向大家道。有話明天再說。咱們先聽戲去要緊。當下他們都穿上馬褂。紛紛的去了。這里伯雍和子玖諸人。自辦報稿。十一點多鐘。纔完了事。子玖一定敎伯雍邀他去看秀卿。說。此時去聽戲。已然晚了。你花一塊錢。請我看看秀卿去。伯雍說。我不是舍不得錢。你既這樣說時。我倒得請你。鳳兮說。竟請他不成。我也去。伯雍說。那是自然。咱們三人都去。說着換換衣裳。出門去了。伯雍說。眞個的。他在那個班子。我還忘了。子玖說。我知道。你就跟我走吧。不一會。他們溜達着進了石頭胡同。走了不遠。只見路東一個如意門兒。一盞電燈。嵌在當中。一顆大金剛石似的。非常明亮。門楣和門垛上。懸滿了銅和玻璃製的牌子。飾着極漂亮的各色綢條。那門框上另有一面銅牌。鐫着宣南清吟小班六個字。子玖向伯雍說。你看。這個班子闊不闊。政界人來的最多。我們給他起了個別名。喚作議員俱樂部。你的貴相知。就在這里。伯雍說。你別改我。八字沒見一撇。那里說得起是相知。旣是議員老爺們的俱樂部。我們當然在這里不能有相知了。不過我們也可以在此觀觀光。或者不至把我們揮諸門外。說着三人相携進去。早聽房門裡喊了一聲。却是有聲無字。不知喊的是什麼。進了二門。早有一個跑廳的過來問說。三位有熟人嗎。子玖不等伯雍說話。便說招呼秀卿。跑廳見說。忙往裡讓。另進一個跨院。正房三間。左右各有三間廂房。只聽跑廳喊了一聲秀卿姑娘。只見秀卿由上房左手出來。一見伯雍三人。便說。你們來了。跑廳的。給找屋子。跑廳的見說。在東廂房裡找了一間屋子。倒還清雅。連着另有一個伙家打來三條手巾。他也不知誰招呼秀卿。胡亂上了一個盤子。秀卿說。何必上盤子。我這里不許你們坐怎的。子玖說。你不知道。自那日酒局上。伯雍很念叨你。你若不上他盤子。往後他不好來了。秀卿說。沒得話。他未必念叨我。一定是你慫恿他來的。伯雍聽了。很吃驚的。沒法子。只得遮飾說道。你不要屈枉人哪。我若一定不來。誰慫恿也是不行。如今人家來了。你又說這話。你若不數我上盤子。

我就走了。秀卿說。隨你便。要走你就走。要上盤子你就上盤子吧。說得大家一笑。既而子玖因問秀卿說。我們總理沒到這里來嗎。秀卿說他們一大幫。在這里鬧了一陣。說上桂花那里去了。連着他喊了一聲李媽。不一會進來一個三河縣式的跟媽。年約三十多歲。人倒乾淨。秀卿因向他說。你倒拏煙捲來呀。也瞧瞧茶什麼的。李媽一笑說。不是拏來了嗎。說着變戲法一般。由袖內取出一筒三炮臺煙。給伯雍三人。每人點了一支。秀卿說。你還是上那屋去吧。此時鳳兮知道他屋裡有客。便說。你若有客。自管去張羅。我們原不在乎什麼客氣不客氣的。不過完了事。找你來談一會兒。你若忙呢。不用管我們。我這老弟。也決不能挑你的眼。秀卿說。我伺候他們半天了。你們來得正好。我還可以歇一歇。他們總是一點好行止沒有。不是嘴裡胡說。便是動手動脚的。總以爲自己是老爺。成心拏人當玩藝兒。其實討厭極了。伯雍說無怪人說你脾氣不好。你怎老看不起人呢。難道你沒有好感情的人好嗎。秀卿說。那里便有感情。少的很呢。伯雍道。照你這樣說。嫖客跟妓女。究竟是怎個關係呢。若沒有一點感情。那也過於無味了。秀卿說。誰說有滋味呢。不過是昧着良心裝假便了。你們想。嫖客一進門。他們是懷着感情來的嗎。打茶圍的客。都要買一塊錢的樂。住局的客。要買八塊錢的樂。橫挑鼻子豎挑眼。總想賺回八倍的利益纔算心滿意足。這樣的人。怎能與他生感情呢。倒是使點假意思。他倒樂的要命。伯雍說。這樣的人。固然不少。也有不惜金錢。不辭勞瘁。在姑娘身上獻殷勤的。就以我們總理白先生說。他跟桂花能說沒有感情嗎。秀卿聽了。笑道。你說的是眞話嗎。你以爲那樣就算有感情嗎。伯雍說。我看那樣。似乎能得姑娘歡心。秀卿見說。忽然把臉一沈。向伯雍說。你頭一遭來。怎拿話敲打我。我告訴你。我若喜歡那樣的人。我早當了一品的姨太太了。二十多歲了。我還腆着臉混什麼。不是我不願意嗎。論到感情。我可也說不上是怎回事。大概就是對心思。對心思的人。也不必交多少日子。一見面也許投緣。不對心思。天天在一坑上睡。也未必有什麼感情。不過處在妓女的地位。各人有各人的辦法。終歸一言。是手段。不能說是情。若眞用起情來。天天多少人。當妓女的還有活路嗎。早都得勞病死了。子玖此時從旁說道。聽你之言。你一定是過來人了。你從前大概得過勞病。害過想思。秀卿說。從前倒沒有。以後不知怎樣。大概得害一場勞病吧。說到這里。只聽李媽在上屋喊說。秀卿姑娘。客要走啦。秀卿聽了。站起來說。你們在此暫且坐一會兒。我把他們打發走了。回頭上我屋坐着去。說着。往上屋去了。只聽他向那個客人說。你們忙什麼呀。天還早呢。再坐一會不咱。一定要走哇。慢待。明天早一點來。不然。我可罰你們。只聽那幾位客人。笑呵呵的出來了。伯雍三人隔着窗戶一看。四五個人。都有四五十歲了。穿的很公本。大概是那鋪子的掌櫃的。這幫客走了。秀卿催着李媽把屋子收拾乾淨。教跑廳的把瓜碟茶壺。移到本屋。打簾子讓客。把伯雍三人讓到秀卿本屋。這屋子較廂房寬大多了。屋內床帳。桌椅、屏條、對聯、等類。應有盡有。還不俗氣。秀卿教跟人重新瀹茗。開了厨櫃。另備四碟乾菓。這種辦法。是手段是感情。伯雍也不明白。不過心裡覺得非常安適。不覺得對於秀卿的優待。起了一種情感上的作用。他知道今晚這一塊錢。絕沒有這等効力。並且知道每晚一塊錢。也未必買得來。然則他竟如此優待。可見不是爲我區區一塊錢了。

第四章

伯雍三人在秀卿屋裡。又坐了一點多鐘。好在秀卿沒有住客。還不至妨碍他的營業。外面有落燈時候。他們纔回去。秀卿也不留。只說明天見吧。伯雍和子玖鳳兮。回到報館。子玖非常羨慕伯雍說。我逛了十幾年。也沒遇見這樣一個人。你是那里長了愛人肉。爲何教秀卿這樣傾倒呢。伯雍說。我也不知。或者他過於矯情。未必是自然發動的。天下的人。因爲環境的刺激。成了一種矯情性質的很多。妓女生活。更是容易受刺激。秀卿不是孩子。自然免不了神經質的作用。子玖說。話雖如此。究竟你得了便宜。伯雍說。有什麼便宜可得。無故又給我添煩惱。我很怨你們呢。不如聽聽戲。看看白牡丹。如今憑空添了一個秀卿。人有幾個心。還够用的嗎。子玖說。若照你這樣用心。眞應了秀卿的話。不久便得癆病了。三人一笑而罷。各自歸寢。伯雍於衾枕上。不免又把秀卿的性格。研究一番。次日起床。一看報。熱鬧了。關於白牡丹的記載。有好幾條。都是前天古越少年諸人作的詩文。求子玖在報上發表的。從此他們成了一個團體。加入的人。日多一日。不過多是無聊的文人。可是於白牡丹未嘗無補。不第聲價慢慢高了。戲份也長了許多。世家大族的堂會。也有了牡丹的戲目。伯雍樂得跟大家玩一玩。還可以把這寂寞生涯。提得有點興趣。不過他的習慣。漸漸壞了。每天睡得晚。起得更晚。除了辦稿子。不是聽戲。便是到牡丹家裡去。有時獨自一個。也跑到秀卿那里。皆因他委實不能忘了他。所以時不常的要去。秀卿待他。只和至契的朋友一樣。他二人差不多把形跡忘了。秀卿忘了伯雍是個嫖客。伯雍也忘了秀卿是個妓女。在伯雍這樣淸苦的生活中。彷彿有秀卿有白牡丹兩個所在。大足以減輕他精神上的痛苦。他到白牡丹家裡去。是圖個排遣。到秀卿那里去。是圖寄頓他一日的疲勞。可是他的收入。每月不過五十元。這是白歆仁顧念他是老同學。特別規定的一筆優越的薪金。還不致跟別人說。以示特別優待。但是他除了贍家。每月也就無多錢了。除了他在霉濕的房子裡。埋頭作文章。一步也別行動。把精神和皮肉。全都賣給報館。或者能把五十元全省下。但是一個活人。有自由有人格有思想的活人。怎能爲五十元錢。便把精神皮肉。全賣在一間霉濕的屋子裡呢。可是不肯全賣了。錢究不够用的。洗澡、理髮、坐車、娛樂。都是有人格的人。應當享受的。用自己的勞力。除了生活上必需的。這些費用也應當換得出來。可是日來伯雍很困難。他又不能跟別人那樣有天無日的胡來。他的收入。先得往家裡寄。所以他手內餘錢。總不能維持合他身分的生活。他也不是有什麼奢望。並不想分外的虛榮。不過旣在社會上替人家賣腦筋。也得有相當的報酬。雖然不必照作官的和銀行大老板發財那樣容易。多少也須維持得了生活。若並生活維持不了。天天忍着極大苦痛。那人生的意義。也就沒法說了。他沒法子。只得找歆仁去商量。晚飯以後。歆仁到舘裡來了。他鼓着勇氣來到後院。只見歆仁銜着雪茄。在一把安樂椅上不知想什麼呢。見伯雍進來。連忙讓坐。伯雍隨便在一把椅子上和歆仁對面坐下。歆仁說。這兩天的報。很熱鬧了。他們眞捧白牡丹。究竟好不好。伯雍說。孩子還不錯。歆仁說。若眞好。我多怎唱堂會戲時。也叫他去。伯雍說。那不一句話。你家裡多怎有事。我們大家奉送牡丹一齣戲。歆仁說。日子還早呢。反正今年我准唱堂會戲。既而他又笑着向伯雍說。聽說你跟秀卿很熱了。當初本打算挐他和你取個笑。不想倒給你們作了媒。眞是出人意料以外。伯雍說。我就知你們不懷好意。我雖然到他那里去過幾盪。離熱字太遠。再說這是什麼事。還不是我能作的。我今天要跟你商量一件事。歆仁見伯雍要跟他商量事。立刻改了一個面目。驚駭着問道。什麼事呢。伯雍說。子爲我之鮑叔。還不知道嗎。簡快跟你說。你給我這五十塊錢。不夠我用的。你還得給我想法子。不然我要另找吃飯地方。不能幫我的老朋友了。歆仁見說。連連的縐眉。說這五十元。在本社就很爲難了。你教我給你想什麼法子呢。伯雍說。你不給我想法子。那末我自己就得想法子了。歆仁說。你先別着急。若教我由本社給你想法子。委實辦不了。好在前天有個機會。他們跟我說。我倒忘了。你知道北京教育公所呀。他們多少跟我有點關係。近來他們要辦一部雜誌。求我物色一個編輯人。如今你既這樣困難。我便薦了你。可是我的事。你也不許躭誤的。兩個地方合起來。你可以收入百元以上。這事若是成了。我知道秀卿也念我的好處。說罷笑了一陣。伯雍見說。心裡好生不悅。暗道。我皆因爲飢所驅。纔當了一名暗無天日的報社編輯。如今他又給我找個編輯。這眞是一層地獄嫌淺。又給我挖了一層。他就知道從此我掙一百元了。他可不知我的筆墨債。又多了一倍。假如他要教我掙一千元。我就得當二十家報館的編輯。錢沒到手。心血也就乾了。他們這手段。是跟誰學的。怎拿人的性命不當事呢。欲待不就。表面上却是不好意。若應允了吧。從此就得兩頭跑。不但身子勞碌。腦力也得加倍使用。想一想日後的苦楚。未免勞苦多而收益少。其實以歆仁的力量。替伯雍籌百十多元錢。不是不可能的事。他少給桂花買一個戒指。也够伯雍一年的薪水了。何況伯雍並不是飯桶。賴衣求食的人。給他相當的代價。未嘗沒有相當的工做。即或自己找便宜。不願意給公平的價錢。他認得的人很多。什麼總長議長的。都是朋友。也未嘗不可以替伯雍謀個相當地位。便是他捨不得伯雍。留在報館辦事。既不給相當薪水。給他謀個掛名差使。也可以挹彼注此。維持他的生活。他爲什麼不這樣辦呢。這其中却有個道理。假如他給伯雍找一個不費腦筋坐在家裡就來財的差使。他的兄弟。他的親戚。應當做什麼呢。譬如他將來娶了桂花。桂花的近支。都找上門來。求點差使。桂花又撒嬌撒痴的命令老爺。歆仁能教他們作報館的編輯嗎。又如窰子裡的茶壺。借着桂花的光。也求白總理位置一個差使。他能教他當教育雜誌的主任嗎。不用說不能。便是他們能辦。桂花也不許老爺給他們這樣淸苦的差使呵。所以什麽稅局呀。官公局所呀。縣知事呀。自然是一種費不着腦筋的人預備的。至若照伯雍這樣的人。天生來的沒有食肉相。自可以使他們絞腦汁。嘔心血。用不了幾個錢。就把他們送終了。死了一個。還有幹的。就彷彿牛馬似的。多怎又有使絕了的時候呢。沒有什麽可愛惜的。至於自已親族。姨太太的內家。同僚的子弟。都是寶貝一般的人。自幼也沒見用過一天腦筋。出來作官。不濶。不體面。不來財。不省心。對得起他們嗎。老天爺也不願意呀。所以歆仁有的是勢力。不過都在夾袋裡偸着用。照伯雍那樣的人。再轉幾個輪廻。也不能入他的夾袋了。雖然伯雍沒入他的夾袋。正見伯雍不幸中之幸。多少還有點人的滋味。

伯雍暗自思辱半天。究竟沒有法子。除了脫然舍去。另謀別計。纔能把這勞苦多收益少的勾當拋開。但是北京的社會。是怎個現狀。伯雍一個窮書生。到那里去能成呢。除了當教習和新聞記者。自有一定行市外。要打算謀個較好的事。非有絕大奥援。當然是徒勞無益。若說當教習去。和新聞記者有什麽分別呢。都是用腦筋賺有數的錢。再說教習所受的氣。更大了。差不多失了人格。伯雍更不願意去作。沒法子。還得歸歆仁那條道。暗道。大丈夫有的是一腔心血。誰教窮呢。不必善價而估。有買的就賣吧。當下伯雍和歆仁道。你的好意。我很感激。於教育學。我也不算外行。自問不至出笑話。只是他們打算幾時開辦呢。如果他們眞邀我去。我好預備材料。歆仁說。大概這幾天就要辦。他們已然催了我好幾回。

你既願擔任時。我告訴他們。當然沒有問題。同時他們還要辦一份教育畫報。你聽話吧。明天准有頭緒次日歆仁果把伯雍請過來說。事情成了。這兩天他們要跟你接洽接洽。好在這事跟你的時間不衝突。一個月報。不必天天在那里。自要每月有東西。也就成了。伯雍說。我明天去吧。到那里找誰呢歆仁說。中學科小學科兩科長。都是我的朋友。總務科科長。跟我更是莫逆。所長呢。不用說了。我們是老世交。但是你不過是他們另僱的編輯。算是衙門以外的人。不是所員。你不必見所長。到那里只見總務科長就成了。他必然告訴你一切。或者他能引你見見所長。但是所長很忙。不定能見不能。你只和總務科科長見見。也就足了。歆仁科長所長的鬧了一大陣。伯雍聽得腦袋都昏了。並切他言語之間。表示他們都是官。尊貴」極了。以伯雍現在地位。不過是個平民。得見他們。應當引爲榮幸。所以說得這樣鄭重。在伯雍已然是受不了。連忙問他說。這位總務科長大人姓什麼叫麼呢。歆仁說。你連他都不認得。他是教育機關很有名的人。在教育部裡走得很紅。現在的教育公所。簡直是他的天下。你怎不知道呢。可見你太不留心時事了。伯雍說。我實在太不留心。竟務外了。外國的著名教育家。我多少還知道兩個。怎麼。北京有這樣教育大家。我會不知道呢。太該殺了。此公尊姓高名呢。歆仁說。大名鼎鼎的鄒昌運。你不知道嗎。伯雍說。鄒先生。這我就不能忘了。你辦公吧。明天我便去拜會這位先生。晚上完了事。伯雍染了夜遊子的習慣。仍和子玖鳳兮到外邊跑跑。次日吃了早飯。伯雍僱車進城。到了西單牌樓。進了一條大胡同。便是教育公所。路北大門。儼然是第二教育部。大門兩旁。貼着許多牌示。伯雍無心去看。付了車錢。進了大門。取出一張名片。走到傳達處。見裡面幾個聽差的。正在那里說笑話。彷彿沒有看見伯雍。連睬也不睬。皆因他們看伯雍那樣子。至大不過是個小學教員。這里專門管他們的。所以這些聽差的借着教育公所的派頭。也彷彿比小學教員大着好幾級。半天。沒人問。伯雍沒法子。只得說道。諸位辛苦。我要拜會你們總務科長。只見慢慢的起來一個年紀較長的。把伯雍上下看了一眼。接了他的名片。說這邊來。伯雍跟着那人到了一間應接室。當地放着一張長方桌。鋪着白布。兩旁放着幾把椅子。那人說。在此等着吧。拿了伯雍名片。進了垂頭門。往裡院去了。待了半天。忽聽窗外咳嗽兩聲。聲音又尖又銳。方纔那個聽差的。把簾子一打。進來一人。年約四十來歲。細高身材。可是有點水蛇腰。他的臉。也很長。微微有幾根黃鬍子。見了伯雍。一點頭。微微一笑。牙全露出來了。他的笑。却不自然。是假做出來的。旣而問伯雍說。閣下是歆仁先生薦來的嗎。伯雍說不錯。閣下是鄒先生。那人說承問。兄弟便是此處總務科長。久仰老兄文名。從此要多帮我們的忙。伯雍說。兄弟的學業。荒疏久了。以後還望多多指教。伯雍自稱兄弟。鄒科長似乎有點不願意。却也無可如何。此時伯雍又問道。貴雜誌幾時出版呢。內容如何。不妨大家研究研究。鄒科長道。大体已然籌備好了。但是本科長還不接頭。將來這事由社會教育科主辦。這樣吧。閣下跟我見見我們社會教育科科長。他都明白的。完了再見見所長。大概所長關於此事。還有主張。閣下既充編輯人。也不可不與所長接頭。伯雍說。也好。當下鄒科長把伯雍引到裡院。却是五間大廳。東西各有五間廂房。都帶廊子。東北犄角。另有一個小月洞門。却是東跨院。鄒科長把伯雍引到跨院裡。另有三間小正房。鄒長科說。將來這裡就是編輯部。說着。同伯雍進去。裡面還沒收拾好。堆着許多政府公報。和種種被灰塵蒙着的案卷。幸喜有幾把椅子。還能坐一坐。這時鄒科長說。請先在此候一候。我去請社會教育科科長去。說着去了。半日工夫。只見鄒科長同着一位老先生進來了。只見這位先生。童顏鶴髮。身體十分肥碩。所着衣履。還是前清翰林的樣子。不過僅僅短了一條小辮。這位先生。倒是北京土著。也算有名的書家。前清時代。不知在那衙門當過差。也掙了幾個錢。但是他的錢。多一半由寫字掙來的。他六七十歲的人了。當然不知什麼叫新學問。舊學問也很有限。不過他却很好聯絡。他是在家裡坐不住的人。他雖然有錢。他却捨不得花。仍然是在社會上活動。每月總得有五六百元進門。他纔喜歡。也幸虧他身體結實。天天在外面去聯絡。他所聯絡的人。第一是南紙店管事的。第二是古玩行。第三是官僚。他有這三項人替他作聲援。所以他在紳士裡。是最有名望的。也似乎深通社會情形。論理。他沒有資格入教育機關當科長。但是有許多人都說他長於社會教育。所以他能當教育公所的社會教育科科長。他每日上下衙門。不坐人力車。也不坐馬車。他說人力車不是人坐的。拉車的也是人。不忍教他們拉着走。他的心。有多們慈善哪。但是他總不想北京若沒人坐人力車。好幾十萬人就都得餓死了。他雖然極力想研究社會教育。設立幾處宣講所閱報處。他却不懂得什麼叫社會問題。他就知道不坐人力車。便算對得起苦同胞。不肯拿他們當牛馬。他看着馬車費用太大。而且過於時髦。所以也不肯置一輛。他每日仍坐他那輛老騾子車。不知道的。都說他是個大夫。或者是個看風水的先生。

他膝下無兒。老伴已然死了。只有兩個女兒。大的已然二十歲了。雖然沒入過學堂。却很講自由。每日梳洗打扮。非常的漂亮。他也不以爲怪。愛的和掌上明珠一般。他總想替他女兒擇一個快婿。無如總不當他的意。他也不管他女兒心理如何。只是慢慢的去選。其實學校的職敎員。和學生裡面。很有頂好的青年。他都看着不好。老以爲學堂出來的人靠不住。大族又沒人跟他論婚。所以他把他女兒的大事。給耽誤到現在。目下還在物色佳婿的時代。

此時科鄒長給伯雍引見道。這位便是我們社會敎育科科長。朱仁亭先生。伯雍見說。向他鞠了一躬。鄒科長又指着伯雍道。這位便是白議員給薦來的甯伯雍先生。朱科長這時已然把他那付大花鏡摘下來。向伯雍拱手帶笑的說。原來是一位很年青的先生。在那學堂畢過業呢。伯雍說。從前在京裡讀書。光緒三十一年派到日本。去年纔回來的。朱科長見說。歎道。留學很久了。可惜這些年光陰。家裡幾口人。有多少地。聽說在西山住家。一定有田園的了。伯雍見他不說正經的。問起家常。心中不由暗笑。因答道。小生八口之家。別無恒產。朱科長見說。不覺的一搖頭說。如此說來。家境很寒。苦的很。苦的很。寒門的人。能學到這樣子。也傻難爲的了。究竟不如富家子弟腦筋充足。因爲他們飲食好。就拏老朽說。六十八了。若不是仗着飲食。那能有這樣腦力呢。別的我倒不講究。滋養品是不能缺的。伯雍見他益發說得可笑了。沒法子。只得向他說道。老先生先不必說這些。如何營養。等閒着時再領敎。究竟貴雜誌是怎樣辦法。今日能說個大体不能。幾時纔能出版。也須有個預備。我好來作事。朱科長道。哦。雜誌。就是月報哇。預備好了。早已給各學堂去公事了。敎他們供給材料。大約下星期材料便到齊了。你先生由明天起便可來衙視事。這來衙視事四字。倒把伯雍說得一楞。暗道。我又不是屬員。又不是科長。又不是秘書。不過辦雜誌的一個人便了。何必裝在衙門裡呢。他心裡便有些不安。這時鄒科長和朱科長道。請這位先生見見所長好不好。大概所長還有分派。朱科長說。也好。咱們同着到辦公廳吧。當下他二人同着伯雍。到了辦公廳。只見五間一通連。當中放着所長辦公的桌子。以下是總務科。中學科。小學科。社會敎育科。每一位科長科員。都有一張辦公桌。看他們那樣子。不是在那里辦事。一個個懶洋洋的。在那里白坐着。簡直是消磨光陰。竟惦記到了鐘點好下班。倒是有幾個錄事。低着頭不知在那里抄錄什麼。

所長年紀不過四十來歲。俊品人物。本是前清的一個紈袴。在官學裡念過幾年書。還當過駐日公使館的隨員。保了一個四品京堂。他天生來的是個官僚。再加上戚親朋友官僚派的薰染。所以他除了會作官。別的長處一點沒有了。他的手腕。非常靈敏。他的談吐。非常官派。他的走動。非常寬廣。在宦途中。無論到什麼時代。絕不會沒有他的事做。他由日本回來。便得了這個缺。雖然改了民國。他的地位絕不會動搖。而且較從前更穩固了。他的官。雖然不大。在北京也是個要緊的機關。除了教育部。就得讓他。論理。他一個舊式官僚。怎能長的了。誰知他竟幹長了。他的手腕有多大呀。不說他一已的運動力。由當局方面看來。也似乎留着他大有利益。北京中學以下的學生。也多很了。在政府(老袁)看來。將來都是有危險性質的。換個有思想的教育家。一定不免給政府添麻煩。現在的所長。他是以作官爲目的的。其實他也不知什麼叫教育。不過按着官事循例辦公便了。並且他用的人自然都跟他同鼻味。萬不會有什麼振作。他們爲飯碗計。每天只求無過。不求有功的。大過苦了一羣莘莘學子。然而也是無法。無非在文明世界。不便取消學堂。也就算當局老大的恩典了。政府有政府的用意。不想這位所長。倒永保祿位了。

伯雍隨着二位科長到了辦公廳。那位所長見他二人同着一個不認識的人進來。明知必是約來辦雜誌的寄伯雍」他却假裝糊塗。望了望。仍坐在他的椅子上。彷彿在那里看公事。很勞心的。等到鄒朱二科長走到他面前。說明所以。他纔故作笑容。站起來。向伯雍一拱手說。久仰先生大才。請坐請坐。旁邊伺候的人。早替伯雍搬過一把椅子。鄒朱二科長。也在案旁坐下。此時所長很客氣的向伯雍說。閣下是白歆仁先生的同學。我跟他是好友。上月我們商量打算出一份月報。這事也是不容緩的。因爲我們的衙門也很大了。每天的公事。也很多。不要緊的例事。就由報上發表。也彷彿政府公報似的。就算本衙門的一份公報。但是本衙門的人員。都有專司。所以求歆仁先生薦一位主筆。你先生既肯帮忙。當然是熱心教育的了。伯雍說。旣承不棄。惟有盡心。以後還求諸多指教。但是貴雜誌究竟是怎個內容。什麼体裁呢。所長道。官報不比尋常。第一項。是政府關於教育行政的命令。教育部的部令批示。以及本衙門的各項公事。第二項。是各學校的呈報。第三項。是各校校長教員的論文。他們散了學。無所事事。不是出南城。便是逛公園。殊於教育前途有碍。所以我勸令教他們作文章。作個考成。他們的文章。先生不必管。我已求朱科長老先生擔任批選。差不多是個主考的責任。第四項。先生可以隨便作點東西。或是翻譯亦可。第五項。是雜俎。關乎教育的事。無論中外。都可選錄。這是先生的事。至於全部責任。却由朱科長一人負責。先生有什麼話。不妨和朱科長商酌。至於薪金呢。暫送五十元。先生須知本衙門的經費。是有數的。日後欵項充足。定有加薪的希望。伯雍說。薪水大小。倒不在乎。反正所長是公事公辦的。不過一節。我如今是給歆仁的日報担任文藝編輯。日報當然是較月報忙的。據所長方纔的話。貴月報已被公文和各學校的東西。占了十分之八去。只剩二分。是我的責任。我想作文章和選材料。也不必天天到衙門來。反正我若有工夫。一定到這里看看。我的意思。是以不誤事爲主。可不能天天到衙門來畫到。假如我的東西。到期沒有。是我的責任。別的我也就不管了。因爲所長已然把編輯責任全部委之朱科長。發稿出版等事。當然是朱科長的責任。所長說。是這樣的。先生也不必天天來。但是總須常來一點好。

說到這里。算是個結論。伯雍辭了出來。朱科長囑他明天必要來的。伯雍答應了。他出了教育公所。彷彿半日沒有吸着空氣。不由得一舒展。可是他心裡不痛快極了。暗道。這些人怎能與他們共事呢。他們所辦的也不像個雜誌呀。乾燥無味。給誰看呢。最可憐的。是一般窮教習。一天一天的苦混。還得交卷子作文章。就憑朱科長一個頑固老頭兒。懂得什麼。不用說別的。便是選錄各校文章。將來便不知傾害多少人。哎呀。造孽。這事我不作好吧。伯雍回到報館。晚上完了事。把教育公所的事。向歆仁說了一遍。歆仁說。明天你就去吧。不管如何。倒是先掙他們五十塊錢。伯雍說。這五十元錢不是好掙的。我見他們都是外行。一切都歸朱科長主辦。我不能說他是壞人。他簡直什麼也不曉得。第一他先不贊成留學生。我說在外洋留學過六年。他很替我可惜。他不但不知道外國情形。大概連北京以內的事都不十分懂得。我在他手下辦事。能有好結果嗎。不如你替我辭了吧。省得將來決裂。也是一走。不如教他們另請高明吧。一個發表例事的月報。他們所裡人。也能辦了。我見他們都在那里白坐着。另僱一個人。不知是什麼意思了。歆仁見伯雍把話說完。似乎有點不悅。口裡銜着煙捲。默然半天。纔和伯雍說。你不是說錢不够花的。如今給你找這樣一件事。你又不願意。將來誰還給你找事。你管他們怎樣。你就作你的事。不要先瞧不起人。朱科長雖然什麼也不懂得。他既然當科長。也必有長處的。萬不能說他什麼也不懂得。或者他所懂得的事。一定是洽合機宜的。所以能獲得相當地位。你的學問。固然很好。但是非不及即太過。所以總得不了機會。我現在很悟出一點道理。也是我當議員在政界裡活動的好處。他說到這里。鄭重其事的問伯雍說。伯雍。你看我從前是怎樣一個人。伯雍說。你從前是個溫厚長者的青年。心地尤爲純正。在咱們同學的裡面。我很推許你。歆仁見說。微微一笑。因又問伯雍說。我現在是個什麼人呢。伯雍見說。把頭一低。半日。也沒言語。歆仁說。你怎不說話。你這默默之中。我知道你對於我一定有不滿意的批評。你只管下個批判。我不惱的。伯雍嘆了一聲說。我見你民國以來。與從前判若兩人。歆仁說。判若兩人。就算完了嗎。你一定不肯說。我告訴你吧。我如今成了一個要不得的人了。雖然是要不得的人。却有搶着要我的。這就是我解悟的道理。你要知道好人是過去成未來的事。現在決其沒有好人。現在的好人除了一死。萬也表顯不出怎樣纔算好人。圖未來的令名。迂廻且遠。學古人的懿行。尤爲無當於事。惟有能售於現在。是人生的要圖。所以我今如也不管將來。也不管過去。惟有想法子適合現在的需要。比如政府要搗亂的議員。我就去作搗亂的議員。需要舊式官僚。我立刻也能來個官派。當路要人。南北政客。需要什麼人材。我都能隨機應變。够上他的要求。反正一句話。隨着勢力轉移。不與勢力反抗。這就是人生的要義。伯雍見歆仁說到這里。很驚訝的說。聽你之言。人應當作鄉愿了。應當同流合汚了。歆仁說。還不是這兩句老話所能盡的。鄉愿。在古人雖說是德之賊。在現在却是很難得的人呢。我所說的意思。連假道德都不應當講。乾脆要在社會國家裡。得着相當的地位。換言之。就是陞官發財。官怎陞。財怎發呢。我們自己的力量辦不到了。那就得看誰能敎你陞官。誰能敎你發財。誰就是勢力。誰就是運命之神。當然就得崇拜他。供奉他。絲毫不可侵犯。譬如前清的皇帝。當路權貴。都是運命之神。我們當然替他辦事。辛亥那年。他們的神威不靈了。另換了一種運命之神。就是孫文的革命派。我們就得崇拜他。替他放屁。如今他不成了。這運命之神。又移到袁大總統身上。我們不用疑惑。就得替他辦事。若依舊想着老主兒。那就說不上是好人。眞是愚漢了。以此類推。凡事都應這樣作。雖然說是要不得的人。却眞有出大價錢要你的。這便是我這幾年體驗出來的道理。非常有效。我的議員。我的馬車。我的財產。都是由此得來的。所以我益覺得從前念書時。是個傻子。如今纔入一點門。你的學問。難道不如我嗎。就皆因你自己老怕成個要不得的人。越想自己是要得的。越沒人要。爲什麼呢。譬如伯夷顏過淵。不孔子說他們要得。就讓孔子由心裡喜歡他們。又能怎樣呢。伯夷叔齊餓死了。顏淵呢。短命鬼窮死了。我爲什麼說這些呢。從前我也要當要得的人。誰知反倒沒人理。後來無廉耻的一活動。倒很有些人贊成。以至今日。所以我對於我的至近朋友。都要告訴他們這一點秘訣。你如今不是入了教育公所。正是你的機會。你若與他們好生連絡。將來一定有個出路。他們雖然不入你眼。却是一部分勢力。既加入一部分勢力。自然有活動之餘地。你若不爲勢力吸收。帶着一點反對的性質。你這一生。可就完了。那沒法子。你趁早不用在中國了。還有一節。他們這回辦雜誌。是由教育部請的一筆欵。內中有一項是另聘編輯員的薪金。沒個外人。這筆錢不好要。你這五十元。和白得一樣。不過到那里敷衍敷衍。也就成了。若照你這樣認眞。假若你要兼好多個事。不累死了。依我說。你明天還是去。以得人喜歡爲先。作事次之。伯雍聽了歆仁這一片話。眞是聞所未聞。比讀奇書還可怪呢。但是他這篇肺腑之談。也頗可感激。不由得起了一種懷疑的感想。不知道自己的對。是歆仁的對了。此時伯雍對於歆仁。不照從前那樣不滿意了。不由得生出一種研究的心理。暗道大凡一個人。萬沒有自己承認自己是個壞人的。他如今一點不客氣。承認他自己是個要不得的人。他的心眞是開放到極點了。什麼都不怕了。什麼都不羞了。他有這樣的解脫。他必然是由一種冥想中得來的。忽然覺悟。便眞個的去實行他的主義。往淺裡說。他是甘心作壞人。往深裡說。他這篇議論。未嘗不可與楊子爲我的學說相互參攷。他想到這里。他竟要試試歆仁的主義。或者他平日所想的。都不能實行。歆仁的主義。倒是今後的流行品了。當下便向歆仁說。歆仁兄。我聽了你方纔這一片話。我心裡迷迷糊糊的。似解似不解。但是覺得裡面多少有點滋味。今後也打算由夫子之道而行。但不知我的資質。能否實行的了。歆仁說沒什麼難行的。就是見有官大於我。財多於我。勢强於我者。不問其人之如何。媚之而已。有命不違。詈而不愠。撻則受之。其人之年。不可不知。以時行賄。好官好貨。不難求之矣。歆仁這一轉文。驚得伯雍都呆了。暗道。不知他平日怎樣用功呢。自己都編成經文了。既而又聽歆仁道。你按着我的話行去吧。我管保險的。伯雍說。萬般都是學問。

我聽你的話試一試。教育公所的事。不辭了。歆仁說。這便纔好。當下在歆仁屋裡坐了一會兒。自回編輯部去。晚上。依舊在報館作事。完了工作。子玖和鳳兮。仍邀他到秀卿那里去。說道。你這可以常去了。又兼上事了。伯雍說。當然去的。不用麻煩走哇。我從此也要改改良。在交際社會裡出出風頭。當下三人一同去了。秀卿那里。他們已然去了好幾次。這回不照前此那樣客氣了。一見面。秀卿便說。你們剛完事呀。大忙的。往外跑什麼。完了事也不歇一歇。我若是你們。我可不作這冤。子玖說。男子都照你似的。世界上沒有妓女了。皆因剛完事就跑了來。這纔算勁兒。而且舒服。秀卿說。未必舒服。忙的知道便了。伯雍說。你倒知道我們的心。但是雖然忙點。却也有個樂趣。說着往床上一跳。忽的仰面躺下了。秀卿一見。很覺詫異。說。你今天怎樣了。一定心裡有事。子玖說。他高興了。我們總理給他找了一點兼差。秀卿說。是呀。我看着他不像高興樣子。倒像熬心。但是白先生怎會發了慈心。居然給他找兼差呢。子玖說。眞找拉呢。每月五百元。什麼事也不作。竟等領乾薪。秀卿說。說好話。別放屁。這樣的事。他等着給桂花的兒子留着呢。不定是怎樣累事。教人幹不幹都不舒服。這時伯雍在床上躺着。聽了秀卿的話。心裡十分驚訝。打算要實行歆仁主義的熱心。不由得受了一下打擊。涼了半截。暗道。秀卿對於歆仁。爲什麼老是不滿意呢。難道秀卿受過他的欺負。所以口頭間。總是不饒他。想到這里。由床上起來。向秀卿問道。秀卿。你對於白先生一定有什麼惡感。不然。他好好給我找了一點事。你不替我鼓勁。反倒打破頭心。是怎回事。秀卿說。誰給你打破頭心。我與白先生也沒惡感。不過我常聽他們說話。我斷定他們絕沒有爲朋友的心。你們可都是跟着他作事的。便是把話傳過去。我也不怕。我不過是個妓女。也沒有給人家作姨太太的資格。也犯不上迎合老爺的心理。蔑了自己良心。一句眞話也不敢說。我見他們有時來到我這里。咕咕唧唧。不知議論些什麼。有時也不避諱我。他們以爲我不知道他們說得是什麼。其實什麼買收咧。陰謀咧。利用咧。條件咧。我聽得都膩煩了。由一開國會。我這里就有議員。卽或我沒有議員客。別的姑娘還有呢。你們不知道。我們這班子。外號叫議員俱樂部嗎。他們來到這里。無論是山南海北的人。我沒聽他們說過一句仁義道德爲國爲民的話。大概買收、陰謀、利用、條件這些話。老也沒離開他們的嘴。我聽說議會是能救國的。我一見各大議員的言論風采。我雖然是個妓女。對於他們諸位。也未免怪失望的。所以我對於他們漸漸的冷淡起來。還不如交兩個老實商民。倒能說兩句心裡的話。他們不滿意我。也就皆因我對於他們冷淡。如今我聽說白先生給你找了兼差。所以我很奇怪的。又見你那個樣子。明明是假高興。還恐怕你的事。不是買。便是賣。不是利用。便是條件呢。秀卿說到這里。自己先認不住笑了。引得大家也一陣好笑。此時鳳兮撚着小鬍子。又犯了酸氣。點着頭說道。秀卿秀卿。使爾多財。吾爲爾宰。這時秀卿還帶着滿臉笑容。用他那雙可愛的眼睛。望着鳳兮說。你在那里說什麼。你別看我會說利用條件什麼的。那是我聽議員老爺們說慣了。你跟我說話。千萬別轉文。

還是老實大白話吧。大家又笑了一回。李媽伺候了一遍茶水。外面已然不早。伯雍說。咱們回去吧。子玖說。你住下吧。回去作什麼。秀卿說。他又賣到一家了。明天交貨。教他去吧。一陣笑聲。三人一同回去了。到了報館。胡亂睡下。次日伯雍打算早起。却起不來。午時左右。纔起來。吃點東西。他鼓着勇氣。到教育公所去了。

伯雍到了教育公所。這回他不到傳達處。便一直進去了。到了東跨院裡。只見那三間小正房。已然收拾好了。門口上釘了一個教育雜誌編輯部的牌子。到了屋裡。有個三十來歲的人。正在一張桌子上。不知畫什麼圖畫。他聽得伯雍進來。把筆放下。站起來與伯雍見禮。伯雍看此人時。面皮倒很白皙。可惜左眼略微有點毛病。除了這點毛病。長的倒很漂亮的。不過浮薄之氣。溢於眉宇。不知那里更有些卑鄙的樣子。可是乍一看去。人倒是很漂亮的。伯雍忙問那人道。閣下貴姓。那人道。小弟柳墨林。兄台是伯雍先生吧。久仰的很。只是無緣。不曾拜識過。今日在一處作事了。還望多多關照。伯雍一邊答述謙詞。心裡却很驚怪的。暗道。耳聞有個柳墨林。在南柳巷永興寺裡浮住着。聽說會畫幾筆。也不見得怎樣。但是他的行爲。知道的很多。怎會能入教育機關呢。是了怨不得鄒科長說還要辦個教育畫報。柳先生想是教育畫報的畫手了。他此時心裡不痛快極了。他又不便形容出來。他想一想歆仁教給他的主義。他只得勉强與柳墨林周旋周旋。伯雍爲什麼不滿意這個人呢。不得不表說一翻。柳墨林。究竟是那里的人。

直到如今。也沒人知道。有說他老根兒是南邊的人。有說他是北京土著的。總而言之。他是個沒家沒業的人。偌大一個北京城。直沒他一個准住所。他以前的為人作事。也就沒人知道了。他忽而打扮得齊齊整整。忽而就襤褸不堪。大概煙館寶局娼窰下處的茶壺小跑。他都幹過。他是狠聰明的人。什麼事業都限止不住他。他多少也念過兩天書。由小時候就會畫兩筆。他的藍本。除了廣告上的人物畫。便是楊柳青的草板畫。前清末年。學風很盛。他便列入衣冠之林。見了人。也要高談濶論。把許多老先生都臊住了。革命以後。他在南城一帶。也很出風頭的。有時自己說是民黨。有時又說自己是穩健派。其實他的材料。究竟有限。或者因為時運不濟。終沒抖起來。最後他想了一個吃飯的法子。皆因永興寺是各家報館的發報所。他便在寺裡賃了一間房。沒事給各家報館投一點稿子。畫一點插畫。但是收入能有多少。於是他異想天開。自己經營一個畫報。

他這份畫報。不敢明賣的。茶樓妓館酒肆戲園中。有幾個賣報的人。在懷裡一卷一卷的揣着。你若慢慢的向他們買時。他們見你是誠意。便偷偷摸摸。賣給你一份。這便是柳墨林先生的畫報。他這份畫報。很簡單的。一個外人也不用。只他一個人就辦了。白日他到外邊闖他的事。他晚上却在他那間小屋裡。鬼鬼祟祟。就燈底下畫他的畫報。湊成十二幅把戲。便袖到他所熟識的小石印局去印刷。這宗東西。雖然不能照日報那樣暢銷。歡迎的主兒也不少。所以那些報夫。樂意給他發售。皆因利錢是很大的。警察雖然知道市上有這宗東西。却不容易查獲。因爲報上沒有編輯人的姓名住址。更沒有發行和印刷所的店號。究竟不知這東西是那里的來源。柳墨林自營此業。收入較比從前強多了。交遊漸漸的廣了。他遇見他的同類。口裡無話不說。遇見高尙的人。也會說什麼社會教育。公共道德等等的口頭禪。所以有好些人很器重他。教育公所的朱科長。就是很器重他的一個人。他所以能來到教育公所主辦教育畫報。也是朱科長一力主張。

此時伯雍無精打彩的。和柳墨林說些閒話。只見朱科長手裡拏着一張圖畫。很高興的由外面進來了。一見伯雍。便說你纔來呀。正好。你看看這張問題畫吧。倒把我難住了。這是柳墨林先生畫的。心思够多麼巧妙呀。我會沒猜對。拏去教他們科員猜。都說有意思。這樣的圖畫。實在有益兒童的智慧。老朽佩服極了。說着把圖畫遞給伯雍說。你猜一猜。別看你是留學生出身。你要猜着。我請請你。伯雍不知是什麼新奇的益智畫。接過來一看。上面畫着。一株老樹。樹上棲着幾隻烏鴉。樹下一個人。作執槍仰擊狀。旁邊一行小字寫道。設問。樹上有十隻老鴉。彼人一槍擊落一隻。樹上老鴉。還餘幾隻。伯雍念完。已自暗笑了。心說。堂堂的社會教育科科長。怎麼連這個兒童盡知的小問題畫都沒見過呢。也值得這樣大驚小怪。這時只聽朱科長在旁邊笑着問伯雍說。你猜你猜。打下一隻。樹上還有幾隻。伯雍畢竟是個忠厚人。雖然有心奚落他們二人一頓。生恐於面子上不好看。只得昧着良心說道。這張圖畫。奧妙極了。

比璇璣圖還難解呢。小生孤陋寡聞。不敢妄測。請科長指教吧。朱科長此時笑呵呵的連連說道。你猜不着不是。你猜不着不是。大量你也猜不着了。柳先生這張圖畫。有意思極了。樹上十隻老鴉。打下一隻。人人都得說剩下九隻。方纔我也是這樣猜。誰知是一隻沒有了。你知是怎回事嗎。伯雍說。不知道。只見朱科長比畫着說。槍一響。打下一隻來。那九隻都嚇飛了。你說妙不妙。這是柳先生畫的。他將來不可限量呢。伯雍見朱科長誇了畫又誇人。差不多要哭出來。只得忍淚。勉強笑着說。柳先生眞是大才。北京的教育界。定然得他的裨益不少。朱科長道。我爲教育界得這樣一個人材。也可告無罪於社會了。這時伯雍偶然把柳墨林看了一眼。見他臉上一紅一白的。大概他心裡起了什麼疑懼。當他畫這張問題畫時。實在沒曾想致朱科長佩服的這樣五体投地。不過既然被他邀來主持畫報。自然得畫點東西。皆因他畫秘戲圖畫慣了。一時畫教育上的事。急切想不出。所以沒法子。由一種兒童畫報裡。選了這一張。重畫一過。爲是塞責。誰知竟令朱科長見所未見。聞所未聞。他知道朱科長胸中沒什麼了。所以很高興的。自慶將來畫稿不難敷衍了。及至伯雍到來。朱科長又把這張畫在伯雍跟前大事賣弄。柳墨林眞害怕了。生恐伯雍壞了他的事。伯雍那是那樣的人。可是他見伯雍也隨着朱科長說好。他反到益加疑懼。他不知伯雍心究裡竟是怎回事。他終疑伯雍將來是無利於他的。所以他益發不安起來。這時朱科長和伯雍把編緝的事務略微說了一說。既而又囑伯雍道明天請你早一點來。我們上衙門都是午前八點鐘。你今天一點鐘纔來。未免太晚了。伯雍見說。心裡雖然不願意。也只得答應。朱科長與他說完話。自到辦公廳去了。伯雍隨便編輯點稿子。看看時候不早了。他已然在此坐不住了。因和柳墨林說。你不走嗎。我要走了。說着。戴上帽子自去了。這時天氣一天比一天熱了。伯雍每天由南城跑到西城。由西城又跑到南城。委實覺得勞頓。但是爲多增一點收入。這些勞累。也就顧不得了。好在秀卿那里。還沒有人禁止他不許去。有時到民樂園聽聽夜戲。或和古越少年諸人。到白牡丹家裡串個門。把這一日的苦痛。還能減輕了一點。

有一天他又到教育公所去。却不見柳墨林在那里。暗道。今天他怎來到後頭了。及至到自己那張桌子上一看。有兩張紅簡。一份是朱科長聘女的請帖。一份是柳墨林成室的請帖。日子一個樣。喜筵都設在天壽堂。伯雍一見。很奇怪的。忙叫來一個差役。問問是怎回事。那差役道。朱科長已然跟柳老爺作親了。把大小姐給了他。如今他翁壻兩個都告了假。預備喜事去了。伯雍見說。暗道。朱老頭兒這個佳壻選着了。怨不得他那樣誇獎墨林。原來早已中了東床之選。這編輯室裡剩他一個人。倒覺得空氣流暢了。

第五章

西珠市口天壽堂的門前。交叉着五色國旗。配着簇新的彩綢。各種車輛。占滿了半邊街。有許多招待員。胸前懸着紅色紙花。在那里招待來賓。

伯雍於是日也來了。他到了裡面一看。來賓很多。因爲這日是星期。所以益顯得熱鬧。往四壁看時。喜聯喜幛。不知其數。戲台那邊。鑼鼓喧天。正演中軸好戲。紅鸞喜。那些來賓。多半是教育界的人。此外也有各衙門科長左右的官員。一個個藍紗袍。青馬褂。都在席上坐着。有許多茶房。托着油盤。穿梭一般。在那里擺臺面。這個景況。不用說。誰都知道是朱科長聘女的喜筵了。

每到一位來賓。朱科長都是滿面春風。很和靄的招待。他臉上的氣色。比往日益覺得紅潤了。他眞可謂人得喜事精神爽。得了這樣一位快壻。他當然是高興無比的。他見了伯雍。不似平日那樣冷淡。因爲今日是大喜日子。對於伯雍。特別表示一種極恭的禮貌。伯雍見了他。深打一躬。說。科長的喜事。小生預先不知道。所以沒得張羅。殊覺抱歉。朱科長道。事情也過於倉卒。好在我預先都給他們預備好了。再說小女年齡已然不小。湊合着給他辦了。也完了我一樁心事。說着。叫招待員把伯雍讓到席上。飲酒聽戲。

朱科長平日最是省錢不過的。便是他的生日。也沒作過一天壽。唱過一天戲。這次因爲得了這個快壻。又因疼愛女兒。特別的要作作場面。爲是在人前誇耀。他的思想。本是舊的。打算仍用舊式結婚。可是他的女兒很文明。非要文明結婚不可。老頭子雖然不願意。因爲是一種潮流。不便拂他女兒的意。再說他在教育機關作事。最怕人說他頑固。所以他也放開胆子。來個新舊參合的辦法。教新郎新婦。在大庭廣衆之中。用文明儀式結了婚。已然送歸喜居。可惜伯雍來得晚些。不曾瞻仰這個儀式。胡亂在此聽了兩齣戲。自己去了。出了天壽堂。見天氣已然不早。他心中怪悶的。不知往那里去好。有心去聽白牡丹的戲。大概已然唱過了。回報館吧。館中這時當然沒有人。一個人回去作什麼。大熱的。不如到秀卿那里涼快涼快。想罷。叫了一輛車。到了秀卿那里。跑廳的已然認識他。送到裡院。只見李媽和幾個婆子。正在天棚底下說閒話呢。還有幾個纔起來的姑娘。在院子裡。教梳頭匠給梳頭。李媽一見伯雍。嚷了一聲說。今天怎這樣早。我們姑娘有點不自在。還沒起來呢。說着把伯雍讓到屋內。只見秀卿蓋着一條紅紗裌被。在床上躺着呢。頭髮亂蓬蓬的。在枕邊委着。臉上紅撲撲的。彷彿燒。聽得躺有人進來。微微把頭一抬。李媽見了。忙道。起來坐一會吧。伯雍先生來了。伯雍說。別叫他。就教他佛着吧。李媽說。眞該起來了。大熱的天。睡了一天了。秀卿聽見是伯雍。果然起來了。伯雍說。你就躺着吧。何必起來呢。怎樣不舒服。不是熱着了。趕緊得吃藥。秀卿說。沒什麼病。只覺得有點發燒。你今天怎這樣早。伯雍說。到珠市口去行人情。便道。到你這里看看。我見你比前些日更瘦了。你自己須小心一點。你自己雖說沒病。我看你這病大了。秀卿見說。歎了一口氣。眼眶裡淚瑩瑩的。向伯雍說。一個人作了這種生活。能保得住不生病嗎。我此刻不過是在此耐着。家裡若不是有個老人。有個小兄弟。我早自己打主意了。反正人活一世。終歸一死。早死晚死。我倒不在乎。只是兩個老小。指着我活着。無論怎樣。似乎死不得。所以我有時胡作踐。盼着早死。想起他們娘兒倆來。我又得自己寬慰自己。這兩天我又犯了病。無緣無故的。自己煩腦起來。你來得正好。咱們說會子話。或者能痛快痛快。伯雍說。你們這一行。跟我們一樣。活計都在夜裡。本是毀人的行當。不過既然擇術不慎。也是無可如何。誰教指着他吃飯呢。秀卿說。你們倒是比我們强。女子掉在這裡頭。不知道幾輩子沒作好事呢。伯雍說。你這話不對。女子操賤業。作娼妓。絕對不是傷陰隲。和父母沒德的問題。純粹是社會國家。和教育的問題。若是自己看不起自己。不是命不好。便是沒德行。那簡直就不能振拔了。假如我們國家社會。倒了良好地步。教育事業。也很完美的。使內無怨女。外無曠夫。男女各色人民。都有相當技能。相當職業。國家無論多大。和一個家族一樣。上上下下。全都以愛情和道德相處。那能會有妓女一行營業呢。有妓女的國家。究竟是不文明的表現。社會組織不完全的破綻。沒有道德的左證。顯見沒有道德的人。反說當妓女的都是上輩或是本人沒幹好事。反倒以欺負妓女。拿妓女賺錢。彷彿是一種應當的事。其實當妓女的。都是貧寒人家的女兒。無論上溯幾輩。敢說沒有闕德的事。不過就因爲貧。就因爲弱。沒人保護。沒人敎養。沒人替他們想職業。所以富者强者。就拏他們當貨物買賣起來。國家也拏他們當一種稅源。彷彿行其固然。一點也不以爲不合理。其實他們已然把人權蹂躪到家了。秀卿見伯雍說到這里。彷彿提醒了他一點事。他的精神。也覺得振刷一點。因向伯雍說。我聽你說這話。我似乎明白了許多道理。我當初很疑惑的。

始終不知道貧寒人家的女子。爲什麼一到了沒飯吃。就得下窰子。彷彿這窰子專門是給貧寒的人開的一條生路。除了走這一條路。再找第二條路。實在沒有了。或者我不知道。你想。咱們北京好幾拾萬人。好幾十里的面積。除了有相當產業的。有一個地方能養活窮人嗎。年青力壯的男子。還可以拉車養家。貧弱的女子。可找誰去呢。再遇見家無男子。光有老弱。應當怎樣呢。老老實實餓死。大概誰也不願意。沒法子。只得自投羅網。貨賣皮肉了。當我未下窰子以前。我很爲難的。也打算免了這個耻辱。另尋個生活所在。尋了多少日子。也尋不着。作個小買賣。又沒有資本。即或賣點糖兒豆兒的。賣的差不多比買的多了。也不能維持三口人的生活呀。我實在出於無法。含着眼淚。作了這下等營業。心裡頭直到如今不舒暢。有時我暗自思想。或者這是我的命。或者我的父母缺了德。我又不敢必信。因爲我的父母。都是很善良的人。我不信他們沒有德行。我想這或者是富貴人的不仁。見我們娘兒三個這樣困難。怎麼一個發慈心的沒有。誰也不救一救。看着我們下窰子。所以我對於有錢的人。起了一種惡感。我由心裡頭嫌他們。所以我混了這幾年。仍是一點頭緒沒有。不過我母親和我兄弟。不至凍餒便了。如今我聽了你的話。我知道這種不良的勾當。不盡是富而不仁的罪。原因還在政治不良。社會腐敗。當局的爲什麼不想法子。多設幾處工廠。單單擴充八大胡同作什麼。伯雍笑道。設立工廠。開發事業。沒有錢成嗎。現在有人正要摟錢買皇帝作呢。那有閑錢替窮人謀生活呢。他們擴張八大胡同。多添妓館。第一不費公家一文。還替窮苦婦女。籌了生計。國家每月還增許多收入。何樂而不爲呢。秀卿道。照你這樣說。妓女在中國是不能解放的了。當局的人。還要積極進行。不如把北京變一個大窰子倒好。總統便是掌班。各衙門合國會便是隨活大了。我想他們不叫革命改良。益發往壞道兒作去了。伯雍說。你這話雖然憤激之談。將來會有這一日。你看着吧。北京完了。已過去的北京。我們看不見了。他幾經摧殘。他的靈魂早已沒有了。我們腦子只可把他忘了。權當他被火山崩落了。被洪水漂去了。現在和未來的北京。不必挐他當人的世界。是魔窟。是盜藪。是淫宅。是一所慘不忍聞見的地獄。秀卿兒伯雍說到這個分兒上。忙攔他道。你不要說了。你的話。怪教我害怕的。若眞到了那分兒上。咱們北京人怎樣受。伯雍說。不願意受也得受着。這是不可免的運數。但是北京人也有自取之道。如今說話放着。我但願我的話不應驗。咱們還是說點別的吧。秀卿說。眞個的。你們總理給你薦的事怎樣了。你幹的了嗎。伯雍說。不幹怎的。人和錢沒有仇。再說。我們總理和我說了一大篇道理。破釜沈舟的。勸了我一頓。他的話我雖然不贊成。我却信爲不易的道理。在現在的北京。打算在社會上活着。非那樣不可了。所以便是我極疏懶的人。也要從着他的道理行一行。除非人家不要我。那就沒法子了。如今我是剛學來的乖便賣。我要勸勸你了。你的脾氣。往後得改。你的年齡雖然大了。不過二十一二歲。還說不到年老色衰。你爲什麼不找幾個闊客。好生應酬他們。惹得老爺一喜歡。把你接出去。豈不脫了這個火坑。傲慢不羈的行爲。我們窮念書的還可以使使。當妓女的似乎不必要。因爲當妓女的目的。便在吃、喝、穿、帶、玩、笑、樂、七個字。傲慢不羈。跟窮字很近。你反倒染了這點毛病。所以我替你怪危險的。你不見現在瀛車馬車之中拿珠子和金子鑲着的人。都是窰行出身。如今却都作了太太　那個姨字。誰也不敢往他身上加　胆子大的。也不過加上一個數目字。呼爲幾太太。外界嘴損的人。給他們起了一個徽號。叫作窰變。瓷器裡的窰變。是很値錢的。人若下一回窰子。再當太太。比窰變的瓷器貴重多了。你如今還在窰裡。爲什麼不大變特變一下子。得個窰變頭銜。豈不足以自豪呢。秀卿見說。由床上把伯雍瞪了一眼。說。人家纔與你說好話。你怎忽然損起人來。伯雍說。這是實話。並不是損人。秀卿道。旣不是損人。何必敎我去當窰變。我固然知道當一輩妓女不像話。但是不對心思的人。我也不能跟他去過日子。從前我聽朋友說過一段聊齋。叫什麼嘉平公子呀。他們說得那四句話兒。我還記得。什麼何事可浪。花菽生江。有堦如此 不如爲娼。可見我們當妓女的。也不是都想胡亂當個窰變的。再說能討妓女出來的。都是些暴發戶兒。胡吃混穿。差不多是金盆貯狗矢。跟了他們算得了所天嗎。算終身如願嗎。無情的無情。蠻橫的蠻橫。混濁的混濁。陰險的陰險。與其跑到人家裡鬧不品行的事。還不如我爲娼自由呢。伯雍說。難道你一點打算也沒有嗎。秀卿說。怎沒打算。願意接我出去的。我不願意。我願意跟着走的。人家又不要我。說罷。兩隻眼睛。不住的望着伯雍。伯雍知他心裡有話。只是說不出。不由得把頭低了。暗道。人的性質和思想。凡帶點病的狀態者。多一半是不幸的人。秀卿大概是屬於這類的。以他的容貌。他的地位。又赶上窰變盛行的時代。他原可以一生吃着不盡。爲什麼竟使彆拗脾氣。落個老大傷悲呢。什麼人跟不了。單單看中我這樣一個窮措大。不能說他沒有精神病了。但是我年來潦倒。白眼頻遭。不圖靑樓中一個弱女子。反倒這樣見愛。雖然曇花泡影。不能成爲事實。他這知遇之感。是不能不報的。當下忍住一掬酸淚。向秀卿說。咱們的話。說了不少時間了。我也餓了。你餓不餓。咱們吃飯吧。報舘這時大概開過飯了。秀卿說。你要吃飯。教李媽打發人叫去。我也陪你吃點。李媽在旁邊見說。便道。對啦。該吃點飯啦。我們姑娘由早起到現在。什麼也沒吃呢。若不是您來。說這半天話。心裡還不痛快呢。因問秀卿說。吃什麼呢。秀卿因問伯雍說。你吃什麼。伯雍說我隨便。秀卿因向李媽說。你去叫去吧。我們吃米飯。一個湯隨便配兩個菜。李媽見說。到前面吩咐人去叫。不一會飯菜全來。秀卿陪着伯雍吃了一小碗飯。便不吃了。吃完飯。電燈早已來了。二人又說些閒話。院子裡漸漸熱鬧起來。伯雍說。我得回舘辦事去了。咱們回頭見吧。秀卿說。若忙。就不必出來了。何必呢。伯雍答應着去了。

教育公所裡的編輯部。柳墨林先生占了首席位置了。並且又添了兩名書記。伯雍作的文章。朱科長看着都不入眼。不取得伯雍同意。竟自不發出去。伯雍雖然勉强忍受了。心裡終是不快。有一天伯雍又到教育公所去。剛一進門。要往裡走。忽由傳達處跑出一個差役。忙喊道。寗先生。請您到畫到室內畫個到吧。所長已然吩咐下來。無論誰。是衙門裡的人。都得畫到。這簿子早就該拿進去了。就皆因你來的晚。又在此多擱了一點鐘。老爺。請您畫個到吧。伯雍見說。止住脚步。問那人道。這是誰的主意教我畫到。我並不是所裡屬員。我畫什麼到。那差役說。這是上頭吩咐的。伯雍說。雖然是上頭的吩咐。我沒有畫到的必要。他們不是一定教我畫到嗎。我就一定不來了。說着一掉頭出了大門去了。把那差役給木在那里。半天。纔說道。沒見過這樣的人。只得拏了畫到簿。到裡面回稟朱科長知道去了。朱科長得了這個報告。雖不免生了一點氣。頗幸伯雍中了他的詭計。從此不用外人。只他愛壻一個人。就可以辦了。不表他翁壻兩個。見伯雍果然被他們氣走。私自慶幸。不在話下。單說伯雍。回到報館。也不與欲仁商量了。當時與朱科長寄去一個字條。寫道。你另請高明吧。大爺不玩兒啦。朱科長見了這個字條。不免又生了一回氣。喊道。這是對長官說的話嗎。當下拿了伯雍的字條。氣哼哼去見所長說。咱們這個編輯。太不像話了。他辭職只管辭職。爲什麼寫來一句市語。他竟不來了。這人太不敬了。所長非把他傳來。重辦不可。說着把那字條呈與所長看。所長一看。不禁好笑說。這人太狂了。但是這也不算個辭呈。必有個緣故。不然好好端端。那能這樣辭職呢。朱科長道。也沒有別的原因。大概我教他每天畫到。他不願意了。所長想。我們這里的人員。誰不天天畫到呢。教他畫到。也是我當科長的權力。所長見說。把眉一皺說。朱科長。你這事辦的未免有點欠研究。即或我們不喜歡要他。也須好生把他辭謝。何況這裡頭有歆仁先生的關係。如今你竟教他晝到。他的名義原不是咱們衙門裡的官吏。教他晝到。他如何願意。他這一走。當然要與我們爲難。假如他在日報上。把我們衙門裡的事。登出幾件。我們的事情。又不是不怕罵的。那時應當怎麼辦。朱科長見說。臉上忽然變了顏色。連說是是。這事我辦的未免有點孟浪。我只知他是個鄉下窮念書的。我忘了他在日報裡當主筆了。再說他在我們衙門裡。作了兩三個月的事。我們的內容。他盡知了。我如今把他氣走。他一定要報復的。那時於我們都有些不便。不如我仍把他請回來吧。所長說。你與他有意見。他如何聽你的話來。明日我求總務科長去一趟便了。朱科長此時出了一腦袋汗。向他愛壻請教辦法去了。

午後五點鐘。在煤市街致美齋雅座一間單屋裡。有兩個人對坐着喝酒。一位是教育公所的鄒科長。一位是伯雍。只聽鄒科長說。伯雍先生。你不要往心裡去。我們朱科長上了幾歲年紀。辦事有些糊塗。明天你依舊去辦事吧。伯雍說。我不回去了。便是回去。也沒有好結果。何必惹人厭煩呢。鄒科長道。無論受多大委屈。也得回去。這是我們所長的意思。所長既然聘請閣下幫着辦雜誌。一定不願意有始無終。伯雍道。所長有這番美意。小弟心領。至於再回去的話。絕對不行的。我不苦你們所難。你們也不必苦我所難便了。鄒科長道。先生既不肯帮忙。我們也不敢勉強。其實以先生大才。何所適而不可。惟有一事。小弟臨來時。敝所長殷殷告囑說。先生乃道義君子。以後關於敝公所的事。如有所見。不妨逕行指斥。惟祈千萬不要在報紙上有所評論。伯雍見說。微微冷笑道。貴所長未免過於看不起人了。兄弟雖忝列輿論界。無非以賣文爲生。自問於自家人格。尙知愛惜。絕不敢以社會公器。用洩自家私憾。新聞界中。雖有少數不良分子。動輒罵人。以遂其敲詐之欲。但是大多數的記者。都很有道德的。那能一點原故沒有。坐在屋裡。生心罵人呢。大概官界中人。與新聞界的人。根本上性質不同。所操互異。於是官中人遂把一般新聞記者。都看成奸猾市儈一流人物。無論他們說的話是好是壞。是有理是無理。都是由心裡頭嫌惡。這就皆因兩方性質不同。自然要生出這一種嫌惡的心理。奉勸閣下。可以轉告貴所長。今後對於新聞界的人。不要採取一種嫌惡的態度。尤且須得拏新聞記者當人看待。我不敢說凡是以新聞爲業的人。都是沒有毛病的好人。我也不敢武斷的替他們辯護。說他們都是好人。據我想。好的總占多一半。官界中人。未嘗不可以假以顏色。品品他們的學問道德如何。雖不必照文明國家那樣優禮記者。最低的限度。也得拏人看待。不要一筆抹煞的。都把他們看做一種要不得的人。把人格硬給取消了。自己也應當反躬自問。至於我呢。原不配辱沒記者的美名。我自己也不願以新聞記者自居。因爲記者二字。到了中國可憐極了。不定怎樣不幸的人。纔攤上這個頭銜。如今攤到我的頭上了。我還敢以此驕人嗎。貴科長和貴所長。千萬不要多慮的。假如我不會在貴公所作過事。我耳有所聞。目有所見。或者能依我記者的天職。有所評論。如今我對於貴公所。不能發言了。無論我的話是否是社會上人人要說的。當然不能見諒於人的。一定有人說我的事被你們撤了。所以他纔攻擊起來。其實我自己實在不願意幹了。也不因爲朱科長怎樣薄待我。我的性質。實在不能享官衙的生活。所以趕早捨去。不曾想反倒教貴所長多了心。實在出我意料以外。如今沒有別的說的。煩貴科長上覆貴所長。如信我寗伯雍是個人。不是沒有品行的小人。我對於現在的教育公所。一定一句話不說。以免我的嫌疑。至於別人和別家報館。我便沒有權力干涉了。反正我一定保持我的靜默態度便了。鄒科長見伯雍把話說完。他作出一種笑容道。聽了先生這篇言論。使我頓開茅塞。但是敝所長和兄弟。對於新聞界的人。是最欽佩的。常說新聞家是無冠宰相。職司木鐸。高尚極了。閣下爲人。尤爲光明磊落。伯雍說。中國記者。那能到這樣的地位。將來的新聞紙。或者須有那一天。至於兄弟。混跡此間。無非作點小品文字。替閱報人助些興趣。差不多和戲中小丑一樣。不足掛於齒頰之間的。鄒科長說。先生過謙了。當下他二人酒飯已畢。伯雍要會賬。鄒科長那里教他會。拚命一般的攔說。今天一定不能教先生會賬。些許小費。兄弟敬候了。先生若不賞臉。那就沒有交情了。伯雍無奈。教他會了。又坐了一會兒。鄒科長說。以後咱們多要聯絡。兄弟應當回衙門去了。先生的盛意。也應當向敝所長回稟一番。他一定感激的。說着。一同下樓。鄒科長的自用車。已然在門前候着。鄒科長坐上車。一拱手去了。伯雍一個人。也不僱車。走進大柵欄。只見行人擾攘。車馬喧闐。那些店鋪的裝飾。和行人的衣服。把奢華二字。表顯的十足。但是這些熙來攘往的人。穿着極美的衣服。坐着極好的車輛。究竟他們在社會上是作什麼的。高高興興的出來。有什麼目的呢。究竟他們是有什麼職業。作完了什麼工作。勞累之餘。特意出來安慰自己不成。社會上什麼東西是他們創作的。社會上的文明。是那一樣由他們振興的。他們在社會國家裡。究竟是有什麼意義。由伯雍看去。一點也不明白。不過看着他們的服裝很覺繞眼增光。男的女的。心裡都透着很高興。一點愁煩樣子也看不出。他們的眼光。都注意到那些店頭的裝飾品。玲瓏奇巧最時髦的女舄。在玻璃窗裡罩着。顏色鮮艷。式樣新頴。不第把那些太太小姐們的眼光勾引了去。便是那些漫無目的。任意閒遊的少年。見了這一雙一雙的裙下物。也頗涉遐想。不覺得留戀觀覽。不忍捨去。洋貨店的鑽石手錶。金珠店的腕鐲指環。時衣莊的衣服。洋衣莊的西服。綢緞莊的彩緞。眼鏡公司的克羅克司。那一樣不動人的心呀。青年男女。看了那個。又看這個。完了。又彼此窺視。心裡暗自品評誰的裝飾適宜。容貌艷麗。由大柵欄走到觀音寺。誰不注意這些東西呢。伯雍因爲怪煩悶的。他一直的走回報館去了。他想起方纔鄒科長的言語神情。他不覺的暗笑道。人的言語和行爲。怎這樣矛盾呀。我在那里。便那樣白眼相看。我不辭而別。又如此殷殷慰問。還以小人之心度量我。人在社會上。處世接物。應當這樣相率而僞嗎。伯雍這樣一想。他對於進取的心。益發冷淡了。歆仁教給他的秘訣。他完全失敗了。他覺悟他自己絕對不是在宦途能活着的人。不如把一切念頭打消。把自己的思想。暫時擱起。純粹作個賣文生活。實行一種消極主義。或者能把一切煩惱解除。於清苦中。尋一樂樂趣。什麼社會國家以內的事。一概給他一個不聞不問。僅僅由小說中。討點生活上必需的費用。雖然費些腦筋。倒省得生了許多鳥氣。從此他除了在歆仁的報館。供給小說。還在別家報館。担任點小品文字。每月也能弄百十多元錢。歆仁見他把教育公所的事辭了。也不再替他找事。由他自己去活動。

伯雍每日除了辦事。便到民樂園去聽戲。因爲現在捧白牡丹的人太多了。差不多要和梅黨有並駕齊驅的形勢。所以這民樂園。特別的熱鬧起來。牡丹的名聲。比從前大的多了。有許多濶人。見報上這樣捧場。也都慕着名來聽戲。牡丹的師傅。見牡丹這樣大紅起來。自然喜歡。對於伯雍諸人。自然表示一種敬意。這時牡丹的父母。也聽着信了。夫婦兩個。帶着一個大兒子。由天津找上京來。他們見了牡丹的師傅老龐夫婦。當然是要辦交涉的。結果如何。人人都知道的。因爲梨園行。俗謂之無義行。別的行當多少都有點師生義氣。惟獨梨園行。師生之間。大半都是仇人。譬如一個伶人。收了一個徒弟。合同上寫的年限很多。不用說了。甚至還有打死無論的話。年限之內。無論徒弟掙多少錢。徒弟家屬。沒有分潤的權利。徒弟出師時。年限內師傅代置之物。概行扣留還不算。便是旁人所贈之物。也不能携去一件。徒弟若是嗓音不倒。有人帮忙。還能自樹。不然出師之後。依然不能生活。所以徒弟對於師傅的惡感。非常深厚。一出師便算斷絕關係。沒有一個彼此相顧的。所以管他們叫無義行。難道他們跟常人不一樣嗎。

就皆因他們內容習慣不好。把人都教的一點義氣沒有了。完全爲利是圖。這也是社會上一個問題。應當研究的。

有一天伯雍纔起床。只見白牡丹和麗三禿來了。牡丹很有些愁煩樣子。伯雍忙問他們說。你們來此作什麼。三禿說。我父親教我們請您有句話說。伯雍說。你們先坐一坐。等我吃了飯。咱們一同走。說着教廚子胡亂弄點飯吃了。穿了長衣。同着二人去了。到了老麗家裡。老麗見了伯雍說。不恭的很。好在先生沒短幫我們的忙。這次還得給我們辦一辦。伯雍說。究竟怎回事呢。老麗說。請您先坐一坐。說着向他兒子三禿說。你把你荀大叔請過來。三禿見說。到隔壁那屋子去了。不一時。帶過一個男子來。年約四十多歲。頭上小辮還沒有剃。一臉汚泥。籠罩着他那一張黑紫的面皮。雙眉被愁怨之氣鎖着。益顯得他的相貌。十分剛猛。他的身量很高。穿一身藍布褲褂。想由上身便沒洗過一次。已被汗泥汚透了。他來到這屋裡。一聲也不發。挺然立在當地。他對於老麗。用一種不滿意的神情怒視着。伯雍見了這奇怪男子。心裡很駭然的。暗道這是什麼事呀。請我來辦。只聽老麗先發言說。寗先生。這位便是牡丹的父親。他找我不是一次了。伯雍見說。把那人看了一眼。暗道。他怎會有牡丹這樣一個兒子呢。簡直是個馬賊的材料。此時不禁把牡丹看了一眼。見他白皙的面皮。清秀的眉目。那樣的父親。似乎生不出來這樣的牡丹。牡丹見伯雍看他。把頭益發低了。他小心眼兒裡。見他父親那樣落魄。雖然有些慚媿。可是他見他父親哺的那樣可憐。達不到反哺的目的。他那小心眼兒裡又十分慘痛。不覺的對於他師傅的刻薄。益發起了一種恨怨之感。此時又聽老麗說。他叫荀鳳鳴。他來攪我不是一次了。什麼規矩。沒有你先生不知道的。合同沒有滿。沒有找到我門上的道理。他們若來看看孩子。那我還不許麼。無奈來一盪就是錢。那里有這樣的規矩。今天他又來找我。說他兒子給我掙錢太多了。非要一百塊錢不可。這不是窮瘋了麼。別說他兒子沒給我掙多少錢。便是掙了千千萬。沒出師。我也不能給他錢。不過他大老遠的來一盪。也不能空手敎他回去。盤川是有的。這時荀鳳鳴忽然大着嗓子用他的鄉音喊道。你給過俺多少錢哪。俺來一盪。你就往外攆俺。俺的兒賣給你咧呀。老麗說。你的兒子雖然沒賣給我。但是有合同的。合同沒滿。你常來攪我。是怎回事。荀鳳鳴說。什麼合同。被你改了好幾回哩。今天沒錢。俺與你打官司。俺可不能怕你哩。不然你得把兒子還俺。老麗說。你要打官司。好哇。難道我不敢跟你打官司麼。伯雍見兩人彼此爭執。終沒個了局。因替他們調楚道。你們無論怎說。究竟是親家。凡事好辦。千萬別吵鬧起來。據我想。這事不是一半句話能了結的。因和荀鳳鳴說。你先回去。住在那里了。荀鳳鳴說。在賈家胡同一個小廟裡面住着。但是沒有錢俺不能回去。俺的老婆還等俺給他買藥。他腿上生了一個大瘡子。疼的要命。已然不能下地了。伯雍說。無論怎樣。你先回去。這事我能給你辦好。荀鳳鳴說。他不給俺錢。俺不能回去。老麗說。我憑什麼給你錢。我欠你的不成。鳳鳴說。你雖然不該俺的。不欠俺的。你的錢是俺兒給你掙的。老麗說。你的兒子不是到了我家就會掙錢的。我教給他藝業。我給他飯吃。合同沒有滿。當然給我掙錢。伯雍見他兩人還是門口。因向老麗說。你先給他幾吊錢零花。先打發他走了。我們一定把這事給你辦好。他時常來。也不像話呀。老麗見說。不得已取出十吊錢。交給鳳鳴。鳳鳴雖然抱着一百元的目的來的。但是見了這十吊錢。他已有些軟化了。他不照先前那樣怒目而視。他的眼神。全移到十吊錢上。他把一百元錢已然忘了。他已然沒有比較多寡的心思。他以爲這十吊錢。便是他生活上最急的希望。最適的物品。他由眼睛裡流出一種慾火。伸手把那十吊錢接過去了。伯雍說。你拏這錢回去吧。明天我們把你們兩家的事辦好了。不要再這樣無結果的紛爭了。鳳鳴向伯雍一躬身。果然拏了錢去了。伯雍因向老麗說。這事老這樣。也不好。他把十吊錢花完了。還是來。我那有工夫替你們擋他呢。我想你們非有個改良辦法。斷不能安靜的。老麗說。怎樣辦呢。我們這事是有合同關係的。伯雍說。據牡丹的父親說。你們曾把合同改過。他若眞告了。你們的合同如有毛病。法官是不能保護的。你們把合同取出來。我給你們看看。究竟定了多少年呢。老麗說。十二年如今還剩一年零八個月。說着把箱子打開。取出一紙合同。用東昌紙寫的。遞給伯雍一看。白字連篇。簡直不成說話。可是民間諸事。都用這樣不完全的文約。維持着許多舊習慣。有心無心。在這樣似通非通的文約裡面。不知造了多少罪惡。傾陷多少好人。伯雍看這張文約時。添註塗改的地方很多。也沒個圖章押着。最惹人注意的。滿師年限。原寫十年。後改十二年。寔在是個疑問。伯雍看罷。向老麗說。這張合同。便是到了法庭。也有爭執的。這事你們自己參酌。老麗說。雖然有改的地方。也是我們兩家合意。伯雍說。雖然那樣說。究竟你們手續不完全。但願牡丹的父親。從此不來。但是他十吊錢花完了。沒個不來的。到那時你們沒有結果時。我再給你們辦吧。當下在這里說些閒話。伯雍自己回去了。却說荀鳳鳴挐了十吊錢。回到破廟裡。沒有五天。又光了。他也不想個小生意。他抱定一個老主意。沒有錢。便去找老麗。老麗家裡。果然應付俱窮了。沒法子又去請伯雍。伯雍已然把這事和古越少年。隴西公子。沛上逸民。東山遊客諸人。都說明了。他們都贊成替他們改約。大家既然捧牡丹。當然替牡丹家屬帮忙。伯雍說。改約一定辦得到。皆因那天我已替他們下了一個伏筆。再說他們的契約。實在不完全。非改不可。古越少年說。既這樣時。我們公推你和沛上逸民兄。作我們的全權代表。怎辦怎好。不怕我們對於老麗花幾個錢也成。伯雍說。對於老麗。不川花錢。你們想法子維持牡丹出師之後。怎樣生活便了。你們要知道。他如今倒倉了。梆子戲已然不能唱。二黃戲又沒學幾齣。將來出師。非完全改成二黃花旦不可。古越少年說。上回沒說過嗎。我們替他另請極好的教師便了。你如今就負改約的責任便了。伯雍說。這點事我還辦得來。若是教我對於外國辦交涉。那我就敬謝不敏了。因爲我有後援。外交總長那里找後援呢。所以他們每每失敗。古越少年說。別說閒話了。你和沛上逸民兄去一趟吧。伯雍見說。便邀了沛上逸民。到老麗家去了。老麗見伯雍二人來了。彷彿沒有主意的大帥。得了有智的參謀一樣。因爲荀鳳鳴這幾天。把他攪苦了。本來要和他打官司。又怕合同上的破綻。眞被法官不認可。豈不落個敗訴。所以急待伯雍給他們說和。當下恭恭敬敬請二人坐下。伯雍說。大概荀鳳鳴又來找你。這事非有個妥當辦法不可。所以我和劉先生諸人商量。想出一個於你們兩家都有利益的辦法。你也別說合同上是十二年。他也別說是十年。我想把你們那張不完全的契約廢了。

由十二年內減去一年。所餘的期限。再立個新約。不至滿限。牡丹家屬不許到你家來。你看好不好。是這樣。我們替你辦。不是這樣。你們自己去辦。愛打官司愛告狀。那就隨你們便吧。老龍見說。半晌無言。待了半天。纔說這樣辦時。牡丹只能跟我八個月了。伯雍說。這八個月我以爲是最好的時候。第一牡丹現在已不能唱梆子。學二簧戲。有人替他拿錢。第二牡丹的戲份。較前陡增。過了八個月。他的嗓子能唱戲不能唱戲、還未可知。所以這八個月於你最有利益。過了八個月。好壞全憑他們的運命了。老龍見伯雍說得有理。只得就了他的範圍。當着二人面。把舊約毀了。由沛上逸民起草。另立兩紙新約。一切內容。不消細說。伯雍道。明天我同着牡丹去找他父親。諒他沒有不答應的道理。老龍見伯雍把這事給他們辦的挺公平。而且白占了八個月便宜。若是經官動府。眞不知如何了結呢。所以對於伯雍。非常感激。因向伯雍說。明天就求先生帶着牡丹。到他父母那里。從此千萬別致他來磨我了。伯雍說那一定不能了。他的生活。自有人維持。一定不能麻煩你來。他們又說會子旁的話。伯雍便和沛上逸民。興辭去了。把這事告訴大家知道。

騾馬市大街。賈家胡同緊裡頭。一個小廟裡。和尙早已沒有了。三間大殿。年久失修。已就圮毀。裡面也不知供着什麼神。門窗都鎖着。灰塵和蛛絲。把那破窗櫺都罩滿了。簷下有幾隻灰鴿。自由巢在那里。廊子底下。堆着許多破爛東西。什麼爛紙。散碎布屑。舊爛棉花。堆了好幾堆。兩邊廂房。也都破爛不堪。却有許多換肥頭子兒的。揀溝貨的。挑水的。住在裡面。儼然是個花子大院。北京沒有一定的貧民窟。可是這種貧民聚居的所在。到處散見。什麼廢寺和公共所在。差不多都是我們的貧苦同胞。自已經營的共同生活。如今窮人更多了。要打算照外國都市辦法。劃定一個特別區域。收容貧民。那實在是辦不到。因爲北京城全體。今日差不多成了一大貧民窟了。國家的首都。竟成了一個大貧民窟。也是世界一件奇聞。民國的光彩呀。

在這小廟的西首。另有一個小月洞門。却是一個跨院。裡面沒有三四丈大。起了一間土房。勉强可以說是一個跨院便了。在這間土房裡。荀鳴鳳帶着他的老婆兒子。便卜定他們的旅館。他們在這公共旅館以內。是最惹同居人注目的。他們一家三口。由旁家眼裡一看。在這破廟裡。可稱首富。又似外院那些人。都是平民。單單他們是貴族了。因爲別家都夥住一間屋子。大大小小男男女女。都混在一起。惟有荀鳳鳴一家。單獨租了那間土房。佔了一個跨院。所以外院那些人。見了他們的潤綽行爲。又是驚訝。又是羨慕。對於他們。自然而然起了種種的議論。有的說他們是鄉下財主。進城來打官司。却把錢花光了。西河沿的棧房。已然住不了。所以暫且搬在這里。打發人回家取銀子去了。有的說。他們終歸要窮的。他們不該進城來打官司。他們若是總統的親戚那就不怕了。有的說。總統那里有這樣的親戚。有的說。那也難說。總統是胎裡紅出身嗎。古時候還有乞丐作皇帝的呢。薛平貴原先比我們還窮呢。怎會當了皇帝呢。這破廟裡。平日不知有多少奇怪的議論。自荀鳳鳴一家搬了來。又給他們添了許多談助。

這日伯雍和白牡丹。找荀鳳鳴來了。他們到了這破廟時。外面不到一點鐘。那些貧民。方在院中吃飯。吃的是很難下咽的東西。但是他們吃的很香。他們見伯雍和白牡丹進來。大家都很注意的。把眼神都送在他二人身上。他們不解他二人是做什麼的。不過他們以爲伯雍二人這樣齊楚的衣履。斯文的樣子。似乎不應當進這破廟裡來。也彷彿這里一輩子也沒有他們進來的機會。他們對於白牡丹。尤爲注意。此時伯雍很和氣的問他們說。這里有個姓荀的嗎。他們見問。一齊向西邊那個月洞門裡一指。伯雍和牡丹便向西跨院去了。這里一間小土房。門已破了。窗戶用各樣破紙糊着。伯雍拉開屋門。只見一部土坑。缺了半邊坑席。一個婦人。頭朝裡在一床破被上躺着。以外沒別人了。地下放着幾件手使的破傢具。伯雍因問牡丹說。這是誰。牡丹說。是我母親。於是湊到炕沿邊。喚了一聲母親。那婦人在睡夢中。聽見有人喚他。便慢慢的坐起來了。睜眼一看。是他兒子。他由安慰的眼睛裡。不覺掉了兩點淚。因呌着牡丹小名說。詞兒來了。這位是誰呀。詞兒說。這位是甯先生。很帮我們忙的。婦人說。怎好。這一點的屋子。也沒個坐處。說着把他坐着的破被褥。往炕邊鋪了一鋪。請伯雍坐下。這屋裡空氣壞極了。薰得人頭疼起來。但是伯雍向常沒有階級的思想。他以爲人家能在此睡覺。我就不能在此坐一坐嗎。他這樣一想。他的腦袋立刻不疼了。牡丹兒他母親萎頓的那個樣子。因爲孺慕之心還沒有泯。不知不覺的也哭了。伯雍此時看那婦人時。比荷鳳鳴強多了。他的面皮。很白晳的。而且眉目很清秀。不像莊稼婦人。牡丹的身體相貌。多半是稟諸母性。這時他母子對泣了半天。婦人纔向伯雍說。先生帶着我們孩子到這里來。一定是有事情的。我已聽他父親說了。說有幾位先生正帮我們的忙。但不知老龐家打算怎辦。依着他父親。竟要打官司。現在我們一個錢都沒有。那里敢打官司呢。還是有人替我們說說好。伯雍道、這事不用你們發愁了。我們已然替你們辦好。於是把怎樣改約的事。和牡丹的母親說了一遍。婦人見說。由他多年不曾展眉的臉上。露出一點安慰欣幸的笑容。很感激的向伯雍說。雖爲諸位先生。替我們這樣費心。剩這八個月了。怎樣也能熬出來。我這病身子。實指望不能享兒子一點福了。多虧你們幾位扶持。我還能多活幾年。寔對先生說。我們當初也不是極窮的人。婦人這句話。在伯雍聽着。是很信的。因爲這婦人的舉止和他的容貌。也不像向來受苦的人。此時婦人又說道。當初我們家裡。也有點產業。足以過活的了。只因爲我們當家的。就是詞兒的父親。生性不好。最愛賭錢。把一分家業。都弄光了。我們在家鄉裡住不了。因爲離着天津近。所以搬到天津去。詞兒的父親。若是好生幹。也能混起來。無奈他舊染的毛病。總也改不了。有了錢就要賭。甚至把兒子典與人家學戲。幸虧我有病。年紀也大了。不然他還須把我賣了呢。說到這里。他的眼圈兒又紅了。不住的用袖口抹眼淚。半天又續言道。一個婦人。攤上一個不成器的爺們。不定幾輩子沒幹好事呢。爲他發愁着急。所以終年鬧病。若不是有這兩個兒子。我也就早死了。跟他混什麼勁兒呢。今天一早晨他帶着大小子出去了。直到如今。沒有回來。他簡直一點章程沒有。我常勸他。老麗家你不用常去。把他們得罪了。於咱們孩子沒利。不如咱們想個小買賣。爽得孩子出了師再說。他終是不聽。如今天幸有你們幾位先生替我們維持。已然有了出頭之日。這眞是大可感謝的事。伯雍說。這也不算什麼。因爲這事是我們力量辦得到的。若是辦不到。便是你們求我們也未必成。再說人生在世上。應當彼此帮忙。替人說句好話。辦點好事。究竟比除了自已。什麼事也不管的人强的多。我們這樣辦事。有好多人看着很不滿意。但是我們沒有旁的事作。人家也不許我們作旁的事。照這樣的事。雖然有些人看着不對。但是當我們這樣辦時。彷彿良心上很安適。很嘉許我們能盡人類的義務。我們不能把所有的窮人都救活。也不能教所有可憐的人都得其所。但是凡是我們遇見的。推不開的。我們應當想法子教他們脫離悲苦的境遇。譬如你們這回事。也費不了我們幾個錢。便是花幾個錢。絕不至破產。也費不了許多力量。不過舍得走幾步路。舍得說幾句話也就成了。詞兒的娘說。雖然這樣說。你們幾位替我們費了不少心。不要聽別人的閒話。麼什裡頭都有呼號待救的人。照你們幾位所爲的事。我想必定是老天爺所願意的。伯雍說。人所作的事。那能就讓天點頭。不過各行其良心之所安便了。這時外面天氣不早了。還不見荀鳳鳴回來。伯雍便和詞兒的娘說。你的丈夫既不回來。我們也不等他。回頭你跟他說明白就是了。過兩天。一定有人給拏錢。敎他作個小買賣。說着帶着詞兒去了。

第六章

伯雍把牡丹仍送在老龐家。交給他師傅。並告訴他們荀鳳鳴以後絕不再來找你們。老龐夫婦與他道勞不迭。閒話一會。自回去了。纔到報館。只見子玖諸人。正聚在一間屋裡。不知議論什麼呢。一見伯雍回來。大家向他說道你回來了。好極了。現在咱門總理要懸賞尋人啦。你別天天。替牡丹瞎忙去。這事要給偵探出來。歆仁說要請咱們吃一桌燕菜席呢。伯雍說。誰失蹤了。咱們也不是福爾摩斯。那里去偵探呢。子玖說。桂花不知往那里去了。方纔歆仁特意過這邊來向大家報告。說桂花已然把牌子摘了。好幾日不知去向。歆仁很發愁的向大家說。如果桂花眞失了踪。他的精神上。一定要受打擊。所以告訴大家。替他找一找。伯雍說。這事未必屬實。因爲桂花那里。歆仁沒有一天不去。桂花無論上那里去。那能瞞的了他。再說他二人的程度。已然到了火候。不久就接出來。那能有背着歆仁潛逃的道理。大概他與你們開玩笑呢。子玖說。眞的。剛纔我們已到泉湘去打聽。果然沒有了。徧詢跑廳的。沒人知道住在那里去了。都說摘牌是實在情形。聽說是不混了。這豈不是實在麼。伯雍說。這樣看來。益發可疑了。據我揣測。歆仁於這案內。定有密切關係。打算給他滿街尋人。徒勞無益。還不如立刻要求他請吃喜酒呢。鳳兮聽了伯雍這句話。捻着小鬍子。連說有理。子玖說。據你的意思。歆仁把桂花接出去了。大概不能。因爲他還沒得家庭的同意。再說他的親戚朋友家裡。有幾位太太。很厲害的。他們近來組織了一個胭脂團。專門反對丈夫納妾。不但對於自己丈夫不許有這樣的情事。便是對於親戚朋友家裡的男子。也是橫加干涉。較弱的婦人。管不了男子。他們能替打抱不平。所以近來他們的勢力。一天比一天大。把那些老爺們管的筆管条直。不用說納妾。便是聽劉喜奎的戲。也得告謊假。設若查出來。眞能罰跪半夜。所以這些老爺們。因爲同病相憐。也組織了一個懦夫會。以資抵制。那里是抵制。不過自行解嘲便了。歆仁對於他的夫人。倒能對付。所怕的是這羣胭脂團。若眞用武力干涉起來。他眞受不了。所以說他此時能接桂花。還沒到那程度。但是將來他一定接的。不想正在疏通醞釀時代。桂花忽然失了踪。歆仁發愁着急。也就不足怪了。伯雍道。這裡面疑問很多。我終不信桂花於生意隆盛時代。忽然摘牌不幹。若說事前歆仁一概不知。尤爲欺人之談了。他們正談論着。歆仁由西院又過這邊來了。編輯部這院。他近來總不過來的。今日却過來好幾盪。他的舉動神情。眞與平常兩樣了。不過他的張致。多一半是假造的。雖然臉上帶一種着急神色。他的眼裡。却含着一種得意暗笑的意思。他一見伯雍。便說。你回來了。你替白牡丹跑的怎樣。我把桂花丢了。你知道麼。伯雍說。方纔聽說了。歆仁說。你得想法子替我找一找。伯雍說。我替你找着了。歆仁見說。一怔道。你在那里找着的。你沒有那麼大能耐。伯雍說。你又求我替你找。你又信不及我的能力。益見你一肚子鬼胎了。你說實話吧。你把桂花藏在那里了。使這樣的詐語。打量誰看不出麼。若是別人。被伯雍這一逼。眞能說了實話。但歆仁眞會裝假的。他依然老着面皮。一點神色不露。仍然說他眞失踪了。我這幾天爲這事。很着急。假如是我作的鬼。別人可以瞞。我瞞你們作什麼。伯雍說。你既然不瞞我們。將來水落石出。你應當怎樣受罰。歆仁說。何必將來。只就目下。無論誰得着桂花的消息。我都請客的。伯雍說。好你留神吧。你的秘密所在。我一定能訪着的。歆仁見伯雍說得這樣決心。他眞有些疑懼起來。不住的直看伯雍。半天。纔說、便是福爾摩斯再生。也無從下手的。他說了這句笑話。又過他那院去了。這里子玖和鳳兮。見歆仁那樣神氣。知伯雍所料不差了。子玖最好起鬨的。他說咱們眞得好生訪一訪。若得點頭緒。咱們給胭脂團寫封密信。看看這個笑話。倒不錯。伯雍道。雖然這樣說。也不容易偵得呢。你看歆仁。我已把他秘密猜着。他依然不認賬。他若眞跟我們說了實說。誰還能給他洩漏。他自信他辦的很嚴密。一點風也不能走。但是沒有不透風的墻。何況這事。也無須乎秘密。若這樣蒙席盖井。終歸免不了一場笑話。他不如聲明打鼓的往家裡一接。胭脂團雖然大輿問罪之師。事已成熟。不過瞎鬧一起。所謂反速而禍小。若在外頭露了消息。雖然笑話較遲一點。恐怕胭脂團方面要提出條件來。子玖說。咱們不管。咱們就爲看笑話。如今咱們須想法子。如何纔能知道他把桂花藏在那里。伯雍說。他一定各處都墊了話。誰肯給他洩漏呢。最妙的法子。須把他赶馬車的宋四買住。歆仁每天上那里去。他那有不知的。子玖說有理。那小子腦筋非常簡單。給他點酒喝。沒有不說的。伯雍說。你若打算看笑話。你就想法子買收宋四。但是你的能力恐怕辦不到。子玖說。我若辦不到時節。我便把他送下來。教胭脂團拷問他。伯雍說。你未免過於好事了。由這天起。子玖果然留了心。時不常的向宋四打聽。或是給他點小便宜。無奈宋四執意不肯說。子玖審不出一點基兆來。他眞要執行非常手段。他打着哈哈。眞給胭脂團寫了一封匿名信。那胭脂團的首領。却是歆仁的表嫂鄧二奶奶。當歆仁不得第時。他的表兄表嫂。眞提拔過他。便是他現在的夫人。也是他表嫂給說的。鄧二奶奶。爲人精明強幹。簡直是位不辮的丈夫。他原是大家閨秀。在四川隨過幾年任。他的語言和習慣。很帶點四川派頭。他的丈夫鄧子如。也是個世家子弟。在前清度支部裡當過差。民國以來。因爲有點舊勢力。依然在政界裡活動的很圓滿。雖然是個紈袴。所交遊的。却是一羣議員。和些時髦政客。辦報的那羣人。也與他上得來。都管他叫鄧二爺。鄧二爺一出門。也是馬車等等。彷彿是位政界裡的要人。其實他的差使。都是掛名的。不過他愛模仿一般新進政客的派頭。把局面弄得很大。他看着人家今天置妾。明天弄人。

彼此誇耀。他由心裡羨慕。他的力量。也能弄一兩個人。無奈他的夫人。特別厲害。閫令之嚴。比專制的軍閥還利害呢。鄧子如懾於雌威。空懷着許多奢望。一件也不敢實行。爲聽劉喜奎的戲。不知被二奶奶罰了幾回。二奶奶諸事大方不拘。尤且不怕人說他嫉妬。他常說。婦人不吃自己爺們的醋。吃誰的醋呢。再說竟教女人守貞節。男子在外面胡鬧。置妾買人。就不算什麼。天底下沒有這樣不公平的事。他不但把他家二爺管的避貓鼠一樣。他到處還宣傳他的主義。廣邀同志。非把有野心的男子。都管過來不可。他的同志。第一是歆仁的小舅子媳婦。蔣抗乾女士。他是女子高等學校卒業的。很富於新思想。在女子參政運動會裡。是位健將。鄧二奶奶所發起的抵制男子不許納妾的團體。在蔣女士。非常歡迎。他承認此事。是一種社會運動。不光爲人家男子。從此務須把納妾的惡制度打破。纔算達到目的。所以鄧二奶奶。得着蔣女士這樣一個參謀。他的勢力益發大了。此外還有劉太太。許太太。史太太。趙太太。王太太。張太太。何太太。宋太太。吳太太。許多位太太。都在他們團體裡很有聲望的。歆仁的夫人。本鄧二奶奶媒人。二奶奶特別疼愛他。本打算把他也拉進來。無奈歆仁的夫人。是個老實人。不願意加入。但是只他們這十幾位太太。已然鎮住了許多男子。所以給他們起了個綽名。叫作胭脂團。這日鄧二奶奶正和蔣抗乾女士議事。商量以後應當怎樣進行。忽見一個小厮拿著一封信。在窗外探頭縮腦。欲進不進的。自家轉磨呢。鄧二奶奶一見。忙在屋內問道。什麼事。小厮說。太太來信啦。二奶奶見說。教婆子接進來。一看筆蹟。不知是誰來的。忙拆開看時。只見上面寫道。

風聞令親白歆仁先生。新買一妾。匿在某所。御者宋四主謀。可將宋四召來。一問便知。貴團宗旨。鄙人極端歡迎。爲將來女權計。不敢不告。如何處治。責在貴團。拒妾一分子告秘。

鄧二奶奶把信看完。笑道。我就知這孩子將來要造反的。果然秘密着弄了一個人。說着把信遞與蔣女士看。女士接書在手。儼然是個女政治家。從頭看了一遍。向二奶奶說。這告秘的人。一定是與我們表同情的。可見我們的主義。已然有許多人歡迎了。乘着此時。我們應當雷厲風行的幹一下子。也好教冥頑男子。知道警覺。鄧二奶奶道。這事應當怎辦。蔣女士道。先不要聲張。露了風聲。他們有防備了。這兩天須把宋四找了來。問明他們秘密所在。然後我們出其不意。把他們雙雙捉住。飽打一頓。教歆仁把那女子赶快遣去。你看如何。鄧二奶奶道。正合吾意。但是宋四這小子怎樣找他來呢。蔣女士道。你給歆仁寫封信。就說你的赶車的病了。明天有要緊的事出門。暫借宋四一天。我想這事從前也有的。他一定不疑惑。等宋四到來。他說了實話便罷。不然。咱們拷問他。二奶奶說。妙極。回頭我便寫信。明天吃了早飯。你來帮着我大審宋四。蔣女士說。大家的事。我必効勞的。說着教外面套車。回他自宅去了。

赶馬車的宋四。是歆仁的一個心腹。關於桂花的事。他眞能替歆仁嚴守秘密。除了和歆仁一鼻孔出氣的人。他絕對不泄一字。這天晚上。歆仁把他叫到屋中。說。鄧二奶奶給我來信。明天求你給他赶赶車。

因爲他的赶車的病了。好在我明天也沒什麼事。你回來一直上那里接我去便了。宋四見說。暗喜。不但歇半天工。連二奶奶的賞。再加上車飯錢。總得個一兩塊錢。他很高興的退出去了。他不知這次二奶奶借他。與往日大不相同。子玖的密信。二奶奶和蔣女士的法庭。他作夢也沒想到。次日老早的。便到鄧宅去了。一到門房。許多底下人見了他。都說宋爺來了。有什麼事嗎。宋四見問。便是一怔。忙道。這里太太叫我來的。說今天出門。教我給赶赶車。一個年老的家人說。上頭還沒傳下來。我給你回一聲去。說着進內宅去了。此時二奶奶正與蔣女士議事。老家人在窗外嗽了一聲。進來回道。太太今天出門嗎。宋四來了。二奶奶見說。向蔣女士微微一笑。因回頭向老家人說。把宋四給我叫進來。我問他兩句話。老家人見說答應一聲是。退出去了。到了門房。向宋四說。太太傳你呢。你要小心一點。今天的事。我看着透點奇怪。宋四此時已然有點不得主意。這一進去。不知是吉是凶。可是歆仁納妾那段公案洩漏。他還不曾想到。不過他知道二奶奶不好惹。脾氣古怪。不知因爲什麼。就要罵人。所以他見老家人囑他小心一點。他已然不得主意。因問老家人說。二奶奶是喜歡着。是有氣呢。老家人道。倒沒有氣。宋四纔放點心。當下隨着老家人進去了。一到堂屋。呀！。法庭已然設備好了。只見當地放一張長案。二奶奶和蔣女士。並肩坐着。彷彿一位推事、一位檢察官。後面站立四個僕婦丫鬟。每人手內提着一柄打馬藤鞭。再看二奶奶時。滿面秋霜。坐在上面。比大宋的包孝肅還覺怕人。宋四一見這個情形。兩條腿不住顫起來。暗道。我的天爺。我犯了什麼罪。怎麼在此組織了一個特別法庭。這一定是要審判我呀。只聽座上二奶奶向老家人說。我們問宋四的話。誰若走漏一字。我便砸折他的腿。老家人此時也沒脉了。只得答應一聲。嗄。二奶奶說。把宋四往上帶。老家人只得么喝着說。往上站。宋四此時跑也不敢跑。撅着嘴。上前一步。給二奶奶和蔣女士每人請了一個安。垂手站在當地。二奶奶用極嚴厲的顏色。問宋四道。宋四。你家主人。私自納妾。密營外家。有人告發。說是你的王謀。你們主僕究竟怎樣起意辦的。還不從實招來。宋四一聽。竟問起這個案子來了。便如青天霹靂一般。驚駭極了。暗道。這是誰走的消息呢。但是他此時於利害關係上。實在不能不替歆仁嚴守秘密。因往上回道。回稟二奶奶的話。這事恐怕是傳聞之誤。我們主人。每日除了到議會去。便是在報館辦公。完了事。一直回家。連八大胡同也不曾去一趟。那從有納妾和置外家的情事呢。請二奶奶詳查。此時只聽蔣女士彷彿原告檢察官口吻一般。向二奶奶說。這廝完全是遁辭。他說他主人不曾到八大胡同去過一趟。益見得事件是由此發生的。他眞是欲蓋彌彰了。鄧二奶奶說。這小子到了此地。還不說實話。他一定要與他主人遮飾的。但是我那能受他的瞞哄。因把眼睛一瞪。問宋四說。你家主人給你多少錢。你爲什麼替他這樣嚴守秘密。說了實話。沒你的事。宋四連連請安說。回稟二奶奶。實在沒有此事。二奶奶此時眞急了。把桌子一拍。說。你當眞不說。我要打你了。宋四不由得跪在地下。叩頭說。實在沒有此事。這不定是誰跟我們老爺開玩笑呢。

二奶奶說。你眞不說。你太嘔人了。因回頭向那四名僕婦了鬟說。給我打他。他四個得了命令。一齊跑在當地。把宋四圍住。揚起手中馬鞭。喝道。你還不說實話嗎。我們要打你了。鄧府了鬟婆子。平日都受過二奶奶的教育。薰陶感染。對於男子差不多都有敵視的惡感。每逢鄧二爺違了閫令。這些了鬟對於二爺。都敢上手上脚的作踐。何况宋四。他們更不怕了。所以一聽命令。一窩蜂似的。把宋四圍住。誰不欲樂樂手兒。宋四到了此時。眼前虧要吃上了。他心中一想。我替他守什麼秘密。反正他一個人舒服。與我一點關係沒有。爲他挨打。更不便宜了。光棍不吃眼前虧。我給他和盤托出吧。當下一邊攔着了鬟說。先別打。一邊向二奶奶說。請二奶奶息怒。小的有招就是了。二奶奶道。快說。宋四道。在一年前。我們主人在八大胡同認識一個淸倌。名字叫桂花。二奶奶聽了淸倌二字。因問蔣女士道。那里還有淸官嗎。在那個髒地方作官。也一定是個髒官了。蔣女士道。大概這句話。是那地方的市語。未必是官吏之官。二奶奶見說。又問宋四道。什麼叫淸官哪。宋四見問。臊的臉通紅。也不好解釋。半天。纔說道。反正是個妓女。二奶奶說。鬧了半天是個妓女呀。後來怎樣呢。宋四說。後來我們主人每天去。二奶奶見說。怒道。方纔你不說你們主人一邊沒去過。這時怎又每天去了。看起來就該打你的嘴。宋四說。眞該打的。但是方纔我替他瞞着。如今是招供。自然得說實話了。二奶奶道。往下說。宋四道。一來二去。他們熱了。鄧二奶奶和蔣女士聽了這個熱字。都笑了。二奶奶說。男子眞是賤骨頭。這有什麼可熱的呢。

這一來。弄得宋四更不會說官話了。腦門子蒸籠一般。直往下流汗。二奶奶道。你說你的呀。宋四道。後來桂花一定要跟我們主人過日子。因爲磨不開面子。在兩禮拜以前。把他接出來了。現在在小安瀾營門牌六百零六號住着。這是已往從前的話。並無半句虛言。鄧二奶奶見宋四把供狀訴完。遂向那老家人說。把他帶下去。別教他跑了。老家人見說。向宋四道。跟我來。便如司法警察帶領囚犯一般。把宋四帶出去了。宋四到了院中。一身汗纔落下去。向老家人道。人家高高興興想着來弄兩塊錢。誰知險被獅子吃了。這也不是誰使的壞。先捉弄我一場。老家人說。他們耳目多了。准知是誰幹的。這一來不要緊。連我們二爺都要受嫌疑的。唉。實在難說。若不是如今老爺們在外面破格胡鬧。也惹不起太太們結起團體來反對。不過我今年六十多歲了。這樣新鮮事。簡直沒見過。他們的鬧事也過於寬了。管了自己丈夫不算。還管人家的。說着到了門房。許多底下人都問什麼事。你們怎進去這半天。宋四撇着嘴一聲也沒言語。老家人說。沒什麼事。你們不用打聽。少時。只見出來一個婆子。向底下人說。你們誰去告訴張二一聲。教他赶緊套車。奶奶教我去接白大奶奶去。說完話。進去了。這里底下人。忙着叫赶車的備車。不一會那個婆子換了一身新藍布褲褂。頭上載一朵小紅石榴花。出來說。車好了嗎。底下人說好啦。他走出大門。只見一頭菊花青大馬。駕着一輛簇新玻璃馬車。在門前停着。赶車的張二。在御臺上高高坐着。姿勢十分驕傲。他的心中。似乎比馬車所有主還覺滿足。彷彿全世界的人沒一個能入他的眼。此時另有一個拏車的小夥兒。把車門打開。問那婆子說上那里去。婆子說接白大奶奶去。說着上了車。崩的一聲。車門關了。那馬抬起四隻烏油黑亮的大蹄碗。得得的去了。

沒有一個鐘頭。已然把白大奶奶接到。鄧二奶奶和蔣女士。把他迎了進去。叙禮落座。白大奶奶是個極穩重的人。平日向常不愛出門的。今日見表嫂和兄弟媳婦。派車去接他。知道必有要事。所以赶忙着來了。此時二奶奶向他說。你成天在家坐着。泥佛爺一般。什麼事也不管。慣的你們爺們造了反了。歆仁的夫人一聽。當時怔了。忙道。他天天到議會裡去。怎會能造反呢。二奶奶道。傻妹妹。你的男子。背着你弄了一個人。你還不知道嗎。歆仁的夫人見說。轟的一下子。頭都昏了。既而打了一個寒戰。不覺得亂顫起來。他的顏色。便如一張白紙。眼淚也落下來了。半天纔說道。他眞弄了他眞弄了。他跟我說了好幾次。我始終沒答應。無奈他天天磨我。我只得賭氣和他說。你愛弄便弄。別跟我說。誰知他眞弄了。他眞弄了。說着便咽嗚的哭起來。二奶奶見歆仁的夫人一哭。他雖然以爲很可憐的。但是他見白大奶奶這樣窩膿無用。又未免有些看不上。因說。你哭什麼。這都是你慣的他。你不會打他嗎。你不會罵他嗎。他把弄人的事。敢跟你說。可見他眼睛裡沒有你。你被他降住了。白大奶奶委屈着道。教我也沒法子。我總不肯抓破臉。再說他是好生央求我的。不是說同院議員都弄人了。就是說人家都說他懼內。竟奚落他。又是什麼現在當議員的。都有妾有馬車。如今他馬車雖然有了。就短一個妾。與人家比上。

未免相形見絀。彷彿不弄個人。他的差使不好當了。今日跟我說。明日跟我說。我聽得都膩了。所以我賭氣和他說道。錢是你掙的。你愛弄就弄吧。誰知他眞個不客氣起來了。二奶奶見說。冷笑道。還是你老實。若是我。他八個胆子也不敢。我就不解這羣議員。都是由那里赶來的。沒有眼睛的國民。怎會舉這樣一羣玩藝兒呢。此時蔣女士在一旁說道。就憑這羣議員。弄得亂七八糟的。女子參政運動。更不容緩了。假如女子也有選舉權。總比一般無知的老百姓强的多。萬不至給二斗高粱就賣給他一票。二奶奶道。他們的議員。不定是怎來的呢。他們家裡也未必有二斗高粱一石小米。多一半是窮光蛋。仗着是學堂或留學出身。適逢其會的。被推得當了議員。論理一個男子。逢着這樣一個機會。應當怎樣爲國爲民。大展抱負。誰知他們八輩子五沒見過錢。小廟沒見過大香火。一腦袋黃土泥還沒洗乾淨。在北京城也要混叫字號。乍得幾百塊錢月費。燒得他們五鷄六獸的。眞是小人發財。如同受罪。一到議會。除了飛墨盒子作軍閥政客的走狗。沒有旁的能耐。一出了議院。便是花天酒地。胡鬧一氣。塡補他們八輩五的窮根子。他們彷彿初世爲人一樣。下輩子不知又變什麼。沒日子樂了。你看他們胡吃混穿瞎吵嚷。那里有一點大國民的氣象。如今都有點錢燒的。袁世凱要作皇上了。不知每人給他們多少錢。所以又都競爭着置起妾來。其實他們都是山南海北的怯老赶。腦袋一個生的就點範園的也有沒。不是活活的笑話嗎。蔣女士笑道。你的嘴也過於損了。也未必是人人這樣。二奶奶道。問心無愧的。當然說不着他了。大凡罵人的効力。只及於可罵之人。譬如無綫電。不是任一無綫電台便接得着的。必得性質相合。程度相等。纔受的了電波。我的話那能人人都說在裡面。好的當然不在此例了。蔣女士道。你先別罵人。究竟這事應當怎辦。鄧二奶奶因指着白大奶奶向蔣女士道。他是你們家姑奶々。當着你問問他。應當怎辦。究竟這事與他有利害關係的。此時歆仁夫人。仍眼是淚汪汪的說。事到如今。我有什麼主意。你們替我想法子便了。鄧二奶奶道。依我之見。沒旁的法子。就以武力解決。因爲我對於男子。有無禮的事情。沒別的。只有一個字。打。不打。他們是萬不怕的。蔣女士道。你的手段我非常贊成。對於男子。你要不打他。他慢慢的就要打你。平和手段。決回不了他們的心。白大奶奶見他兩個皆主張武力解決。心裡又顫起來。因說道。可別把他不打壞了哇。二奶奶笑道。還沒打呢。你就先心疼。難怪他不怕你了。我的男子。時不常挨打。也沒見打壞他那一經。打自己男人。當然有個打法。那能打壞呢。再說此事是你生死關頭。你今天也咬咬牙。長一點勇勁。這回饒了他。下回他又要弄一個了。到那時。你乾生氣。活着不是。死了不是。那罪可就不容易受了。不如你今天也給他一個利害。教他就了你的範圍。以後諸事他皆隨你手轉了。何況有我二人幫着你。當然要佔上風的。白大奶奶一聽。由他那柔和的性質裡面。竟會發生一種猛鷙的思想。彷彿鴉片煙鬼多日不曾過癮。一旦扎了一針嗎啡。精神十分暢旺了。他不由得把柔潤的酸淚止住了。臉上忽然現出一種慘厲之氣。他連連說道。我今天不能饒他了。你們須幫我一個忙。鄧二奶奶說。

那是一定。別說你自己覺悟了，不然時我也不能饒他。總能與你出氣的。說着叫過一個婆子說道。你到外面。教他們把家裡的車和蔣先生的車都套起來。另外叫一輛。我們這就出門。然後把宋四叫進來。我分付他話。快一點。婆子見說。出去分付。不一時宋四進來了。二奶奶說。你沒走漏消息呀。宋四說。小的天胆也不敢。二奶奶道量你也不敢。我們這就找你主人去算賬。回頭你和張二赶一輛車。頭前帶路。到那里如果沒有人。你抵防着。去吧。宋四低着頭去了。這里二奶奶分派了六名婆子丫鬟。每人各帶一柄藤條馬鞭。此時外面車輛已然齊備。鄧二奶奶蔣女士白大奶奶。帶着六名女馬弁。很有聲勢的。分乘三輛馬車。出南城去了。不到兩小時。已然到了小安瀾營。車不能走了。紛紛的下了車。教宋四頭前引路。那里左右隣居。見來了這三輛馬車。許多婦人。以爲是看親戚的。有許多婦女和小孩子。都站在門前看。

歆仁自宋四去後。他由朋友處借來一個赶車的。吃了飯到國會去了。其實他叫一輛人力車。也可以去了。再說人力車不是他沒坐過。皆因既置了馬車。再坐人力車。便有些不舒服了。況且挐坐馬車的身子。再坐人力車。恐怕和街上衆人一樣。顯不出是國會議員。那有多可恥呀。所以他一定要坐馬車的。將來他有了瀛車。那馬車又不愛坐了。他在議會胡混了半日。挨到散了會。又到黨部裡看看。這里有幾位同志。一個是山西李酉民。一個是山東姜辛侯。一個雲南錢伯甘。一個是蒙古伯顏索圖。這四個都是新納的小星。他們每日雖然不得不出來一遭。畢竟都是忘八吞扁担。歸心似箭。此時可巧在黨部裡都會着了。

歆仁一高興。約他們到他那新築的温柔鄉裡玩一玩。可是都得帶着如君去。他四人那有不贊成的。正要小小的開個窰變賽會呢。當下各自到了自家公館。載了美人。和歆仁一同到了小安瀾營。

桂花自被歆仁接出來。他的體態丰姿。已然變了。童稚的孩氣。漸漸揉搓沒有了。成了一個極漂亮的少婦。眉目之間。把天生的憨意拭去。添上一種情波四溢的神氣。而且有些驕矜之狀。因爲歆仁每每對他說。家裡太太。是有病的。他萬活不長的。所以桂花聽了這話。很高興。彷彿不久自己就聲明是議員夫人了。而且能當總長夫人。他的年齡雖然不大。可是他的驕氣。已然不可向邇了。隨他服事的人。還是他姨娘黃氏。這個人尤能長桂花的驕惰。這個婦人他總不想他自己是什麼身分。那一樣足以驕人。他純粹以勢力觀人的。有勢力有金錢。無論怎樣。他也說他是好人。無勢力無金錢。便是天好。他也說不好。對於婦女。尤是有他自己的批判。帶金鐲子。穿綢緞的。他便說好。布衣的守本分的婦人。或是貧寒的婦人。他正眼也不睬。並且有輕視凌踐的意思。所以這條巷裡住氏。沒有一個說他和氣的。而又無可如何　因爲他家總有坐馬車的來。知道他家必定是個闊人的外家了。

歆仁和他的朋友。並姨太太們。到了巷口。便下了車。趕緊把車都打發走了。因爲此時歆仁還以此地爲秘密的所在。生恐有人注意。傳到胭脂團耳朵裡便不妙了。所以他謹愼的。他們慢慢的走進院中。黃氏一見便笑道。今天是什麼風。怎的來了這些貴客。我們姑奶奶一個人正悶得慌呢。問我好幾回。老爺怎還不回來、這可熱鬧了。快請進來吧。桂花這時眞悶得慌呢。見他們大家來了、拍着把掌樂起來。說。你們怎會凑到一齊。我正盼有人來呢。那幾位姨太太也都笑着把桂花拉住說、這些日子沒見你。你倒胖了。桂花說。還胖了呢、再這樣圈着我。我就要瘦了。說着他們都落了座。歆仁致黃氏吩咐廚子備酒。完了又和大家說。咱們怎玩呢。有的說打牌吧、有的說打剖克。當下分了兩塲。不愛看牌的去按風琴。反正都是在窰子裡學的那點能耐、依舊都施展起來。他們此時一心只有個快樂。把所有的事都忘了。而且他們不知道有個禍事、已然迫在眉睫。他們正在興高彩烈。賞心樂事之際。只聽外面有人打門。這正是黃氏的小心。他每逢歆仁到這里來、一定要關門的。他正在廚房和廚子預備酒菜。聽見有人打門。他便跑出來隔着大門問道、誰呀。只聽外面答道。開門。我是宋四。來接總理來了。黃氏聽是宋四。纔把門開了。誰知這一開門。他就怔了。只見三位太太。帶着許多婆子了鬟。來意很是不善、黃氏此時已然明白了、知道這幾位太太。一定是爲歆仁來的。他忙問道。你們找誰的。宋四說。總理走了吧。說着使了一個眼色。黃氏見了。忙道、剛纔走的。這時已然到家了。鄧二奶奶那里容得他們搗鬼。不容分說。上前便給黃氏一個嘴巴。罵道賤老鴇。說什麼。走了我們也要進去看看。說着帶着大家。一窩蜂。闖進去了。黃氏見了。只在院中跺足。又問宋四說。怎回事。你這是由那里帶來的。宋四說。別說了。回頭你自知道。這時上屋裡已然打起來。又見那幾位來賓。男的女的。便如雀避鷹鸇。紛紛的都跑了。歆仁也再跑。早被二奶奶一把抓住。說。你跑那里去。忙教兩個婆子把門把住。這時桂花可吓壞了。小臉兒焦黃。渾身亂抖的。站在牆隅那里。歆仁見跑不了。只得大着胆子說。你們無緣無故的闖人民宅。張手打人。毀壞器具。是何道理。我要喊警察來。把你們索走。須知我們當議員的。要受法律特別保護。你們這些無知婦人。實在可惡極了。鄧二奶奶笑道。你動不動就拿你議員頭銜壓人。須知無識的小民。受的了你們欺負。太太們却不怕你們。蔣女士也冷笑道。他還講法律呢。寵妾滅妻。是法律所許的嗎。挾妓賭博。是法律所許的嗎。男女混雜。密築淫窟。是法律所許的嗎。我們還沒告發你。你倒嚇虎起我們來了。這時白大奶奶一見桂花。已然氣得癱軟了。一個了鬟。忙撥過一把椅子。扶他坐下。鄧二奶奶此時正欲發揮他的雌威。因向歆仁說。你今天被我們捉住了。還有什麼說的。歆仁說。你們捉住什麼。這是我的自由。你們敢侵害人的自由權。眞是要造反了。二奶奶冷笑道。你還懂得自由呢。民間自由。被你們侵害的一分沒有了。你們管搗亂叫自由。管陰謀叫自由。管包辦選舉叫自由。管挑撥政潮叫自由。管貪贓受賄叫自由。管花天酒地。縱情悪慾叫自由。管自行己是叫自由。除了你們自己的私慾。你們還懂得什麼叫自由。你們知道你們的自由不願意受別人的侵害。你們知道別人的自由也不願受你們的侵害嗎。現放着你不管別人生死。在外面橫行悪慾。難得你還說出自由二字呢。你的媳婦。有甚虧負你的地方。你不能上學。他典賣鐵環供你上學。你沒事作。他求親賴友給你找事。你想想。你所以有今日。是不是你有賢內助的好處。古語說的好。貧賤之友不可忘。糟糠之妻不下堂。怎麼。你如今纔運動上一個議員。你就上天了。以前於你有利的。如今你看着都討厭了。甚至帮助你成家立業患難相共的髮妻。你都看不入眼了。不是嫌他老了。便是說他有病。他的病不是你氣的嗎。不用說。你們男子得志。都應當這樣嘍。這樣一來。够多美呀。男子漢大丈夫。原來是爲姬妾輿馬活着的。有了這個。便算達到人生目的嗎。依我看。你們都不是載福之器。原沒那大根基。硬要覇佔偉人豪傑的地位。你們都是造孽呢。給旁人開道呢。你們將來都有大禍的。可惜還不醒悟。如今我也不跟你說別的。你既弄了這樣一個人。你把你媳婦置於何地。此時白大奶奶已然哭得不成聲。連連指着歆仁哭道。負義人。負義人。你幹的好事。你今天把我殺了就是。我活着也沒什麼滋味了。歆仁究竟有點手段。不枉他在國會裡當了一名議員。奸猾二字。總算會活用了。他原先本打算用幾句强硬的話。把他們虎住。以爲他們都是婦人女子。能有多大知識。誰知二奶奶和蔣女士。都是女界英雌。早有覺悟的人。蔣女士的新知識。二奶奶的舊閫威。都是很有程度的。他心裡一盤算。今天要打算把他們戰勝。那是很不容易的。而且環顧左右。都是娘子軍的聯軍。連宋四都降順他們了。至於黃氏和桂花。雖然是自己人。他們能有多大能力。不但不能反抗。免了他們的打。就算萬幸了。不如用一種柔和手段。把他們哄走。以後再設法吧。歆仁想到這里。便拏出能屈能伸的精神。向二奶奶道。嫂嫂以大義責我。小弟雖然慚愧。却很感激。如今既把事作錯。嫂子看應當怎樣處治呢。我沒有不從命的。二奶奶道。你旣知錯認錯。我們也不爲已甚。你先給你媳婦磕個頭。認了錯。然後聽我發落。歆仁道。我已然認錯就得了。當着這些人。我怎好與他磕頭呢。此時那些婆子丫鬟都笑了。一個個打趣歆仁說。大爺捨得給旁人磕頭。怎麽捨不得給我們大奶奶磕個頭呢。歆仁說我給誰磕頭。被你們看見了。這頭我是不能磕的。二奶奶道。你旣然不願磕頭。請個安也成。這是我最低的要求了。你要知道。我們的目的。是來痛打你一頓的。你若不陪罪。那是願意挨打了。歆仁被逼不過。眞給他媳婦請了個安說。太太別生氣了。都是我的錯。白大奶奶見他這樣一溜烘。一肚子氣。漸漸雲散了。二奶奶方纔給他打的無形藥針。至此已然失了效力。二奶奶見歆仁已然給他媳婦陪了罪。因和他說道。你旣然知錯認錯。我也不難爲你。說着用手把桂花一指說。那個丫頭片子多少錢買的。明日把身價退回來。限正午十二點交到。我替你媳婦儲蓄着。作他一筆零花。這事大概不能辦不到。歆仁說。那有身價。是朋友送給我的。二奶奶見說。把臉一沈說。明明是你由班子裡討的。怎說朋友送的。再說旣是朋友。就不應送這樣的禮物。究竟多少錢買的。快說。歆仁道。五百塊錢。二奶奶搖頭道。不對。我聽說弄個人都得萬八千的。如今我給你作個公平價錢。三千元。明日要給我送到。這個丫頭。就今日趕了出去。與他斷絕關係。我天天總要派人查你。如再有藕斷絲連的事情。那時我們就另有辦法了。歆仁說。你的條件。未免太刻了。二奶耗道。一點也不刻。這還便宜你呢。歆仁說。就這麽辦。從此我也要學好了。二奶奶又命婆子把桂花叫過來。二奶奶的威風話白。桂花在一旁已然領教了。如今見二奶奶喚他。捏着一把汗。蹭了過來。二奶奶先把他看了兩眼。然後把臉一沈。桂花不由得渾身戰顫起來。只聽二奶奶道。你小小年紀。不知自愛。爲娼爲妾。視爲固然。天生來的是賤骨。如今我告訴你。你及早離開這里。再要拏出惑人的手段。我定要抽你的筋。桂花一聽。嚇得只有亂抖。一句話也說不出。二奶奶發落完了。和蔣女士道。這事這樣辦。對不對。蔣女士道。很對。但是以後還須隨時調查。不然我們前脚走了。後脚他們依舊不改的。二奶奶道。那是一定。我們的主義。那有不澈底實行的。此時外面天氣已然不早了。歆仁又獻殷勤說。我請你們吃飯去吧。不然就在這里吃。二奶奶道。我們不吃你的飯。你不要使這小手段。你打算拏飯堵我們的嘴麼。歆仁說。沒有那心。我怕你們餓。二奶奶道。我們回家吃去。你可記着。三千塊錢明日正午以前要送到的。說着吩咐婆子道。看車在門口沒有。咱們走吧。一個婆子出去了。少時回來說。車等着呢。二奶奶便和蔣女士白大奶奶帶着許多婆子丫鬟。似乎奏凱而歸的大將。得意揚揚出門而去。宋四追過去問道。我還跟了去嗎。二奶奶道。你跟去作什麼。你從此別給你們主人出壞主意就是了。當下三輛車。一揚鞭去了。接坊四隣看着他們來去的神情。很納悶的。這里歆仁看着他們去了。又惱又恨。頂好一個歡會。被他們給攪散了。那些同志。也不知跑向那里去了。若沒別人。還好受一點。如今這個現象。都被朋友領教了去。實在難以爲情。但是這個風聲怎樣走漏了呢。最可氣的是宋四把他們領了來。我平日白恩養他了。想到這里。不由得氣往上一撞。赶緊跑到屋中。只見桂花把頭紮在黃氏懷裡。哏嗚的哭呢。歆仁一見。更難受了。連連喊了兩聲宋四宋四。宋四見喊。愁喪着臉進來了。歆仁一見。怒道。你爲什麼把我的事告訴那個夜义。我白恩養你了。這點事都不能替我瞞一瞞。宋四說。那里是我願意告訴他。我一到那里。二奶奶就教人把我看起來。少時便把我叫進去。他竟設了一個大堂。和舅奶奶把我好審。我執意不說。並且告訴他們我家主人決不會有這樣的事。這不定誰造的謠言呢。他們那里肯聽。竟教許多婆子了鬟。用馬鞭子將我好打。一個牲口都怕那東西。何況是人。也是我受刑不過。只得告訴他們。此刻我屁股還疼呢。我本打算給您送個信。誰知把我監視的很嚴。一點消息也出不來。這裡頭我不但沒使歪心。還挨了一頓毒打。我的委屈跟誰訴去呢。歆仁道。究竟是誰使的壞。宋四道。那誰知道。反正必然有跟你開玩笑的。歆仁道今天晦氣極了。弄的心裡不痛快不說。還被他敲了三千元的一筆竹槓。這時只聽黃氏由那邊說道。大爺呀。你給我們一個主意吧。桂花已然嚇壞了。渾身直發燒。這樣看起來。我們還是混事去吧。將來再跟着攤人命。我們可受不了。歆仁說。你們別忙別忙。我有辦法　黃氏說。還有什麼辦法。現放着來了這一羣太太們。你就無可如何。把我們娘兒倆。打的打。罵的罵。你也不會替我們出一口氣。你是堂堂議員。連我們娘兒兩個都不能保護。還不如在窰子裡混着舒服呢。歆仁說。你這話把我想擰了。我今天所以不和他們計較。正是爲你們。假若我和他們鬧到底。更沒個了結了。所以把他們哄走。再商量咱們的事。黃氏說。依你怎辦呢。歆仁說。你今天先把桂花帶到你家。這里是住不成了。我在別處再找房子。然後我再求人說和。自要能把桂花接到我家。便不至有這樣的危險了。這里頭最搗蛋的是二奶奶。但是他已然敲了我三千元的竹槓。以後當然不至那樣激烈的。至於我們內人。他差不多是個木頭人。別人都拏他作傀儡。好敲我的竹槓。如今目的已達。當然沒有第二次了。我就知道這件事省不了錢。果然是被他們查覺了。黃氏說。那末這里我們今天不能住了。歆仁說。不但你們。今天我也得回家的。黃氏說。既這樣時。回頭我們就走。這眞是想不到的事。早知如此。還不如不出來呢。因又向桂花說。好孩子。別哭啦。有姨跟着你。一點委屈也不能教你吃。在頭些日子。這里何等火暴。名花美酒。麻將剖克。幾位議員。在此時不常的開心取樂。眞不亞如洞天福地。今日不知怎的。冷冷落落。一點生氣也沒有了。黃氏聽了歆仁的話。果然把桂花帶到自己家中。反正他有個老主意。五千元的身價。他已然使了。存在銀行裡。要想往出退。那是不能的。歆仁若是還要桂花。他便同着去受用。若是不要了。他照舊帶他去混事。裡外都沒有他的虧吃。歆仁見黃氏把桂花帶走。他益覺得這里一點趣味沒有了。他便囑咐厨子。好生看着這點東西。叫宋四把車赶來。自回報館去了。

大凡一件好事。人總不注意的。而且也不願意傳說。至於是一件笑話。知道的便非常快了。這件事由宋四口裡。慢慢的跟那些館役說了。由館役口裡又傳到各位先生耳朶裡。大家聽了這個笑話。都鼓掌大笑起來。可是張子玖心裡有病。若不是他一封匿名信。也惹不起這場風波。所以他對於歆仁。非常謹愼起來。可是歆仁也沒疑惑到他身上。次日歆仁果然寫了一張三千元的支票。給鄧二奶奶送去。又打發人在僻靜所在。找了一所房子。預備遷移。鄧二奶奶見了支票。對於這事。未免有些冷淡。竟自無形擱淺了。

第七章

在我的書中。總也沒提秀卿了。但是他的性格。在一般讀者。已然明白了。他雖然是個妓女。他却與普通妓女不一樣。他爲什麼墜落在火坑裡。在前面我已然略微說過了。他多少是個有思想的人。可惜他沒受過教育。想不出別的道兒。所以不得不飛蛾投火一般。掉在這裡頭。這也不怨他。第一他的家境寒微。無力去受教育。第二是社會國家的毒刻。連男子的教育還沒人管。誰顧得到女子呢。再說自革命以後。北京土著的人民。一天比一天困苦。家裡有女兒的。除了學戲便是下窰子。彷彿這兩行倒是一種正當營業了。秀卿只有一個寡母。已然五十多歲。還有一個小兄弟。纔八九歲。他若不想個法子。一家三口就得眼睜睜挨餓。他實在想不出別的法子來。北京的社會。也不許貧民清清白白的活着。非逼得你一點廉耻沒有了。不能有飯吃。秀卿生在這樣的社會裡。已是不幸極了。他不下窰子。那里還有掙飯吃的道兒呢。他自操了這個營業。沒有一天不嘔氣的。他的性質。實在不適於這種營業。久而久之。他便自己造成了一身大病。他簡直成了肺結核的痼疾。他只用大煙提着他那口氣。論理他的姿色。和言談。眞是不可多得的。也有許多人趕着與他要好。無奈他的脾氣非常執拗。當他脾氣好一點時。他什麼人也能周旋。不知何時犯了他的脾氣。想起他的不得意。他便把所有逛窰子的客人。都看成蛇蝎一般的人。由心裡頭仇視。他每每的呪詛那一羣人。對於議員和政客。尤爲特別嫌惡。他說我到窰子裡了。我失了貞節了。你們一個一個的跟我轉獻殷勤作什麼。錢也捨得花了。衣服首飾也捨得作了。甚至幾千幾萬的要往出掇呢。當我母女走到火坑邊上。失足欲墜的時候。社會上怎沒有一個人援一援手呢。假如那時有人周濟一下。我也不至墜在靛缸裡面。如今人家一身清白沒有了。成了公共的玩物了。便是救了出來。已是不完全的人了。大凡救人。須在沒有失足以前救。掉在山澗裡再救。便是不死。已然摔得股折臂斷了。何况他們原沒有救人的心。只不過爲圖自已快樂便了。那有一個爲人的人呢。他每每這樣想。雖然有些偏激。他一肚子的苦痛。也可以想見了。他所以得了這樣不治之疾。和他事由不好的原因。都是由他這種偏激的。思想造成的。秀卿的思想。終是改不成了。秀卿的生命。在這不仁的社會裡面。也就很有限了。

自那日在酒席上。歆仁諸人把秀卿給伯雍架弄上。原打算取個笑話。不想秀卿的怪癖脾氣。竟爾把伯雍看中了。若論伯雍。也是個很龍籍的青年。不過生性誠實。免不了有點呆氣。在一般的妓女。最不喜歡這樣的人。多少須有點紈袴或官僚臭味。他們看着纔中意。秀卿偏與那樣的上不來。所以一見伯雍。

便有些對眼。後來伯雍又到他那里去了幾盪。二人一談心。彼此的志向。都明白了。秀卿益發把伯雍看得重了。知道他萬不是一個浮泛的青年。他是要在社會上作事。要給人類作事的。不過他目下一點能力沒有。也沒有識得他的人。所以他終不能不在社會上埋沒着。但是他對於貧民。對於不幸的人。向來表示一種同情的。尤且對於娼優裡面不幸的人。更是特別憐愛。他說社會上所以有這些不幸的人。都是社會自行暴露他們自已的罪惡。所以他恨不得把社會上不幸的事。一口氣都吹沒了。敎社會上所有的人。心裡都是風平浪靜的過他們的太平日子。誰也沒有一點不平的事。纔稱了他的心。但是他的力量。萬是辦不到的了。他不過懷着這個空想。在社會上送他的愁牢日子便了。伯雍這些意思。秀卿似乎都知道的。他所以不拿伯雍。當衆人看待。至於伯雍之看秀卿。不但可憐他。而且欽敬他。現在講氣骨的人。太少了。打算在現在的社會裡面吃一碗飯。這氣骨二字。誰還敢講。恐怕你今日講氣骨。明日便人枯魚之肆了。不想秀卿以一個墜溷的人。他到了不忘他的氣骨。他天字第一號的姨太太。不是當不上的。馬車瀛車。不是坐不着的。珍珠鑽石。不是戴不上的。以他的姿首。取這幾樣東西。眞比窮酸措大。賣幾篇文字。掙一碗飯吃。太容易了。但是他竟不取。把能供應他這些東西的老爺們。都給得罪了。他這是什麼意思呢。往壞裡說。便算一種精神病。往好裡說。這正是他的氣骨了。伯雍對於他的氣骨。雖然欽佩極了。可是又不願他老持着這種態度。每每勸他及早打個主意。不差什麼的。也可以隨了去。無奈秀卿的性質。終是改不了。有力量的人。也都怕他不好駕御。沒人敢吐口話。他的前途益發暗淡了。他固然把伯雍相中了。但是他絕沒有嫁伯雍的心。他知道伯雍已然娶了妻。而且知道他是力主一夫一妻制的人。再說他如今是自顧不暇的時候。勉强嫁了他。不但於自己沒利。而且害了伯雍。所以他雖然有心。到了不會說出口來。

伯雍認識秀卿。日子已然不少了。但是他們到了是精神上的結識。絕沒有買賣式的肉慾。伯雍到他那里去。無非是解悶。是談天。彼此作個談友。秀卿也知道他的心理。知道他的境遇。對於伯雍。向來不會說過一句猥褻的話。在旁人都以為他二人必定是俗所謂熱了。其實他兩個無非偶然性質相投。成了忘形之交便了。近來伯雍替秀卿很發愁了。因為每去一盪。秀卿的病態。彷彿利害一次。不第血色沒有了。而且瘦的很難看。咳嗽呼吸。都有些不利。伯雍知他病深了。勸他赶緊入病院。秀卿只說沒什麼多大病。其實他豈不知他的病是很利害的。他不過只是挨日子。他把社會厭煩透了。他心裡此時似乎以棄絕人世。長眠地下。倒是一件很乾凈的事。他的責任。他未嘗不想。但是他以為人活着。可以有責任。死了。天大的事也管不着了。不過他活一天。對於他的老母幼弟。要管一天。死了之後。他也就不能管了。這種思想。雖然沒什麼。可是於他的病。很不利的。他這不是往開通裡想。簡直是自殺的决心。所以伯雍勸他看病。他只說不碍的。其實他正欲借着病症的毒手。了却他的殘生。消滅他的煩惱。他的病也遂一天比一天沈重。甚至不能混事。回到自己的廒所。

有一天伯雍纔吃了早飯。正欲和大家商量看白牡丹的戲去。忽見一個館役進來向伯雍說。寗先生。外面有個婦人找您。伯雍見說。一怔。暗道。婦人找我作什麼。因問那館役道。像個作什麼的。館役道。像個跟人的。伯雍說。你把他叫進來。館役出去了。不一時。把那婦人帶進來。伯雍一看。却是跟秀卿的李媽。伯雍忙問他道。你來作什麼。你沒看你們姑娘去。他好一點沒有。李媽道。更不好了。據我看。他挨不過一個禮拜了。伯雍道。這樣利害麼。說着教他坐下。子玖諸人。聽見李媽來了。也都來問長問短。大家見秀卿病的很利害。也都很表同情。此時伯雍問李媽說。誰打發你來的呢。找我作什麼。李媽說。我們姑娘教我來請您。到他那里。大概他與您有話說。伯雍道。這樣看來。由他回了家。你依舊跟着他。你倒是很有義氣的。李媽見說。眼圈一紅。撲簌簌落了幾點眼淚。用手巾擦着眼睛道。我不跟着他怎的。他並沒把我待錯過一點。他是血心熱膽的人。我也得拏血心熱胆待他。再說他的娘。現在只會哭。他已然落了炕。我不在跟前。誰服事他呢。我已然跟他說了。你好生養着。你活一天。我跟你一天。誰教娘兒們好一場呢。是他今天早晨跟我說。我自覺着不成了。我很想伯雍。你把他給我請來。我有話跟他說。我想他認識的濶客也很多。他都給得罪了。便是不得罪。也不好去請。您與他是最知心的。所以他直到臨死。還不忘您。您能與我去一盪嗎。李媽把話說完。依舊是眼淚汪汪的。伯雍此時已然呆在那里。他的心中。不知是怎樣難受。他竟不料秀卿一病至此。旁邊的子玖和鳳兮。也不照平日那樣說笑。他們聽着也怪可憐的。忙敎伯雍穿了衣服。隨着李媽去看看。能治時。咱們給他薦位先生。伯雍見說。纔能動轉。忙着穿好衣裳。向李媽說走吧。這時正是八九月之交。秋意漸漸深了。他們出了門。伯雍因爲心裡發顫。覺得外面很凉。他們出了巷口。忙着叫了兩輛車。拉到南大街。出巷入巷。都是李媽告訴拉車的。伯雍一見。都是素所沒走過的道。櫛比的小房子。不知其數。間或還看見三兩處三四等的下處。伯雍暗道。這是什麼地方呀。不是什麼天橋西。大街南。河兒裡頭就是這兒呀。他爲什麼住在這里呢。正想着。車又入了一條小巷。李媽敎車停住了。伯雍給車夫每人一吊錢。車夫很感謝的去了。李媽指着巷口頭一個門說。就是這里。請進去吧。伯雍一見。這個門比別家還整齊些。是個清水脊的如意漢門。却是倒下台階。街上的地。比院裡足高三四尺。門內有面木頭影壁。轉過影壁一看。却是小小的一所合房。三間正房。帶兩間耳房。左右各有三間廂房。院內也有幾盆草花。漸漸的都枯萎了。只是有許多婦人。有在院中。洗衣裳的。有纔起床。在院中晒被褥的。看那樣子。大概都是作娼妓營業的。內中大概有領家。有跟人。有姑娘。因爲天氣尚早。還沒到班子去。這院子雖然不大。住的人實在不少。這時李媽向伯雍說。我們在上屋住。請到上屋吧。原來這三間上房。是秀卿和一家同業的夥住了兩間。秀卿佔了一間。此時屋中似乎知道伯雍來了。只見一個小孩子。生得很淸秀的。把簾子打起來。讓伯雍進去。到堂屋裡一看。一鋪後炕。光着炕席。地下堆着許多破東西。左手另有單間。大概是秀卿的病房了。那個小孩子。很機伶的又去打裡間簾子。裡屋較外屋乾淨多了。桌子板凳。應有盡有。不過是舊破些。也是一個後炕。只見秀卿在炕上躺着呢。鋪蓋的倒是他在班子裡用的鋪被。在他枕頭旁邊炕沿上。坐着一位老婦人。是旗下打扮。不過髮飾改了。他正在那里抹淚。見伯雍進來。赶緊站起來相迎。勉強把淚咽住了。李媽說。這位就是甯先生。老婦人道。常聽秀卿說。今日屈尊了。請坐吧。又叫那小孩子道。崇格。看看水去。小孩見說。往外就跑。李媽說。你別去。看燙了手。等我去吧。李媽隨後也出去。張羅茶水。這時伯雍看那老婦人時。年約五十來歲。一點也不像樂戶中人。伯雍暗道。他一定是秀卿的母親了。方才那個小孩子。想必是秀卿的兄弟了。這時李媽已把茶泡了來。給伯雍斟了一碗。他們雖然在地下張羅伯雍。可是把心思眼神。都注在炕上秀卿那里。便是伯雍。也不住往秀卿那邊看。此時秀卿微微一動彈。似乎知道伯雍來了。只聽他在枕上叫了一聲李媽。伯雍來了嗎。李嗎說來了。這時伯雍忙追了過去。斜坐在秀卿枕邊。低聲喚他道。秀卿。我來了。秀卿把眼睛一睜。看看伯雍。又閉上了。伯雍見他已然瘦得不成樣兒。只有一張雪白的皮膚。包着一把瘦骨。腕子上還帶着他那對金鐲子。圈口已然大了許多。他的頭髮蓬蓬的萎亂一堆。已然一點光澤也不見了。在伯雍還可以想像他的舊容顏。若在別人。一看。簡直是個活骸。帶氣的髑髏。伯雍悽然道。這些日沒見他。怎病得這樣了。你們沒給他請個醫生看看嗎。秀卿的娘抹着淚道。怎麼沒看。無奈一點效驗也沒有。人家都說他是癆病。不能好了。唉。我們娘兒倆。都賴他活着。如今一病至此。眼看不中用了。倘若沒了他。教我們老的老。小的小。怎樣活着。說到這里。又哭起來。李媽也在旁邊直抹眼淚。此時秀卿又把眼睛睜開了。有氣無力的叫着他娘道。母親。不用哭了。不礙的。我死了你們不能餓死。他歇了一會。伸出一隻極白瘦的手。拉住伯雍的手說。你來了。這個地方我本不應當請你來。但是我信你一定肯來的。因爲我再沒有第二個地方請你來說話。沒法子只得請你到這里來。這里是個極濁惡極汚穢的地方。通共有一千餘戶。都是操皮肉生涯的。細想起來。怎能到這里來。但是這里雖然汚穢。裡面所包容的。不光是罪惡。而且有許多悲哀可憐無告的慘事。我深望有仁心的。及那些議員和大政治家。還有位居民上的人。都到這里來看一盪。但是他們這輩子也沒有到這里來的機會了。即或他們來了。也未必能發見什麼罪惡和可憐的事。他們的腦子。也不過說這里是下等地方。不可來便了。他們聽得見這里有呻吟的聲音嗎。有叫苦的聲音嗎。有最後的哀鳴半夜的鬼泣嗎。大概他們在三海裡。國務院裡。象坊橋的議場裡。作夢也夢不到這里。有許多不忍聞見的慘象。他們永遠沒有機會到這里來了……。秀卿說到這里。呼吸已然有些不利。他竟咳嗽起來。半天。纔咯出一口痰。李媽忙把痰盂遞了過去。他娘在旁邊勸他道。不用說這些了。歇一歇吧。這不是咱們應當說的。秀卿咳嗽完了。又歇了一會兒。因向他娘說。多說兩句話不要緊。我還痛快痛快。遂又向伯雍道。我在這里已然住了兩三年。什麼無人道悲慘的事。都聽着看着了。我本打算搬開。無奈房子是很難找。他娘兒倆又沒個住處。沒法子只得將就着。不想我還是死在這里了。你知道陰曹有地獄呀。這里大概就是地獄了。不過陰曹地獄。專收惡人這里却專收無告貧弱的可憐女子。這却是教人不平的很。伯雍道天下不平的事多的很。這里僅僅是一斑。我勸你不必想這些個了。還是養你的病吧。秀卿道。我這病已然沒有指望了。雖然是我自己作踐的。也是社會殺的我。如今乘着我還能說話。所以把你請來。我要拜託你一件事。我想你能替我辦的。若與別人。說。也不過付之一笑便了。伯雍道。什麼事。自要我力量來得及的。一定替你去辦。秀卿道。論理不應當把我的事託與你。但是我信你或者能辦。說到這里。便翻着眼睛望了望他娘說。祟格呢。他娘道。在院子呢。秀卿道。把他叫進來。旁邊李媽兒說。把來到院中。祟格叫進來。這孩子見他姐姐叫他。便站在他姐姐的枕頭前面。秀卿看了看他這兄弟。又指着他娘和伯雍道。我死之後。沒法子。就以他娘兒兩個累君了。伯雍兒說。由眼睛裡不由得流出淚來說。你的病不至於死。你怎竟說這樣的話呢。倘若你有個不諱。我必替他娘兒兩個想法子。這時他娘和祟格連李媽都哭起來。伯雍心裡也是萬感攢集。落淚不止。此時又聽秀卿道。我這兄弟。今年纔九歲。他很聰明的。若生在相當財產人家。好好教育教育。不但能成佳子弟。而且能成好國民。可惜投生不對。他的前途很危險了。我打算求你給他找個孤兒院或貧兒院什麼的。把他寄頓起來。餓不死也就完了。日後你若有了地位。再照顧他便了。至於我母親。身子倒還結實。你也給他找個慈善人家。作個傭婦。不至落在長街流爲乞丐。就算了我的心事。這兩件事。

在我以爲很麻煩的。但是我不願麻煩別人。我願意麻煩你。因爲你決不至以救人的事當作麻煩事。可是你也不必過慮。因爲他娘兒兩個一時不至餓死。我雖有點虧空。我一死也就完了。至於我這點東西。還能變賣三四百塊錢。除了我的棺材。下剩的還能够他娘兒倆過些日子的。你自要慢慢給他們找着吃飯的所在。便是我死了也感激你。伯雍見說。流淚道。這事不用你託我。現在還有辦社會義舉的慈善人。我不過跑跑道便了。秀卿道。雖然這樣說。你不受些麻煩。着些苦惱。也辦不成的。如今你能慨然應允。你知道感激你的不是我一個人。伯雍道。用不着你們感激。若說教我拿出多少錢來。我此時實在辦不到。若盡點人力。我似乎還來得及。你好生養病吧。不用胡思亂想。你說的話。都我記在心裡便了。秀卿道。我的心事。已然託與你。我覺得很釋然。這里不是你久在的地方。你還是回去吧。你也不必來看我。好壞總有人給你送個信。秀卿說了這半天話。他實在覺得累了。他也再沒什麼可說的。他的眼睛。已然不願意睜着。似乎把一切世態。都看得厭煩了。他惟有閉着眼睛。纔覺得心裡舒服。所以他把眼睛閉上。這時秀卿的母親兄弟。和李媽。兀自啼泣着。這間屋裡。被愁慘、悲哀、失望、痛苦、給充滿了。伯雍被這些景象一圍繞。他的心房震的要碎了。他的神經緊張的要斷了。他幾乎要發狂。他差不多要大聲疾呼起來。他以爲人類社會到了這步田地。再不容漠視了。所有的人們。都應當振作一下子了。都應當血戰一場了。他又想道。事情不能僅會勉人的。須要自己覺悟。自己力行。社會上的事。是由個人單獨作起來的。有了個人的單位。纔能有羣衆生活。我由今日起。便要作我對於人類應作的事。這個老婦人。和這個小孩子。便是我作社會事業的發軔之始。他想到這里。他很毅然决然。彷彿社會上一切不仁黑暗的事。被他一下手。便立刻光明起來。他絕沒想到他的能力是如何薄弱的。他似乎忘了他是沒能力的人。他覺得彷彿有一種神通大力。付在他的身上。這時秀卿又把眼睛睜開了。只見伯雍還在他枕旁呆坐着。他只得又催他道。你這麽還在此坐着。你走吧。你走了我倒舒服。伯雍這時似聽見沒聽見的自言道。可恨人類的悲劇。演的够看了。怎不來一齣火熾風光的喜劇。給大家展展愁眉。破破啼痕呢。秀卿又催他道。你走吧。我請你來就爲這事。如今旣已說了。你走吧。這里沒什麽大意思的。伯雍說。我走。我作我的事去。說着便站起來。又低下頭去看看秀卿。秀卿也用極安慰的眼睛望了望他。口裡仍說道。走吧。他說完這句話。把眼睛又閉上了。

過了一個多禮拜。在陶然亭的附近。南下窪那里。有三尺新墳。墳前供着許多鮮花。還有一個短碣。鐫着女友秀卿眉史埋骨處。一個老婦人。帶着一個小孩子。在那里哭了好幾天。那就是秀卿長眠之所在。

第八章

自秀卿死了之後。伯雍益發覺得忙了。他天天總要出門的。及至回來。便獨自一個。坐在他那間小編輯室裡。不知想些什麼。同事的人。也不知他天天出去辦什麼。問他時。總說沒什麼事。其實他這幾天竟爲秀卿的娘和他那小兄弟忙了。他打算把他娘兒兩個。不要分開。總是敎他母子相依着。還有點生趣。所以他這幾天竟在外面給他娘兒兩個找地方。他的立意。總想在公館裡給人傭工。較比女工廠等強一點。伯雍自到城內。也認識許多人。還有歆仁給他介紹的朋友。實在不老少。但是他平常日子。都與人家很疏遠的。他爲給這娘兒兩個找個安身立命所在。無論怎樣。他得替他們去奔走。無奈他跑了好幾天。一點頭緒也沒有出來。差不多他所求的事。都被人拒絕了。便是不公然拒絕的。也都說現在不能再用人了。有機會再說吧。更有以伯雍所爲。近乎多事的。雖然未曾當面指陳。背地裡也說他的舉動不對。都說。在窰子裡認得的人。死了便死了。還管他的遺族。要管就應當自己攏了去。自己不能管。却敎人家管。他有多明白呀。不這樣說的。又嫌秀卿的娘。是在南城外住慣了的。他家既操賤業。品行一定不端。僱他當個婆子。恐怕於家庭婦女無益。所以也不敢用的。這倒難怪人家這樣想。即或有不在乎細節的。就圖一個乾淨會作飯的人。又嫌他有小孩子。僱一個人來兩個。多賠一個人的飯。過於不經濟。所以也是不願意的。可是伯雍所跑的這幾家。都是在政界裡很活動的人。不用說。一個婦人和一個小孩子。就他們的局面而言。再僱七八個人。也不嫌多。而且也有餘力。不過他們不能不提出幾件拒絕的理由。以明他家用人是很謹愼的。但是他們拏錢由窰子裡接姑娘。就不管他們於家庭婦女。有無利益了。他們也知道好人自是好人。不過自己用人。不願意教人家行了一點志願。所以明明有力量收容。而且有正當的使用。就皆因伯雍 一說實話。事情便根本不能成立了。在伯雍的意思。以爲把實在形情說明了。足以使人興起好義之感。社會上有這樣可憐的老幼無告的人。有點力量的。原可以收養他們。何況他們並不白吃飯。也是仗着自己勞力活着。絕不是不作事光吃飯的勾當。打量出去奔走兩趟。一定有僱用的。誰知一連七八天。反倒頭緒全無了。所以伯雍很覺煩悶。伯雍爲這娘兒兩個。不能不改變方針了。他以爲普通的人家。絕不能成功的了。他靠的住朋友家裡。又皆沒有僱人的能力。他想着把他們位置在工廠裡去。作手工學實業。也是人類謀生的正途呀。所以在他理想中。以爲這事是很正當而且很有道理的。但是他想了半天。始終沒想出那里有女工廠。尤且不知道那個工廠對於女工是很優待的。他簡直不知那里有工廠。在北京這種組織是極感缺乏的。但是他到了想起一處。他曾聽說東城祿米倉。已經改了被服廠。裡面僱的女工很多。他想這是很適當的所在。但是廠裡內容。他一點不明白。也不知一個女工。每日能掙多少錢。他打算到那里先參觀一遍。然後再想法子。把他娘兒倆送進去。他主意拏定。吃了早飯。便往東城去了。他到了祿米倉。外面不過兩點來鐘。他到了傳達處。取出一張名片。要見廠長。一個聽差的說。廠長今天沒來。伯雍說。別位執事也行。我是特來參觀的。因爲我是報館的記者。那聽差的見說。讓伯雍在此候一候。很不滿意的進去了。少時出來說。裡面請。把伯雍引到一間接待室裡。一個四十多黑而且胖的人。正在那里候着。二人見面。彼此一躬。通了姓名。那人姓馮。字元甫。是這里總務科科長。他很恭敬的。把伯雍讓在上手。伯雍說。聽說貴廠辦理很善。所以特來參觀。馮元甫道。還不到完善地步。而且又是官辦的。經費很是不足。所以報紙上對於本廠。說了許多閒話。皆因他們不明我們的苦衷。所以誤解的地方很多。你先生今日特來參觀。我們是歡迎極了。說着請伯雍到工廠去參觀。伯雍不看則已。一看了作工的那些女工。他益發的煩悶起來。他們這工廠。是利用舊有倉房。因陋就簡改造的。光綫和空氣。皆感不足。兩三千女工。一個個都是形同乞丐。襤褸不堪。還有懷裡揣着乳兒。在那里作活計的。他們都在當地坐着。現在天氣已覺寒了。他們都覺很瑟縮的。他們每人手裡都拿着一件軍警的制服。手不停針的在那里作。他們使他們的針線。非常靈活而且敏捷。但是他們那可憐的窘態。實在令人不忍長久的看着他們。所以伯雍看了一周。也就同着馮元甫出來了。仍到那間接待室裡坐下。伯雍這時却想起經濟學上的原理來了。他以為這些可憐婦女。所得的都是忍苦報酬。因為他們忍苦的程度很大。他們的報酬也一定很優的了。因問馮元甫道。他們每人每日能掙多少錢呢。馮元甫很鄭重的答道。銅元六枚。

伯雍聽他挺響亮的挺正確的說出銅元六枚四個字。很詫異的問道。他們只得六枚麼。一小時是一天呢。馮元甫道。中國那有按時給工資的工廠。自然是每日六枚了。而且還得交出相當的工作。最低限度。是制服一套。伯雍道。他們每日作幾小時工。纔能夠上領工資的程度呢。馮元甫道。至少得十二小時。伯雍道。十二小時麼。我看裡面還有不及成年的女子。和那些乳婦。十二小時的工作。不傷他們的健康麼。
馮元甫總伯雍問到這里。已然露出不喜歡的意思。他沈着臉問伯雍說。先生大概在外國留過學吧。伯雍
說。在東洋留過幾年學。馮元甫道。幸虧先生在東洋留學。若在西洋。更不知染上什麼樣的新思想呢。
外國雖然有保護勞働者法律。焉能在中國施行。饒着十二小時。還累不怕呢。若敎他們作八小時的工。
他們準能上天了。伯雍道。雖然這樣說。對於未成年的幼童。也應當特別待遇。他們都是後繼的國民。
再說十二小時的工作。苦痛不能說不小了。僅僅給六枚銅元。他們也不能生活呀。馮元甫見說。把他方
纔沈板的臉。忽一舒展。却變成冷然的笑容說。聽先生的話。我們也很佩服的。但是未免偏重理想。不
顧事實。先生以爲作十二小時工。得六枚報酬。是很不平的一件事。可是我們這廠子自開辦以來。女工
是一天比一天增加的。甚至有來託人情的。原先規定。是只用五百女工。如今却增到二千多人。可是經
費和工資。並沒有添一文。我們這里抱定添人不添米的宗旨。庶乎可以無形限制一下。誰知希望來作工
的。依舊踴躍。早先五百人的工資。如今却被二千餘人分佔了。當然是報酬不抵所苦了。我們爲這事。
也稟呈過陸軍部。使是部裡也沒辦法。只說他們既願意作。只可聽他們的自由。拏他們的骨頭。扎他們
的肉。增加工資。是辦不到的。先生你看。不是我們不替他們想法子呀。他們如今倒拏義務當權利了。
每天不知來多少人。甚至有出怨言的。說站門崗的巡警揀認識的往裡放。我們沒法子。只得備了一種號籤。

每日清晨在門外散放。領着號籤的。纔許進門。先生你看。他們這樣搶着來作工。不是本廠有心虐待他們呀。伯雍道。他們為這六枚銅元。作什麼這樣競爭呢。那里掙不了六枚銅元。馮元甫道。先生這話又是理想了。一個婦人女子。在那里能掙六枚銅元。如今窮人太多了。除了老天爺慈悲。把他們全收回去。算他們災出離滿。若打算由國家社會維持他們。那是很難的一件事了。伯雍道。貧民的生活。不由國家社會維持。誰還有這個能力。先生怎說出這樣無責任的話呢。馮元甫道。先生。你是沒在政界裡待過。所以不明白裡面內容。政界裡每年所弄的錢。還不夠內部自己用的。那有餘錢辦民間的事。現在已然二千人吃五百人的飯了。再過幾年。便要一萬人分配一百人的飯了。窮人怎能不一天比一天多呢。就以本廠而論。每一個女工作十二小時工。纔得六枚銅元。論理沒人幹的。但是每天還是很擁擠的。可見在北京掙六個銅子。是很難的一件事。他們得了這六枚銅元。先能買一斤雜和麪。他家男人再拉一天車。掙一二十枚銅元。一家子可以不至挨餓了。所以六枚銅元。雖然不叫錢。到了一般窮人手裡。也就不無小補了。伯雍道。他們天天這樣活着。也過於苦痛了。馮元甫道。所以沒法子就得等天收了。伯雍此時呆了半天。一會又把頭低下去。半晌。自言自語的道。這里這樣難。也就不致他們來了。馮元甫聽他這話。似乎不是光來參觀。還有別的目的。因問道。先生打算往廠裡薦人麼。不妨有個通融辦法。伯雍道。我有個朋友。新近故去了。遺下一個母親。一個兄弟。我想把他們薦到這里來做工。不想這里這樣困難。馮元甫道。既是先生朋友家族。我們不妨優待。多給工資。伯雍說。給多少呢。馮元甫鄭重其事的道。八枚。伯雍道。八枚麼。馮元甫道。正是。多增了三分之一。伯雍道。多謝先生厚意。我與他們商量商量去。說到這里。他道了一聲打攪。興辭去了。馮元甫把他送到門外。以爲今天把這人應酬的很好。得意非凡的進去了。

伯雍由被服廠出來。他的煩悶愈加濃厚了。他原先還只爲那兩個無告的老小發愁。如今見了這些可憐的女工。聽了馮元甫的主張。彷彿北京城所有的窮民。都成了他的心病了。他一邊走着。一邊想。也忘了僱車了。他想一想那些女工勞動十二小時。僅僅獲得六枚銅元的報酬。而他們所製造的成績品。便是一點生產事業不作在國家社會裡橫行無忌軍人丘八所穿的制服。當他們穿上這身制服。他們絕不想一想。這是無數可憐的貧女。爲了六枚代價。替他們製成的。他們穿了這身制服。居然躋登社會上最高的階級。也就因爲有了這身制服。他們便能把給他們縫制服的人。看的沒有一條狗有價値。制服的効力。到了他們身上。便如給虎添翼。可是當那些制服在女工手裡。挨着冷。忍着餓。含着眼淚。一針一針。給他們成做時。僅僅有銅元六枚的代價。伯雍在路上走的覺着累了。他纔僱了一輛車。拉到報館。館裡已然一個人沒有了。只有一個館役看家。他們大概都聽戲去了。因爲這些日子。白牡丹很見起色。新學的皮黃戲已然有七八齣了。可是這幾天伯雍爲了秀卿的事。他久已沒聽戲了。如今他更煩悶了。他越無心去看戲。

他到了他那間小屋裡。無精打彩的倒在床上。自秀卿死後。直到今日。他爲一個老婦人。一個幼童。奔走了半個多月。不但沒一點成效。處處都失敗了。是他不熱心呢。是社會冷淡呢。他簡直不明白所以然了。但是他不因爲他屢屢失敗。灰了他的心。他決意依舊往前進行。他到底要發見一個足以收容他娘兒兩個的所在。他不信偌大一個北京。就沒有一個濟貧慈幼的機關。他既萌了這個思想。他的精神立刻又振作起來了。

他忽然想起貧兒教養院來了。那是一所官立的機關。局面很是不小的。他每每聽人說。那里每年用錢很多。院長一缺。是很美的差使。但是伯雍自到城內。還沒到這里參觀過一回。他想。這里一定是很適當的了。他決計次日到那里去一趟。次日早飯後。他仍照每日出門時間。僱輛車。到貧兒教養院去了。不到一個鐘頭已然到了。這里所佔的地基。足有二三百畝。院墻非常的高。乍一看。好似一所監獄。座北向南的一個天然石和洋灰造的大門。也是非常堅固。兩扇鐵門。下半是鐵板。上半是鐵柵。用黑油漆着。尤覺堅牢無比。那兩扇門。並未開放。只用半扇虛掩着。一個巡警在門裡荷槍站着。不時的由門上鐵柵往外看。又往裡看。彷彿防備人出入。伯雍一看這個光景。他很覺害怕起來。因爲他看這里總像個監獄。一點慈善意思也表顯不出來。他以爲拉車的把他拉錯了。但是他細看門楣石上所鐫的字。明明是貧兒教養院。五個大字。他只得下了車。付了車錢。隨着取出一張名片。走到門前。門裡那個巡警。見他是要進來的意思。忙在門內喊道。找誰。伯雍趕緊止住步。由門縫把片子遞進去說。煩勞通禀一聲。我是到貴院來參觀的。而且有個小孩子要送入貴院的。那個警士見說。又看了看那張名片。用力把那半扇鐵門拉開。讓伯雍進去。把他帶到一個亭子式守衛兼傳達的小屋裡。向一位穿巡官服制的人說明伯雍的來意。仍去站門崗去了。那位巡官四十來歲。倒很和氣的。和伯雍說了半天閒話。纔拏了那張名片。進去回話。這時伯雍站在當院。往北一看。却是一所洋式樓房。建築的倒還體統。在樓房的右手。另有一帶走廊。不知通到那裡。因爲被五間中國式的廂房遮住。只能看見他的起點。此時那位巡官已然由那所樓房裡出來。向伯雍一點首說。請這邊來。伯雍見說。忙着走到樓房的門前。那巡官把伯雍讓到一間待客室。當地放着一張長方桌。蒙着一塊黑漆布。兩旁共放八張椅子。此外別無裝飾。不過漸就薰黑的墻上。貼着許多警察制度的圖表。伯雍進來這半天。一個普通人還沒看見。所看見的都是警察。他心很疑惑的。暗道。難道這裡都是警察辦事麼。教職看護等人員。都是警察麼。他正疑惑着。只聽外面廊子裡一步步革靴響亮。既而又咳嗽一聲。門一響。一位穿高等警官服制的先生進來了。那個巡官忙向他一鞠躬。指着伯雍向那人道。這位便是來此參觀的寗先生。又向伯雍說。這位便是我們院長。說罷向二人各鞠一躬。自去辦勤務去了。

這位院長。是北京人。他爲人很精明的。而且長於交際。深通官情。在光緒時代。曾到東洋警監學校留學了二三年。歸國之後。便入了民政部。是北京警界中的老人。他現在還在內務部和警察廳裡有差使。而且還兼着貧兒教養院長。因為這個機關。是直隸於警察廳的。他既在警監學校留過學。所以他很迷信警察制度。尤且以為改良監獄的組織是很完美的。所以他無論辦什麼事。都帶點警察意味。不然便是監獄式的組織。因為他腦子裡總是對於這兩項觀念特別深厚。他常說北京的警察。在世界總算是第一的。如果北京所有的事情都歸警察辦。那一定有特別的成效。誠然。北京的警察。眞有令人可佩服的地方。但是若說所有的事情。警察都能辦。那眞是一種迷信了。

院長和伯雍一對面。便很和氣的。而且帶着滿臉笑容向伯雍說。久仰。聽說您也在東洋留過學。是那個學堂。我已然忘了。伯雍說。在早稻田大學留學過幾年。近來因為奔走衣食。學業已然荒廢了。不但不敢提起。連那留學的招牌也不敢掛了。院長仍是笑道。先生過謙。先生過謙。說着他二人對面坐下。這時有個十二三歲的小孩子。給他們倒來兩椀茶。伯雍看那小孩子時。臉上油黑。眼皮紅赤赤的。似乎害眼纔好。身上穿一身灰布褲褂。尺寸很覺不合適。伯雍以為是他們僱的人。原來也是院內貧兒。每日輪流當差的。他二人在待客室裡。說了一會閒話。伯雍纔問到院裡內容。院長很得意的說。我們這里收容約有一千餘名貧兒。分學科和工科兩種教育。教員固然都是外聘的。管理員我就不另聘人。因為什麼呢。廳裡有的是警察。反正他們也得出勤。我把他們調在這里作勤務。比在街上出勤强多了。他們既然願意。

而且又省許多管理員的薪水。再說管小孩子的勾當。最難有秩序。普通管理員。總失之於放任。您要知道。小孩子若不嚴厲取締。他們萬不會老實的。我的警察。他們都是慣於維持秩序的。所以我這貧兒院和別的私立的大不相同。他們一點秩序不講。我這里是專門講秩序的。不信回頭您到那邊去參觀。足見余言之不謬。伯雍道。小孩子天機活潑。喜動不喜靜。你先生把他們都誘導的有了秩序。眞可謂煞費苦心了。院長見伯雍這樣一恭維。他很高興的說。小孩子的勾當。委實不能省心的。咱們到那邊看看去吧。伯雍說。好。但是你先生沒有公事嗎。求別位執事帶着到那邊看看便了。院長說。不用。他們此刻正忙呢。兄弟同您去一盪。自從這里開院。大概參觀的人很少。今天伯雍特來參觀。所以院長很高興的。說着他們出了這所樓房。順着那個走廊。往西行去。裡面房子很多。他們先到學堂那邊去看。講堂有十幾處。但是教員很少。講堂裡有有教員的。有沒教員的。可是每個講堂裡。都有八九十個貧兒。另外有個巡警。在堂裡維持他們的秩序。這個巡警班長。非常有權力。他能强制執行。所以那些小孩子都很聽他的話。有教員來上堂。他們也是呆呆坐着。教員說的是什麼。他們差不多都不曾領會。教員下了堂。貧兒依舊不許動轉。那個師位。忽然便變了巡警的崗位。巡警一上堂。貧兒的秩序。益發整齊了。他們沒一個敢離位的。他們便如一羣猴子。被猴師用鞭子打怕了。他們除了眉眼敢動彈。渾身上下。都直塑在那里。他們的不自由。在未發育的身心所受的束縛。多們可怕呀。他們的灰色褲襖。沒有一個穿着合體的。

他們似乎都有一種共通的病症。一百貧兒裡面。足有八九十個害眼的。他們的頭頂上。長癬的很多。但是這院裡是有一名醫官的。這個醫官。就是全院衛生的代名詞。因爲教人知道他們這里也知道衛生。所以僱了一名醫官。薪金聽說每月十五塊錢。管兩頓飯。所以這位醫官。很感激的。貧兒多病。也就不足怪了。

院長同着伯雍。每個講堂都參觀了。那些貧兒見了院長。有什麼表示呢。論理當然敬他、愛他，親他。便拏他當作自家慈母纔算對呢。因爲全院兒童。都賴他一人保護。吃飯。穿衣裳。受教育。學手藝。全是由他一人熨貼而安排的。他們離開他們的父母。孤伶伶的裝在這貧兒院裡。沒人体貼他們。安慰他們。能体貼安慰他們的。惟有院長一個人。那些貧兒那能不親愛他呢。但是由伯雍眼睛裡一看。他們見了院長。不但看不出一點小兒見了慈母的意思。反倒覺得悚然不安起來。一個個矜持的臉上都變了顏色。他們覺得院長是很有權力的人。能死人能生人的。而且他們又以他爲極尊貴的人。少微有點輕慢。或是用不正的眼光一看。立刻就能得罪他。在一羣貧兒心理中。拏院長當作有超人的威力。是一個不可親近的不可輕慢的偉大人物。所以一見了他。他們的心理狀態。立刻便起了變動。他們極力保持他們的鎭靜。但是因爲心房震蕩不寧。他們的態度是非常可憐的。此時院長很得意的向伯雍說。您看他們的秩序好不好。不但貧兒院無此秩序。便是普通的小學校。也無此規矩呀。貧兒的秩序。大概是院長最得意之筆。但是越是他得意之筆。越是伯雍看了害怕的地方。他不解爲什麼都把兒童圈在教室裡。一步也不許動。頂大的院子。頂大的操場。爲什麼不教他們自由游戲。這點用意。伯雍費了半天腦筋。也想不出所以然來。總而言之。伯雍到各處一參觀。除了由警察的力量。對於千餘名小孩子硬造出一種不自然的秩序以外。沒一樣看着不奇怪的。寢室的不衛生。傳染病的流行。運動器具之虛設。沒有一樣以貧兒爲前提的。除了寢室裡長條大炕。是與貧兒有直接關係的。操場。他們不能自由進去。運動器具。他們不能自由使用。樂器。他們也不能自由吹彈。他們一天二十四小時。除了睡覺。便天天圈在教室裡。他們念的害眼。喪失兒童的天機。消磨了他們的聰明。都是監獄式的秩序造成的呀。

約有一點多鐘。伯雍把大概情形都看明白了。他已然不願再往下看。他本打算把秀卿的兄弟送在這里。他一看這里的辦法。他實在不敢把人家清白無罪的兒子。送入監獄裡來受罪。所以他心裡的事。並沒和院長說。便辭了院長出來了。他這次的失意和煩惱。比參觀被服廠還覺不快。他對於那娘兒兩個的前途。愈覺得沒有頭緒了。

第九章

伯雍由貧兒教養院出來。他對於官立的貧兒院。很覺失望的。他見了那些貧兒所受的待遇。他爲後來的國民無端發生一種悲痛之感。他由貧兒教養院。聯想到祿米倉的女工廠。他知道北京的貧民。一天比一天多了。由貧民製造出來的兒子。當然也一天比一天多了。雖然沒有正確的統計。但見北京生活一天難似一天。貧民的數目。一天多似一天。而他們的生活。又未至於斷絕情慾。自行制限生育。人口的滋生。是不能免的了。按着馬爾薩斯人口論的定例。人口的蕃殖。非常快的。再過幾年。北京的中產階級。也都變成貧民編戶了。到了那時。貧兒的數目。不更多了嗎。貧兒的教育。不更困難了嗎。到了這時。中下階級都變成貧民。只有少數上級社會的人。不用說組織國家。便是北京一個都市。滿街都是花子乞丐。只有少數富人。能作得起什麼事業來。他們不想法子均貧富。一教育。組織共同生活的國家。止不過訂幾條章程。創立一個有名無實的機關。收容幾百幾千貧兒。用警察看守他們。用警察抑制他們。他們在貧兒院裡。不亞是個犯罪的小囚。知識一點沒增。人格一點沒有。一旦由貧兒院裡放出來。於他們自己有利益嗎。於他們家庭有利益嗎。於他們的社會國家有利益嗎。在當局的人。以爲每年費許多公欵。收養許多貧兒。已是天高地厚之恩了。在院裡還想自由麼。還想受完美教育麼。但是貧兒院的目的。不是光爲收容貧兒。使他們不至餓死便算達到目的的。須知他們也是國民。國家既然收容他們。就不應分出貧富强弱的觀念。應當給他們當國民所應具的知識和職業。貧兒教養院。不是給官立的機關作事的。是給那些可憐的貧兒作事的。知道這個意義。那便是救世主基督的用心。不但貧民一天比一天少了。便是貧兒的教育。又怎見得不如膏粱文繡的紈袴子弟呢。

伯雍一邊思想着。一邊往回來走。他走到單牌樓底下。他要僱車。但是他因爲一心的思潮。他把僱車的事忘了。他一直出了宣武門。剛一過橋。只見赶驢市那里有一圈人。不知圍着看什麼。他一時起了好奇心。走到近前一看。却是一個貧寒的老人。蹲在墻根底下。低着頭。一語也不發。他的衣服很襤褸的。他頭頂上還帶着小辮。他的頭髮。已然灰白了。臉。大概許多日沒有洗了。他的額紋由上面一看。便如一塊小魚鱗板。皺的很深。在那老人的左右。一邊站着一個男子。各約三十來歲。在左邊那個。一張黑黃臉。配着他鼠目狼腮。一望便知是個地痞。穿著打扮。帶着一身土棍的惡習。右邊那個。身量很是高大。十月天氣。他還穿着一件灰布大褂。看那樣子。彷彿是那土棍的跟人。這時只聽那土棍模樣的人。不乾不淨的問那個老人說。你是怎樣。你到了沒錢嗎。你別不言語呀。你當初借錢時說什麼來着。恨不得管我叫祖宗。如今眞個裝起孫子來了。今天有錢則罷了。如若沒錢。我碎了你這老忘八蛋造的。你當是還在前淸呢。大錢粮大米吃着。如今你們旗人不行了。還敢抬眼皮嗎。你看你這賴樣子。罵着都不出一口氣。你是有錢沒錢哪。你今天再沒章程。我便教我夥計送你一個地方去。此時那邊那個大漢。狗仗人勢似的。也和那老人直發威。其實他也不過乍得一碗飽飯。竟忘了他身上的寒冷。與那老人只是一綫之隔的。就皆因有個光棍在他旁邊站着。他居然也有威嚴發作了。這時伯雍在人圈外邊。看了這個情形。他是氣極了。暗道便是要賬。也不許這樣暴橫。何況無情無理的辱罵人。他不由得氣往上一撞。分開衆人。

進到圈裡。向那光棍厲聲問道。你是要賬呢。你具罵人呢。他該你錢須不該你罵。何況你又把旗人都拉在裡頭。旗人現在雖然沒有勢力。你有權力可以任意辱罵麼。伯雍這一來。不但使那兩個小子各吃一驚。便是四圍站的人。也都一怔。這時那個光棍舍了那個老人。立着眉毛。撇着嘴。向伯雍來了。他作出一種惡態。向伯雍說。我們向他要錢。你管什麼。那大漢見主人過來。他也撲來了。伸手要抓伯雍。伯雍向他胸前推了一掌。瞪着眼睛喝道。站着。你還敢打架麼。伯雍這一瞪眼。那大漢竟自餒了。再不敢動。伯雍回頭又和那光棍道。你問他要錢。我固然管不着。但是你爲什麼涉及旗人呢。光棍見伯雍這樣一問。他把伯雍子細一看。他心裡已然起了狐疑。他連忙改口道。我並沒說什麼呀。我當初也是旗人。伯雍道。你未必是旗人。你當初也不過認個乾老。改個名。白吃一分錢糧的假旗人。如今錢糧沒了。翻臉便要罵旗人。但是你也不過是個街溜光棍。放幾個印子錢。欺負無能老實人。混一碗飯吃。我跟你理論什麼。但具我看那老人很可憐的。他該你多少錢呢。光棍道。連本帶利。算來已是兩塊錢。伯雍冷笑道。我當多少錢。兩塊錢。也值得動這個陣仗。還帶着一個打手。說着由衣兜內取出兩塊錢。走到那老人面前說。老者。你是該他兩塊錢麼。老人這時已然站起來了。淚眼滂沱的說。當初借他一塊錢。兩個多月還不上。如今他竟說本利兩元了。伯雍道不管他。這是兩塊錢。拿去還他。光棍見了那兩元錢。什麼話都沒有了。帶着那個狗。進胡同去了。這里那個老人。對於伯雍千恩萬謝。問在那里住。姓什麼。伯雍道。我是有忙事的。沒工夫與你說話。我走了。說着分開衆人。走了。那個老人。兀自追着他請安道謝的 圍觀的人。口裡紛紛議論着。也都散了。旁人的話。說的是什麼呢。他們自然有說伯雍辦的對的。也有說多事的。也有說兩塊錢那里花不了。竟被他們騙了去。他們簡直是活局子。成心弄這把戲騙人的。年青好義的人。一定會上他們的當。這種說法。究竟對不對。誰也不得而知。在伯雍不過自行其心之所安便了。何況排難解紛。救人周急等事。都是目擊現狀。忽然發生一種惻隱之心。或義俠的觀念。刻不容緩要施行他良心的使命。那有工夫還能判斷事情之眞僞。和行爲的細細呢。假如有一個人。對於一件悲哀可憐的事。自己無力管還罷了。若既不能管。而却說出許多深通世路的話。不是什麼局詐。就是什麼念秧。那不是獎勵人居心冷淡。以不好義勇爲爲有識見了麼。天下的事。騙人的很多。有專門欺君子的。有專門欺小人的。吾人寧爲君子因義而受欺。勿爲小人因利而受騙。何況悲哀可憐的人。憤懣不平的事。觸目生感。立刻要行。那能狐疑不定的判其眞僞是非呢。自然要認爲眞而不爲僞的。藉使他們是一種騙局。我們原本就沒打算貪圖什麼。自行其良心之所安。眞僞也就不必計較了。

話說伯雍。回到報館。他覺得少微痛快一點。他自問方纔行的那點事。倘屬他良心所許的。這點小事。若出在有錢的人。原算不了一回事。但是有錢的人。車馬簇擁的。很不容易遇見這樣的事。兩塊錢在富人。雖不挐當什麼。可是他們只能拋在花天酒地。至於大街上耳朶不能聽。眼睛不能見的事。他們一輩子不能遇見的。因為他們一出門。便裝在滊車裡。風馳電掣的而去。他們有多快的眼睛。能看見窮人的眼淚。有多快的耳朵。能聽見窮人的哭聲。所以貧富兩階級。直到天荒地老。也是沒有因緣接近的呀。伯雍是個極沒錢的人。他那錢囊內。大約只有那兩塊錢了。他能罄其所有。替一個無告的老人還了一筆惡賬。所以他自己覺得心裡痛快了許多。吃晚飯的時候。子玖和鳳兮諸人都回來了。他們一同吃了飯。子玖便和伯雍說。這幾天你戲也不聽。胡同也不逛。不知有什麼事。忙得你這個樣兒。有許多人直打聽你。我們說他自秀卿死了。老沒有逛。難道你眞為秀卿不逛了麼。伯雍說。那有這個道理。我這幾天有點旁的事情。把娛樂的事全忘了。這幾天外頭有什麼談料麼。子玖說。別的新鮮事沒有。我們的新聞。這幾天也很缺乏材料。只有一件事。你應當知道的。歆仁已然把桂花接到家中去了。伯雍說。眞的嗎。剛鬧完幾天。能有這事嗎。子玖說。可不是眞的呢。平常日子歆仁回家多晚。這幾天你沒見他老早就回家麼。他的目的總算達到了。伯雍說。這事也眞奇怪。鄧二奶奶和蔣女士。這回怎不帮白大奶奶的忙。前次興師問罪。鬧了一個馬仰人翻。如今又許他接到家中。這不是虎頭蛇尾嗎。語云。女德無極。婦怨無終。論理婦女的行事。當然比男子有耐久性。怎麼堂堂胭脂團。也竟弄成五分鐘的熱氣了。子玖說。你不知。這回鄧二奶奶無意中敲了歆仁一筆竹槓。聽說不是五千便是三千。蔣女士大概也分潤一點。所以他們都軟化了。伯雍見說。笑道。這都是你那一封告秘文書的好處。無端教歆仁受一下子敲。子玖道。雖然這樣說。他應感激我。若不虧我。他敢寶馬香車公然載着桂花家來家去嗎。伯雍道。這樣你倒是他的功臣了。可是你得抵防着。前回胭脂團大興兵的紀念。他若知道是你的導綫。他該怎樣罰你。子玖道。他知道也不要緊了。因爲有這一舉。反倒把他的願促成了。但是他原先爲什麼瞞着我們。還教我們替他作偵探。我所以捉弄他一下子。如今他已是公然納寵。咱們還是得要求他請客。伯雍道。你直到如今沒忘這頓飯。說到這里。鳳兮因和子玖說。牡丹的事怎樣了。你不是要跟伯雍說麼。子玖說。對。幾乎忘了。因和伯雍說。牡丹這程子潤了。古越少年他們大家打聽你竟忙什麼。也是爲這事。他們已然不得主意。是依舊進行好。是撒手不管好。伯雍忙問道。究竟什麼事呢。子玖道。什麼事。你們瞎熱心把牡丹捧起來。又替他請先生學二黃戲。還替他改訂合同。如今牡丹和他師傅的態度全變了。說句俗話。簡直把你們甩了。你知北京有個僞君子維大爺呀。這人最是好名不過的。到處要立石頭刻字。起了許多名字。有叫勸石的。有叫諫石的。有叫苦石、甜石、欒石的。花了許多錢。沒人正眼去睬。他關於北京市政的事。和公益的事情。也都似乎很熱心的。什麼事都要掛一個名。惟恐人不知道他。其實他有的是財產。若打算留不朽的名譽。或是創立公民學堂。或是籌設貧民工廠。這些事業都是北京人民所需要的。他却一處也沒辦。不是立石頭。便是到各機關上去奔走。恨不得教大總統都知道有他這樣一個人纔如願呢。他的心意。簡直竟打算在上的人知道他。絕不是實實在在教社會一般公衆知道他的行徑。也眞算有料估。他那幾塊石頭。

雖然沒博得公衆市民一聲喝彩。各部首腦。和大總統眞知道他了。如今他濶的很。大總統給他一個政治顧問。聽說他將來有財政總長的希望呢。伯雍聽到這里。忙攔子玖道。你說了半天。這維大爺是誰呀。子玖說。你連他都不認得。他是個基督教徒。兼着一個洋行買辦。在交民巷一帶。很出名的。他若本着基督的宗旨。純粹以自家財力精神。辦點社會上義舉。眞能留個小名。不必自己去立石頭。將來一定有人替他立銅像。可惜他迫不及待了。而且又要嘗嘗政治舞台的滋味。所以千方百計的。發賣他的名聲。如今果然仗着幾塊頑石的力量。他也算政界中一個要人了。伯雍道。是了。怨不得我看了許多石頭。都刻着格言。我還記得有一塊石頭上刻着半句岳武穆的話。什麼文官不愛錢。武官不怕死。……下半截沒有了。那時我很吃驚的。我想這首格言。力量全在下半截。如今單單刻上文官不愛錢武官不怕死。這不愛錢和不怕死。究竟爲什麼呢。這位刻格言的先生。也過於荒唐了。可見天下太平四個字。他們是看的太輕。以爲是不必要的。不要太平。天下眞不太平了。當時我看了這半截格言。官冕堂皇。刻在石頭上。我很以爲不是吉兆。誰知就是這位先生幹的。但是你說了半天。難道他與白牡丹生了什麼關係麼。子玖說。不是他。他如今倒不幹這樣的事。他第一願意人說他有道德。他無論怎樣。也不聽戲逛窰子。生恐人說他沒道德。可是他有個兄弟維二爺。與他的性質便大不相同了。這孩子也曾追了些日子梅蘭芳。但是他的勢力那里抵得過馬二爺。他不得已而求其次。日來直追白牡丹。聽說他已然入腿了。給牡丹做了幾套衣裳。老龐家當然要拿他當財神爺。所以古越少年。和隴西公子諸人。都很有氣。說。我們捧他。打算教他成名優。沒教他當像姑。他們這兩天直找你。就爲研究一個對待方法。伯雍聽了笑道。這位維二爺也太不自重了。白牡丹在前些日子。是沒人理的孩子。維二爺是北京著名富豪。拿一個富豪。追一個窮孩子。有什麼意思呢。他不怕丟了他的身分麼。子玖道。若在半年前。當然沒有人理牡丹的。但是自你們不顧性命的一捧他。他的名聲近來已很大了。你不知道北京近來出了兩種人。是專門把持戲子的。第一種是文士派。第二種是紈袴派。文士派當初都是逛慣了像姑下處的。如今雖然沒了這行營業。他們風流的習慣。依舊改不了。所以他們對於唱小旦的後起角色。但分有點姿質。他們便據爲己有。但是他們那里有工夫去物色人。他們也不懂戲。小孩沒成名以先。他們絕對沒有賞鑑的能力。不知道誰能成名。可是他們有個老法子。每天看報。他們見那個孩子捧的人多。他們便按圖索驥。到園子裡一看。果然不錯。他們便請人去說。願錄爲弟子。或是認爲乾兒。他們都是老名下。又有錢。誰不喜歡拜他作老師呢。戲子一到他們家去。別人打算再瞻顏色。那就很難了。戲子從此也就知道有他們。再也不想想替他冒汗作文章的人是由一個小泥孩子的時候。捧到這步田地的。梅蘭芳、姚玉芙、程豔秋、小翠花、尚小雲、白牡丹、不是都是這樣起來的麼。第二種紈袴派的人。更不懂得聽戲了。可是他們非常喜歡戲子。他們的指南針。也是報紙上捧角的文字。他們純粹是耳食。聽見人說好。他們以爲必是好的。便千方百計的。

想法子侵佔。你們當初若不捧牡丹。說的那樣天花亂墜。這位維二爺作夢也夢不到他身上。如今他已然不費一筆一墨。把你們的壁壘。用金錢的魔力打破了。所以他們幾位很有氣。難道你沒個法子麼。伯雍聽了笑道。原來我們大家一片熱心。反倒爲淵驅魚。爲叢驅爵了。只是我也沒法子呀。再說白牡丹也不是我們買的。我們也沒有權力不許別人到他家去。所以這個醋。是不能吃的。如今雖然有個維二爺到他家裡去。表面上也算是捧塲。自要不妨害我們成全牡丹的苦心。使牡丹猶有飲水思源的感情。誰不可以引爲同志呢。子玖說。你雖然這樣想。恐怕別人各有一個心。再說這些事情。根本上便厲着競爭好勝的性質。結局。有錢的要占勝利。沒錢的要乾鼓肚子。伯雍道。財色雖然相連。也存乎其人。我想感情的勢力。比金的錢勢力大。這個証驗並不遠。你能說已死的秀卿。是個金錢勢力鬼麼。子玖道。你能說別人的心。也跟秀卿一樣嗎。伯雍道。這個……。子玖道。那個呢。人心絕對不一樣的。譬如你以爲秀卿孤行己意。是很可欽佩的。可是還有人說他該死。死的教人一點也不可憐。怎能說人的心理是一樣的呢。小人無論到何時。也不以小人自居。可是他們總疑惑別人全是小人的。君子雖然不以君子自居。可是總以爲別人也是君子。其實全都錯了。小人心目中以爲是小人的。未必是小人。君子心目中以爲是君子的。也未必是君子。人心究竟不是一樣的。何況捧娼優的勾當。那存不利于孺子之心的。一定先說別人不懷好意。我們窮書生。尤且招人忌恨。人家總以爲一般窮念書的。一文不花。只憑一篇臭文章。要得大便宜。眞是癩蝦蟆想吃天鵝肉。這樣的詛呪。我想終不能免的。你保得住維二爺不跟牡丹一家說這樣的話嗎。他拿現洋和時髦衣服一招。你們的文章。便半文不值了。伯雍道。何至如此。你這話簡直是駡人呢。再說牡丹也不至這樣無良心。洋錢雖然可愛。也不至把我們全忘了哇。他此時正是求人帮忙時代。維二爺到他家去。自然在歡迎之例。若說因爲一個維二爺。把我們全行棄絕。從此不理。天下沒有這樣的人。再說我們也沒不花錢哪。請教習。改合同。安置他的父母。苦心也用的不少。這是富豪肯辦的事嗎。子玖道。你們所辦的。雖是於牡丹很有利益。據我看。牡丹必不以爲德。因爲這些眞正於他有利的事。他小孩子家如何體貼得出。自然以給他錢花給他作衣裳的當好人了。至於牡丹的師傅。我想更不感念你們。或者拿你們當了漢奸。說是破壞他生意的壞人。你想牡丹不是他兒子。他能眞心愛他嗎。這二年正是好時候。你們把合同硬給縮短一年。他如何不恨。如今只有八個月了。他不指着牡丹掙幾個外錢。等待何時。便是把牡丹犧牲了。也不足惜了。伯雍道。你這點見解我到信。若說牡丹喪了良心。我萬不信的。這時外面已然不早。他們應當辦稿子了。於是便把話頭止住。到他們編輯室裡去辦稿子。他們辦稿子。眞是輕車熟路。一點也不費事的。伯雍自到報館。他的手眼較比快多了。而且他也把新聞記者操筆的秘訣。學會了許多。有個題目。便能敷衍一大篇。而且剪子使的非常利便。比理髮匠不在以下。他自入報館。簡直學會了兩種副業。預備將來可以改行。第一會使剪子。可以改理髮匠。第二會使漿糊。可以改裱糊匠。也因爲事繁人少。經濟困難。迫得編輯先生不得不利用剪子漿糊。他們把稿子辦完。子玖鳳兮邀伯雍出去走走。子玖說他前些日子在茶室裡新招呼一個姑娘。請伯雍看看去。伯雍這幾天煩悶極了。他也要出去疏散疏散。遂向子玖道。你依舊還是那個逛法。你認識的那姑娘。不是很好嗎。怎麼你住了一次。就不去了呢。照你這樣逛法。差不多和漁色一樣了。春風一度。即別東西。那里會有感情呢。如今不知怎的。又挑識一個。過後又完了。敎姑娘瞧不起呀。鳳兮聽了。在旁邊笑着說道。子玖的脾氣怪極了。他總以爲人家認識的姑娘比他認識的强。眞應了那句俗話。兒子是自己的好。老婆是人家的好。他自己又沒眼力。譬如一個姑娘。人家不敎他招呼。他偏要招呼的。及至別人招呼上。他所不願意招呼的。他也不知因何。又看着好了。他立刻能把他認識的姑娘下了。便是昨夜纔住了局。到了第二天。便轉眼若不相識。他變着法子要割朋友的靴腰子。便是同在一院。他也行得出來的。你看他這嫖品有多們低呀。子玖見鳳兮說出他的毛病。笑着攔道。算了吧。算了吧。人家就有這一點毛病。總要給人家往外說。花錢逛窰子。誰不找好的。我不管是朋友認識的不是。什麼窰憲嫖律等等。我一概不懂。自要姑娘教割。我就割。管別人痛快不痛快呢。鳳兮道。那末人家帮着你挑人兒。你爲什麼老不認可。何必等着朋友招呼上了。出之一割。纔有趣兒呢。子玖道。喜歡這樣麼。要不人家就送我一個梁山泊號。喚作操刀鬼曹正。我就喜歡割麼。鳳兮因向伯雍笑道。你聽聽。他自己承認他是操刀鬼。方纔他說新挑的那個人。也是朋友認識的。他給割了以現在他正想法子住局呢。一局之後。也就沒關係了。不定那個不走時運的姑娘。又被他招呼上。他的德還沒闕够呢。子玖說。別罵人了。正經咱們走吧。回頭落燈了。說着穿了衣服。一同去了。他們逛到了全樂茶室。因爲子玖是實行家。所以總逛茶室的。再說茶室與班子只差一級。近來室內裝飾也很改良。經濟困難一點的。自然都趨向茶室了。子玖新認識的姑娘。叫金寶。是纔下車不多日子。而且是個乍出手。是京北的一個鄉下孩子。眉目很清秀。皮膚也很白皙的。他的雙足。轉文叫双翹。或是裙下物。或是蓮瓣。名詞很多。我就管他叫脚或足。不便用別的名詞來煊染。省得教人看了肉麻。總而言之。他的脚裹的很小。看那樣子。不是被人拐來的。便是人販子運來的貨物。金寶對於招待上。還很生疏的。但是他的臉上。倒有些笑容。大凡乍出手的妓女。把驚恐過了。總是愛笑的。他所以好笑。一則是因爲孩氣未退。一則是因爲看了許多客人。什麼樣子的都有。實在有教他們發笑的地方。金寶這幾天大概把驚恐時代過了。他看着誰都是笑嬉嬉的。不過有時由他那笑靨裡。忽的一皺眉。他爲什麼要皺眉。也就不得而知了。

娼妓營業。我總想是人生最苦的一件事。尤且不是道德中所應有的事。人類不文明的事。當以此行營業爲第一。可是在窰子裡作營業的姑娘。似乎一點也不發愁。而且還嬉嬉的笑。我就不明白他們的心理了。據我想。他們究竟是苦楚多。樂趣少。甚至和囚犯一樣。失了全身自由。若眞犯了罪。投在監裡。還無得怨。妓女究竟犯了什麼罪。竟把人權給剝奪了。當事的一點也不以爲怪。這眞是人羣社會裡面。

一件很奇怪的事。

茶室的組織。和班子太不一樣了。裡面鬧鬧轟轟一點也不見安靜。不但遊客亂吵。便是那些人肉的貨物。能行動說話的貨物。也是雞貓喊叫的亂吵。他們男男女女。一點形跡也不拘。這大概也是自由戀愛的表顯。所以不能認爲自由戀愛的。大概因爲當中有個金錢的關係。所以有錢的便能得着戀愛。沒錢的仍不能自由。我說幸喜還有金錢上的限制。若是社會上男男女女。沒有錢也能這樣。那簡直不叫自由戀愛。眞成了混沌世界了。大凡男女的結合。第一須要有道德。第二要合法。第三要知識平等。第四要有單純潔淨的愛情。不這樣結合的。都近乎有點野蠻。娼妓營業。究竟不能說不是野蠻的勾當呀。

金寶在我們這屋應酬一會。移動他的小脚。扭着屁股又往別屋去了。他的客似乎很多。也皆因他乍出手。所以掛上這些客。便似買鮮貨一般。人人都要占先。這時子玖很得意的向伯雍說。你看金寶怎樣。伯雍說。不錯。但是爲什麼不入班子。到茶室裡來作什麼。子玖道。你這又外行了。乍出手的姑娘。不經過大陣仗。便入班子。那是不行的。茶室裡什麼客頭都有。最能練習胆量。和手腕。再說衣服首飾。也得完全。纔能入班子。他們向常是這樣辦法。買來的人。都要經過這層階級。就彷彿打過前敵的軍馬。經過大砲。後來就不害怕了。等他歷練出來。衣裳首飾也有了。就該陞級了。伯雍見說。笑道。你倒成了老在行。但是老鴇的手段。也過於毒惡了。

他們在此混了一會。外面已然不早。他們只得回去。不但他們回去。同時回去的人也不少。伯雍因爲心裡有他自己的事。對於這遊逛的事。很覺無味了。他仍是要給秀卿的娘。和秀卿的兄弟。尋着相當的地方。他打算再到一個私立的孤兒院。或者比官立的完全一點。他忽然想起龍泉孤兒院。是個和尚辦的。近來很發達的。他決計明日到那里去看看。誰知他一夜不曾睡得安穩。次日一覺醒來。已然午錯了。他吃了早飯。纔要出門。不想古越少年和沛上逸民前來找他。一定和他商量白牡丹的事。他不能出門了。只得和他們打聽牡丹近來究竟是怎個態度。古越少年說。大概靠不住了。我們白費心了。我從此要不管他的事。可是沛上逸民依然是一團熱心。不主張撒手不管。因爲大家把他捧到這個分兒上。也不容易。如今忽然決裂。未免爲德不終。再說他們的態度。還未明瞭。也不能因爲一個維二爺。便派他們一身不是呀。伯雍說。這話也對。不然咱們到他家裡看看。這維二爺究竟怎樣一位人物。也要知道。也不能以他是富豪子弟。便懷着無限野心。萬一他是我們的同志。於牡丹出師後。也不無小補的。沛上逸民很是贊成這個意思。但是古越少年已然灰了心。終是不高興。後半天。估量牡丹把戲唱完了。伯雍和逸民便到牡丹家裡去了。牡丹見了他們。向常是不客氣的。今日不知怎的。有點氣客了。或者是他長了兩歲年齡。學着說客氣話。或者他心裡眞有了別的意思。把平日眞摯的心理掩住。也未可知。他說完了幾句客氣話。他的眼睛。却時時看他桌上陳設的自鳴鐘和許多玩物。這些東西。都是頭些日子沒有的。伯雍見他光看那些東西。便問他道。這些東西是你新近買的麼。牡丹見問。低着眼皮。微微一笑說。我怎配呢。是個有錢的朋友送的。伯雍聽了這話。把逸民看了一眼。逸民也一皺眉。這時老龐和他老婆也過來了。他們向來是粗布衣裳。那個婦人尤爲汚爛。他的襪子每每和地皮爭色的。如今也是緞鞋洋襪子了。他們過來大概不是來應酬伯雍和逸民。不過爲顯一顯他們已然大非昔比。老龐向他二人只一點頭。很有老板的派頭。坐下之後。不說別的。只說一聲二位沒聽戲去嗎。倒是他老婆沒滋沒味的說了許多閒話。既而又說到維二爺怎樣好。怎樣捨得錢。雖然是詞兒的造化。我們也跟着沾光。老龐雖然拏眼睛直看他。他仍舊說個不了。又是什麼維二爺怎樣喜歡牡丹。怎樣送了許多東西。怎樣請他吃飯。又是什麼還要送給他一架鐵床。床帳子也是什麼材料的。我聽說帳簷子上還有繪畫題詩的。你們那位明兒給畫一畫題一題。這時牡丹在一旁說。題畫作什麼。挺白淨的。別給弄髒了。又道。不題也好。正經這幾天應當糊糊棚。等床來了。好配合。二爺來一盪。就說道房子不好。他將來還須給咱們找房呢。梅蘭芳蘆草園的房子。不是說馬二爺給置的麼。這位二爺難道不能跟他賽賽嗎。人家有的是錢。可不照小家子主兒那樣嗇刻。我說話放着。他將來一定給咱們買房的。這婦人只顧忘其所以這一說。幾乎把伯雍和逸民給熏壞了。他們簡直不能在此坐着了。他們覺得這屋裡空氣變了。他們正要走。只見進來一個車夫模樣的人。說。二爺敎我接牡丹來了。此刻在致美齋等着呢。老龐夫婦和牡丹一聽。恨不一時就去纔好。但是頭兩天古越少年和沛上逸民。也會約牡丹吃飯。却被拒絕了。當天當着逸民的面。忽然維二爺派車來接。若是立刻就去。未免怕逸民多心。若是辭了。又恐怕得罪二爺。再說平常日子。二爺一叫就來。何以令天不去呢。這婦人到了這時。纔悔方纔說的話過於不檢點。這時纔明白過來。所以他只得教拉車的等一會兒。牡丹恨不得攆伯雍二人赶緊走。他好去陪侍他那二爺。沒法子催人走。只得教他師娘給他挐衣裳。伯雍還不明白這個意思。因笑着向逸民說。咱們走吧。別等人催呀。那婦人也溜哄着說。坐着吧。說那里話。便是牡丹外頭有應酬。我們也不敢催你們呀。伯雍道。你們不便催。我們只得自己催。我們眞得走了。說着和逸民竟去了。

　他們走在路上。逸民直發牢騷。愁的他什麼似的。伯雍倒好笑起來。因與逸民說。逸民。我從此要改行了。逸民說改什麼行。伯雍道書不必念了。學問也不必學了。詩文也不必作了。我打算要到黑河沙金塲去。或是當兩天馬賊。非發財不可了。金子是現在最要緊的東西。有了金子。實在比肚子裏裝幾車書强。書和金子。永遠不能並立的。也是永遠反對的。有金子。無論誰都喜歡你。肚子裡一有書。那恨怨和嫌忌便招多了。我不算。就說你們。給他作了多少詩文。到了沒一張鐵床有價值。纔說題題帳簷子。他恐怕髒了他的帳子。便是書畫不值錢。何至抵不過一架鐵床。還作詩作文作什麼。赶快撈金子去吧。逸民說。現在的社會。眞教人萌這種妄念。但是我們那里會撈金子。那里去當馬賊。我們依舊還得仗着幾本破書活着。不過我心裡所愁的。倒不在乎有錢沒錢。我此刻很替牡丹發愁的。他對於我們變心。我也不惱。本來他沒有學問。一定要見異思遷的。不過他這時正當用功。二黃戲還沒學幾齣。嗓子已然靠不住。如今再和這位二爺在外面一胡鬧。他簡直要壞。不想我們維持他這一年多。好容易有點起色。忽然被這位二爺給擾亂了。這眞是牡丹的不幸。伯雍道。你旣這樣說時。我們有個反躬自問的見解。藉使牡丹爲這位二爺所誤。也是我們大家過於熱心的毛病。假若沒有這些人捧。一定還是無名的孩子。旣是無名的孩子。野心家便想不到他。他自然除了唱戲。沒別的念頭了。大家旣然給他登了廣告。便難免生意到門。已然爲强有力的所得。你打算再說不要作像姑式營業。不用說別人不聽。連他自己也要聞之生厭了。所以我想從此以不捧角爲是。對於未成名的角色。更不必存一分奬掖後進的心。因爲你一把他捧起來。反倒把他害了。逸民說。這倒是實話。我們由這件事上。也得了許多敎訓。對於牡丹的事。也只可置之不理了。不言他二人很不痛快的發着牢騷回去了。却說牡丹家裡。自伯雍二人去後。老鬮對於他老婆直埋怨說。你這人太沒心眼兒。怎麼當着他們。二爺長二爺短的說了這一套。他們都是小人。沒有許多話跟他們說。來了讓他們喝茶。沒有旁的話。把他們乾走了。也就是了。何必跟他們說那些話呢。咱們又不是吃的他們的飯。很用不着他們。再說二爺也不喜歡那樣的人。你倒跟他們瞎說起來。你還沒有牡丹强呢。倒是他乾的他們很好。數落婦人一頓。又敎他給牡丹換衣裳。打扮起來。果然很好看的。令人很想當初韓家潭的意思。牡丹到了致美齋。二爺同着幾位朋友。都等急了。一見他來。心裡纔喜歡。問說。

你怎這半天纔來。牡丹說。別提了。家裡來了兩個討厭的人。膩了半天。纔走。所以來遲了些兒。二爺說。又是那幾個人嗎。明兒告訴你師傅。不教他們進去。就說我說的。當下他們大家要菜。也教牡丹要了一個菜。興高彩烈的。吃喝完畢。他們一同到牡丹的下處。玩了一會。各自家去了。牡丹依舊到館子裡去唱戲。次日。古越少年諸人。開了一個會議。把捧牡丹的機關解散了。替他僱的說戲先生。也解僱了。從此他們在學校裡用心讀書。不過一個禮拜。出來聽一回戲。

第十章

伯雍這幾天雖然很煩悶。但是他在社會上打算奮鬥的心。打算勇為的心。依舊是强烈的。他一點也沒灰心。他也不因為他一點實力沒有。抵抗不過社會上痺痳的心理。便息了他為人的念頭。他的力量。雖然不能作出很大的事業。把精神體魄完完全全的犧牲給社會。但是他以為救一個老婦人。和一個小孩子。使他們得着相當安身立命的所在。似乎是不算十分為難的事。在伯雍雖然這樣想。但是他去一實行。他却感出許多困難。使他一團熱心。幾幾乎要冰冷了。這也皆因北京社會事業過於不完全。不但女子職業。沒處去學。沒處去用。連養老濟貧的事業。也是很缺乏的。雖然有幾處官公私立的所在。多一半是有名無實。甚至有不拏貧民當人的。反利用他們的赤貧。使他們營一種人類所不能堪的悲慘生活。他尤且不願使秀卿的母親和兄弟。也淪在無情的地獄裡面。所以他這些日子。把私人的家庭。和官公的慈善機關。都走偏了。除了使人寒慄以外。一點要領也沒得着。所以他覺得這事非常困難了。假使他是個有力量的人。何必如此麻煩呢。也就皆因他沒有力量。所以纔這樣困難。但是他無論怎樣困難。他還是替他們去奔走。他是傻子呢。是熱心呢。也就在旁人的公斷了。

伯雍在前天。便打算到龍泉孤兒院去。因爲旁的事沒得去。今日他决定去了。所以忙着吃了飯。便僱了一輛車去了。這孤兒院是附屬在龍泉寺裡面的。規模雖不完全。却是純粹慈善性質。一個和尚肯辦這樣的善舉。也就很不容易的了。伯雍到了這所孤兒院。取出名片。求門上稟了進去。這里倒是很開放的。一點也不麻煩。門上人便同着進去了。院中也很寬廣。特別爲孤兒盖了許多房子。因爲龍泉寺是著名大寺。樹木很多。又與陶然亭毘連。所以空氣很好。伯雍到了院中。只見一個老和尚。和幾個保母。正帶着一羣孩子。在院裡游戲。還有一個小孩子。似乎是病了。那老和尚對於他加以一種很慈祥的撫慰。和尙斷不宜有家族的思想。和家庭的組織。但是這龍泉寺的方丈。他對於許多小孩。儼然是很慈愛的父母。他當眞不圖名利。果能眞眞切切的拏那羣孩子當他的兒女。照他這樣家庭式的組織。也是很難得的呀。比瞎念經固然强。比那些秘密組織家庭的和尙。其爲功罪。更不可以道里計了。此時那個門上人。走到老方丈面前。說一聲有人來參觀。並把伯雍的名片遞過去。方丈接過一看。忙站起來。叫過一個保母。

看着那有病的小孩子。連忙過來招待伯雍。讓到一間接待室裡。伯雍因向方丈道。久聞貴院辦的很有成績。今日一來參觀。二來有個小孩子。是朋友的遺孤。要送入貴院。尚望大師慈悲收留。貴院如用媬母。這小孩子的母親。也可同來的。不知貴院應用如何手續。方丈見說。把伯雍看了一眼。慢條斯理的說。敝院完全是個私立。經費很感不足。全仗廟產和諸位善士佈施。所以不敢擴充。收養的孤貧孩子。只限於眞正無人照管的。方纔先生說。這小孩子是你朋友的遺孤。你先生也可照管他了。伯雍說。話雖如此。現在我是給人作嫁。自顧不暇的時代。我的力量。實在不能養活人。我此刻若再養活別人。我的家族更得分着挨餓。所以我不能不求慈善機關。替我帮忙。我爲他娘兒兩個的事。已然奔走半個多月。直到如今。不得要領。所以前來麻煩和尚。看如來的面上。收留了吧。等我別處有了機會。一定領出的。方丈見說。沈吟半天說。小孩子我免強收下。婦人你給他去找旁的事。我這里已有五六個媬母。暫且不能添人。是這樣時。你把小孩子送來。不然時。你便另想法子吧。須知。一個孩子。一年費用已是不少。我這正是破格的辦法呢。伯雍見說。連說。只可如此。這一來大師已然慈悲多多了。當下他求和尚帶他到各處參觀一遍。如寢室敎室食堂運動場等等。尚屬合法。比貧兒敎養院那種監獄式的辦法强多了。參觀完了。伯雍辞了出來。他心裡覺得少微舒暢一點。他雖然沒打算給秀卿的兒弟尋個享福的所在。其實也沒處尋。可是也不能敎他去受罪。小孩子固不可老早的享福。但是也不能由小時便受罪。喪失他們的天機。這個孤兒院雖然說不上完全。幸喜空氣尙好。和尙又是個愛小孩子的人。決不至拿人家孩子當肉賣的。而且在這孤兒院裡住些日子。離了他母親。還可養養他獨立不羈的精神。所以他覺得很有理。心中未免痛快了些兒。他由龍泉孤兒院出來。也沒回報館。便一直到秀卿的母親那里。李媽已然不跟着他們了。因爲他得自謀他的生活。秀卿的母親。帶着小兒子。有秀卿剩下的那點東西。雖然不至挨餓。也願意赶緊有點事。就皆因有這小孩子。所以總沒有相當的事情。他們也不知伯雍替他們忙的怎樣了。今天伯雍一來。秀卿的娘便知道事情必有些眉目。忙把伯雍讓到屋中。說。大短的天。先生又是忙身子。還爲我們的事外頭去跑。我們實在過意不去。您這是行好呢。將來我們變驢變馬。也要塡還的。伯雍道。說不到這上頭。你們又沒有親的厚的。秀卿既然有一句話託付我。我便得替你們盡心。其實你們在這八大胡同以內。不能活着麼。我想秀卿一定不願把他兒弟沈淪在黑暗世界。將來也不過養成一個下流東西。那是於你們一姓將來很有關係的。爲今之計。固然應當敎崇格去上學。但是小學校都不寄宿。每年花費也不少。所以我打算給他找個工讀兩便而且是個慈善機關纔成。把你們娘兒兩個都送了去纔好呢。秀卿的娘听到這里。接言道。是呵。非得有這樣地方纔好呢。伯雍道。可惜我去了幾處。都不相當。今早我到了龍泉孤兒院。跟那里老和尙一說。得他允許。只收留一個小孩子。我見他那里辦得還完善。倒是個慈善性質。裡面也有先生。不如先把崇格送入院裡。有他安身之處。剩您一個人就好辦了。便是找個傭工的地方。沒有孩子牽掛着。也容易找。所以我來與您商量。願意這樣時。明天我作保。便把崇格送了去。秀卿的娘見說。一想。這個倒是好機會。忙道。我想這事倒很好。一則孩子有地方。騰出我的身子。也好求點事。就求您明天把崇格給送了去吧。伯雍道。但不知崇格離得開大人離不開。倘若離不開。那可麻煩了。秀卿的娘道。這孩子倒離得開我。再說那里盡是小孩子。他也不能悶得慌。正說着。崇格由外面進來了。他纔與接坊家孩子玩膩了。所以回來看他娘。一見伯雍。笑嬉嬉的給請了一個安。他的眉梢眼角。有許多地方很像秀卿。伯雍見了他。不覺想起秀卿來了。心裡一酸。險些落下淚來。這時崇格的娘。向崇格說。你不應當再往外跑了。寗先生已然給你找了一個學堂。明天便把你送上學去了。崇格見說。用他一雙很澄清的眼睛。望着伯雍說。眞的嗎。伯雍說。眞的。你去不去呢。那里小孩子很多。而且還唱歌練體操什麼的。崇格說好極啦。我去我去。我就願意上學堂。伯雍說。這個學堂比別處更好。許多同學。都在一處睡。不回家的。你離得開母親麼。崇格說。那也行。反正我的娘能看我去就成了。他們能不教進去嗎。伯雍說。那能不教進去。你娘自然有工夫便看你去。你如今是小國民。將來要作大國民的事業。不能老在媽媽懷裡活着。伯雍這樣一說。崇格更覺得高興了。他恨不今日就去纔好。伯雍說。今天不成了。明天早晨去。秀卿的娘見崇格如此踴躍。也很喜歡。但是自家兒子。一天沒有離開過。如今爲生活起見。竟至把他送入孤兒院裡。也最一個不幸的孩子呀。想到這里。未免有點傷心。伯雍已然看出來了。因安慰他道。這不算什麼呀。也不是從此看不着。中國人每每家族思想太重。一步也捨不得離開。那眞是有害無利的事。家裡有財產還可以。若是一點財產沒有。還要求家族團聚。那實在是壞事。我有個朋友。他只有一個孩子。還不到十五歲。他竟求一位牧師。帶到美國留學去了。他家裡也有相當財產。難道說不願意他兒子在膝下承歡嗎。他只怕他兒子將來成個廢物。所以把眼前的歡樂犧牲。教他兒子成一個有獨立精神的青年。崇格明兒雖然離開您。連北京都沒出一步。和在眼前不是一樣嗎。秀卿的娘見說。向伯雍道。我並非是捨不得他。這正是很好的機會。不過老娘兒們總有點想不開。等崇格大了。他若能自立。一定不能忘您的好處。伯雍道。一個小孩子。把他放在好地方。挨着好人。一定會好的。若是在八大胡同長起來。那就完了。頂好的思想。將來也不過是開窰子。一句話說得秀卿的娘也笑了。伯雍便乘這時告辭。囑咐他們預備預備。明天便把崇格送了去。秀卿的娘答應着。把伯雍送到門外。纔帶着崇格進去。

次日龍泉孤兒院裡。又多添了一個小孩子。不用說。自然是崇格了。崇格的性情。尙不頑劣。老方丈倒很疼愛他。他離開南大街胡同裡的濁惡空氣。另換一種向來不曾吸收的新鮮空氣。他那未發育的心身。當然要受無窮的利益。這里此刻尙說不到使他成完全國民的頂好的所在。但是他藉着這個階梯。從此不至墮落。上帝給他的聰明智慧。絕不至被胡同裡濁惡空氣完全掃去了。

伯雍把崇格送入孤兒院。似乎完了他一點心事。也似乎對得起秀卿在地下的幽魂。他不是冒然給尋一個所在便算了的。他也是奔走了許多日。擇選的結果。纔肯辦的。但是他還有一件事沒有完。便是秀卿的娘。應當往那里安置了。他回到報館。偶然見營業部收了一件廣告。上面寫道。

本宅欲僱用僕婦一名。年齡在五十歲以下四十歲以上者方妥。但須性體和平。喜愛潔淨。能做飲食者爲要。傭資從豐。希望者。到圓恩寺胡同門牌零號來問。

伯雍一見這段廣告。他心裡一動。暗道。這事秀卿的娘可以作呀。第一他的年齡合式。第二他很清潔的。至於作飯。他大概沒有不會的。但不知這家是個作什麼的。怎僱老婆子作飯。不僱厨子呢。他既登廣告招人。又限條件。傭資一定相當的。必是個中產以上的人家。人口必不多。我須赶緊告訴秀卿的娘。敎他明日隨着廣告登出日子。赶緊去問。如果把他收下。那好極了。若是去晚了。恐怕被別人捷足先登。當下他把廣告上地名門牌記下來。吃了晚飯。便去告訴秀卿的娘。秀卿的娘見伯雍又來了。知道必然有事。還以爲是孤兒院有什麼沒辦完的手續。及至伯雍說出招女工的事。他纔放心。而且他也以爲這事很相當。伯雍說。明天您吃了早飯就去。別人便是見了那條廣告。也不能這樣快。這事占八成是您的了。秀卿的娘說。要沒有您幫忙。我那里知道這些事呢。明天我一定早些去。成不成我給您一個話。此時伯雍把住址條交與他說。尋不着時。可向警察打聽。囑咐完了。他纔回到報館來作事。他覺得這個担子將要卸了。

比昨天更覺輕快了。他單等明天秀卿的娘。如何報告。不在話下。

次日午后兩點來鐘。秀卿的娘。到報館來找伯雍。他臉上很有點滿意之色。伯雍一見。知他事體必然成了。忙把他讓到自己那間屋子。坐下之後　問他說。您去啦嗎。那里是怎個人家。事情成不成呢。秀卿的娘道。我去啦。事情已然說定。我後天上工。因爲我的零碎東西。也得歸攏一天。那家只有夫婦兩位。另有一個使喚了頭。老爺已有四十七八歲。姓褚。倒是本京的口音。說是在內務部也不是那部當差。太太看去不過二十來歲。可是他自己說已然三十了。看那樣子。還是新取過來不多日子。好俊標致的一位太太呢。他說話也很和氣的。他說就願意人乾淨。髒了是不行的。他一見我。就說這位媽媽倒還乾淨。不是討厭樣子。他已然中意了。既而又問我家裡有什麼人。怎會知道這里用人。我說家裡沒人了。只有一個小兒子。已然送在孤兒院裡。所以到這里來。是一位先生看了報。教我來的。他說你也是個苦人。你就在我這里忍着吧。每月給你五塊錢。當老婆子掙五塊錢。在北京很不容易呢。他是特別体恤我。他還說。老爺朋友很多。時常打牌什麼的。每月零錢也能掙不少呢。這不是一件極好的事麼。伯雍見說。也替他怿痛快的。不想無意中。倒遇見這樣一件俏事。因向秀卿的娘道。這事我聽着倒很相當。您就去試試去。如果不成。咱們再想法子。秀卿的娘道。我小心伺候人家。萬沒有不行的。再說那位太太一見我就投緣。那里會有麻煩呢。我今天一來到這里告訴您知道。二來給您道道勞。這些日子爲我們的事。

您太費心費力了。不但爲死了的。還爲了活的。如今把我們娘兒兩個都成全了。那能不來道道謝呢。伯雍道。這又算什麼。不過我多跑兩趟便了。秀卿的娘道。雖然這樣說。誰肯爲我們跑道兒呢。您這里也怪忙的。我也該回去歸掇歸掇東西去了。等我日後有工夫。再來看您吧。說着很高興的去了。說書的利用這點工夫。要把褚宅的事先說一說。在一個月以前。圓恩寺胡同裡面。並沒有這家人家。褚老爺究竟是作什麼的。也沒人知道。不過據他自己說。他是在內務部當差。究竟是科員科長。是司長參事呢。也沒人知道。但是他很有錢的。他搬到這里不幾天。就娶了這樣一位太太。當結婚那一天。也沒有多少親朋。但是多少也來幾位賀客。這位太太是孀居不滿一年的人。聽說還上過幾天學堂。多少染一點文明氣息。所以把中國從一而終的禮教。看的很不值什麼。他前夫也是在部裡有差使的。娶了他不幾年便故去了。這婦人娘家姓田。如今已是沒人了。當他由婆家出來。復歸母家。他母親還活着。而且也利用他再醮。好再得一份財禮。誰知還沒尋着主兒。田氏的母親已然死了。只剩田氏一人。還有個隨使了鬟。過他那單獨日子。但是他絕不寂寞的。因爲他手裡尚有一點積蓄。是先夫背着父母兄弟給他的。他如今便拏這錢。在東安市場裡走逛。一則開心。二則也要物色一個男人。即或自己物色不着。以他的容貌。還怕沒人注意。可巧被這位褚先生見了。日子一長。未免向人打聽他的身世。却好是個講自由沒有拘管的婦人。褚先生也是個沒娶過親的人。他以爲娶田氏是很容易的。若是黃花女兒。而且還有家長。那就難了。他的慾念一萌。他的老婆眞娶到手了。他回到下處。趕緊求一位慣與他辦事的婆子去提親。媒婆子是有名的叫王鐵嘴。無論說多少話。他總不吐一口唾沫。他受了褚先生的厚託。當眞的去拜田氏。田氏日來的生活。雖然還覺着很闊綽的。其實他已然空虛了。他急於欲售。總沒有一個相當的。他正暗自着急呢。不想王鐵嘴來了。他與王鐵嘴向來是不認識的。但是王鐵嘴是串百家門的人。他那張鐵嘴。又是能說會道。幾句話。早把田氏哄樂了。他說太太沒出門麼。這幾天怎麼沒到東安市場去逛。聽說梅蘭芳要在吉祥園露戲了。太太可以聽聽去。他近來排了幾齣什麼古裝戲。九城的太太們。誰不預備着去看。只是我們受苦的人。便一輩子也看不着梅蘭芳了。田氏說。梅蘭芳也不過賣他那幾件行頭。究其實也沒有什麼好看的。我倒贊成楊小樓。但是你素常沒到我家來過。今日忽然而來。只怕是有什麼事吧。王鐵嘴見說。笑道。太太眞好見識。目下有一頭好親事。有人求我向太太來說。但是據我看。他有點妄想。不過我說出來。成不成太太不要着惱。田氏見他爲說媒而來。與他日來心事。有點暗合。忙教使女蘭花去泡茶。既而又向王鐵嘴說。這嫁人一事。我久已夫沒有這念頭了。因爲我頭一次嫁人。便是一個頑固家庭。一點也不得自由。目下不比從前。這嫁人一事。更得謹愼了。所以有許多人替我介紹。我都謝絕了。但不知你所說的是什麼樣人家呢。王鐵嘴說。若論這個人。是很難得的。他不但有錢。而且還在內務部裡有分差使。他現在雖然有四十多歲。還是初婚。這豈不是很難得的麼。田氏見說笑道。那有四十多歲的人。

還有初婚的。你這是冤人的話了。王鉄嘴道。一點也不冤人。太太不信。過門之後。慢慢打聽。他要娶過親。老身甘心認罰的。他實在是個多情的男子。不然他早娶親了。他看世上女子。都不入他的眼。也不知那天。大概是鬼使神差。在東安市場。他看見太太。便如中了魔一樣。害了一場單思病。派人四下打聽。纔把太太的底細打聽出來。所以求我來說媒。這裡頭似乎有點天意。他雖然不免有些妄想。太太也須看破些。老這樣也不像話。孀居不是孀居。姑娘不是姑娘。日子也不是容易過的呀。田氏道。雖然這樣說。我箱底裡還有點東西。便是再花五年六年。也不至挨餓。即或我日後嫁人。也不能全賴男人活着。我依舊保持我經濟的獨立。但是你方纔說的那人。他姓什麼。究竟有多少財產。家族有幾個人。他打算娶我。他能履行我的條件不能。王鐵嘴道。太太說吧。要求什麼他也不能駁回。田氏道。第一、得有五萬元以上的財產。第二、不但我不作妾。以後永不許有納妾的行爲。第三、人須文明。不要老腐敗樣子。第四、須另居。他家無論有多少家族。不能合在一起。第五、須允我自由。不許當奴隸似的防着。田氏說完這五個條件。因向王鐵嘴道。你既與他來提媒。這幾件事。你大概估量得出來。究竟他辦得到辦不到呢。王鐵嘴見說笑道。這些事盡在老身擔保。不用本人答應。我敢替他畫押。第一。他的財產。不敢說有幾百萬。三二十萬。總該有的。第二。他半生沒娶過親。那里有妾。他只看中太太一個人。別人都沒看在眼裡。無論到何時。萬沒有納妾的非舉了。再說男子納妾不納妾。全在太太們手段如何。以太太這樣人物。還不能玩男子於股掌之間。他日後惟有拜倒於石榴裙下。還有心納妾麼。第三。他雖沒出過洋、沒留過學。人倒文明。他的辮子。早就剃了。第四。他現在孤身一人。那里有家族。這個不成問題。第五。他既然是文明人。當然主張男女平權。不自由的事。萬沒有的。這五件我都替他答應了。至於他的籍貫姓名。也不能不說明的。他的原籍。究竟是那里。老身不曾問過他。也不便與他瞎造。他是北京生的人。目下只在他們舖子裡住。他本身姓褚。名叫褚維宗。如果這事成了。他立刻便租房子。好事馬上就辦。太太想。那里有這樣通快事呢。田氏道。聽景不如見景。我二人究竟要對相一相。王鐵嘴道。那更好了。我回頭便告訴他。太太以爲在那里見好呢。田氏道。這樣大事。在不及地方不行。你回去告訴他。教他先在六國飯店請我吃頓飯吧。王鐵嘴說。那他求之不得呢。當下他二人又說會子閒話。王鐵嘴告辭而去。把田氏的話都告訴褚維宗。樂的維宗眼睛連縫都沒有了。他一生還沒到過六國飯店吃一頓飯。他只知那里是極有趣的地方。而且也是極秘密的地方。只是他一盪也不敢去。不想這正在進行中的老婆。點地要在此處對相對看。而且要擾他一頓大餐。雖然不曾去過一盪。也要冒險去一次的。不然被這婦人要小看我的。他未免去打聽吃六國飯店的規矩。都打聽好了。教王鐵嘴去邀田氏。他二人在此一飯。事情便成了。說話便娶了過去。二人對於王鐵嘴都有賞賜。他們在蜜月期中。雖然都是輕車熟路。更有一番特別滋味。因爲褚維宗。雖然零碎成過家。這室家之樂。究竟不曾享受過。他大有平地登天之概。

對於田氏一切供應。無不盡心竭力。田氏見他於花錢上。毫無吝嗇。也信他是個很有財產的人。這一點是田氏最滿意的地方。他們登廣告招女工。是他們結婚一個月以後。因爲幾個老婆子。都不隨田氏意。所以纔想出登報招傭的法子。

第十一章

秀卿的娘。在家中把破爛東西歸掇歸掇。把衣裳鋪蓋也都拆洗乾淨。喜喜歡歡的去上工。田氏見他比前天來時更覺乾淨許多。自是喜歡。秀卿的娘。關於一切飲食。伺候的特別周到。不第田氏很滿意。便是褚維宗也以這個老婆子。僱的太好了。秀卿的娘。除了工錢。每日買菜還能剩個角八七的。再說褚老爺也有時約來幾位同寅的打個小牌。零錢。隔幾天總得一塊多錢。所以秀卿的娘非常高興。於作事上。更形細膩了。不過有一點可注意的地方。褚老爺雖然有幾個朋友。總不見有太太們來。他知道。如今的太太是很濶綽的。假如今天來老爺。明天來太太。那零錢不更得的多了麼。怎麼這幾位老爺竟不帶太太來呢。他也曾於伺候酒飯時。向那幾位老爺沒話找話說。那天同着太太來或是說請太太來。那幾位來賓只是笑。不然就說以後。一定來的。可是終不見來一盪。田氏也讓過幾次。總不見有位太太來。他對於這幾位老爺。又都不甚投緣。不但對於這些人不投緣。便是對於褚維宗也有些討厭了。好在結婚不多日。不便在詞色之間形容出來。但是他也不便在家裡陪着他們玩。他自然有他的去處。什麽東安市場中央公園等處。天天要去的。他有時敎褚維宗同他一處遊玩。維宗總不願意與他同走。田氏未免說他些腐敗話。說公母倆。同走同遊。是世界的公例。有什麽不方便。田氏雖然這樣說。心裡也有時利用他不一塊走。因爲在公園或市場裡。他近來很有點自由行動的勾當。他怕維宗疑惑他。每晚對於維宗。加了許多勤殷。樂得維宗要上天。他以爲田氏對於他愛情深了。並且以爲他這格局的住宅。多情的眷屬。眞不亞洞天福地極樂世界了。便是秀卿的母親。也以爲投着這樣的主人尋着這樣的事由。實在是很幸福的了。他每日計算他的收入。由一月推到一年。由一年推到十年。他算計他於十年以後。能有二千餘元的積蓄。他再託可靠的人放一點債。十年以後。更不知有多少利了。他又想他小兒子崇格。於十年以後。已是二十多歲的漢子。有寗先生替他維持。不但有了學問。而且一定有事作。我積下的錢。給他娶個媳婦。置點產業。我就該養老了。他如此一想。他覺得他的前途。非常有希望。他也不覺得作事苦。也不想已故的女兒了。他如今一意只預備他十年以後的事。他的本分。他的志向。實在是令人欽佩的

伯雍自秀卿的娘得着這樣一個相當的事情。他這幾日很覺舒暢了。他以爲雖然沒給他娘兒兩個尋得一個極有幸福的地方。但是他們也不至受罪。死鬼秀卿託付我一場。總算給他盡到心。以我這樣一個沒有實在能力的人。能够替一個老婦人一個小孩子尋着這樣寄身所在。也算儍難爲的了。在他娘兒兩個。沒

有楼止的時候。伯雍不第心裡不踏實。彷彿肩上担着兩件物事。總也放不下。連出門娛樂的心思都沒有了。他必定給他們找着地位。彷彿纔完了心事。纔對得起長眠的秀卿。論理秀卿與伯雍並沒什麼特別關係。伯雍的境遇如何。他也不是不知道。便是伯雍眞維持不了。或是懈鬆不爲。難道還怕鬼責麼。不過秀卿於臨終時。特地把伯雍叫了去。託付一場。總算是個知己。絕不是利用。假使秀卿會利用人。他可以不死。而且也可以當一任一品的姨太太。皆因他不會利用人。所以纔有那個結果。在伯雍也絕不多心他把困難的事情無端加在自己身上。反倒以爲秀卿教他辦這點爲難的事情。意思是教他練習人類互助和社會服務的本分。所以他一定要替他們奔走去。如今幸喜娘兒兩個都有了安身立命的所在。他卸了重担一般的舒服。也有了精神和子玖鳳兮諸人去娛樂。子玖這幾日又不到全樂部金寶那里去了。因爲他已然達到目的。又到旁處胡闖去。伯雍雖然說他迂法不對。但是他的性質如此。也是改不過來的。

伯雍自到報館。他每月總要回家一次。因爲回家是例事。所以不曾替他記述。但是他每次回家。都要使他發生一種不安的感情。並不是他家庭裡有什麼問題。他的家庭。實在是很完全的。不但他的父母是慈祥無比的人。便是兄弟姊妹。以及妯娌之間。也都彼此情感相通。沒有各懷心志的。所以使他不高興的。是他本處住民。生活一天比一天困難。他家鄉的人民。本來都沒有恆產。全賴旗營生活。革命以後。旗營先不濟了。並附近的村民。也大受了影響。伯雍回家一盪。總是看見窮人一天比一天多。早先很興旺的村鎮。很隆盛的旗營。眼看着凋敝衰殘。好幾百年的大槐樹。原先是成行成列。一眼望不到邊。如今都伐倒了。一株也不見。山上的樹木。也都砍了。山林秀氣。一點影子沒有了。山上到處露出紅色的粘土。彷彿生了偏體的瘡瘢。那乾隆時代的建築物。如同碉樓、教場、官衙。漸漸的都被窮民拆賣了。不第官有的東西。都拆毀了。連村間私有的家屋。每一個月裡。總要拆賣幾十間。原先屋瓦鱗鱗。被多年的古槐和稠密的棗樹隱蔽着。遠遠一望。碧森森的。眞有點雄偉的氣象。如今却不然了。到處都是破房基。碎瓦礫。彷彿纔遭兵燹。又彷彿被了極大的火災。其實這個地方。一次兵災也不曾受着。只因爲受了革命的影響。生活一天不如一天。不必待大兵和土匪來燒掠。那地方上的人民。爲維持他們暫時的生命。不得不把多年的建築物拆毀來。換幾個錢。拆了公共的不算。還要拆自己的。都拆完了。依舊不能生活。歷來的革命家。多半講究破壞主義。究竟這破壞二字怎樣講。我直到如今懷疑。據我想。破壞絕對不是破壞有形的東西。可是到了實行的時候。便沒分別了。譬如野蠻人。無論到什麼時候。總要發揮他們野蠻性質。當鴉片戰爭的時候。英法聯軍。乘中國多事。闖入北京。把三山勝地全給燒了。他們的野蠻行爲。在歷史上終歸不能消滅的。革命党倡爲破壞之說。其實腐敗政治。不曾破壞一二。反倒教會了無業的人民。恣行破壞手段。頂好的建築物。而且是歷史上紀念的東西。你要說這個不應當拆。拆毀了也賣不了幾個錢。他們一定不聽你的話。他們維一的理由。便是餓。只這一個餓字。比土匪和大兵利害的多。

什麼應保存的東西。也保存不了。大凡革命的國家。都是由破壞而建設的。但是破壞很容易。一句話便破壞了。可是再言建設。就不能那樣容易。一百年二百年。不定建設的了建設不了。甚至有終歸不能建築的。所以我說革命家是以少數人之激烈思想。向全國人民生活範圍以內。故意的開一個大玩笑。他們和賭局的賭棍一樣精神。紅不紅自己並沒有把握。不過孤注一擲。好壞盡憑天命。所以革命手段。無論如何。總帶點野蠻和匪棍的臭味。所以我認定革命手段不是人類應當極端崇拜的思想。因爲辦理國家社會的事。實在有比革命手段勝强百倍的。何況這種手段。最危險的毛病。無非叫人民。都陷於破產的悲境。不得不向野蠻境域退化了去。於人類福祉和古物的保存上。實在有至太的關係。伯雍所以每次回家。總有些不快之感。實在因爲目擊這樣凋敝的慘象。使他忍不住唏噓。禁不得浩歎。尤覺令他感慨不置的。有許多大田園。大塋地。舊主人都衰敗了。所易的新主。盡是軍閥中人。這一點。更使人不能忘革命家的厚賜了。

伯雍因爲替秀卿的娘忙了些日子。這一個月裡。並未回家。這些日子。因爲把他們的事都辦的有了成績。身子也清閒點了。他便預備了幾天稿子。告了兩天假。回家望望老親。他的父母見了他。自然是喜歡。他挈出由城內買的甘脂。致他娘子打點好了。晚飯時率領他兄弟姊妹。陪着二位老人一喝酒。立刻幾間破屋子。都充滿了和平愉快的喜氣。他的脾氣。最喜歡家庭底的和樂。他不但愛他的父母、兄弟、姊妹、子姪、連他家所飼的貓狗小鳥。他也對於他們各有一分感情。他說生人的幸福。以家庭的樂趣最爲眞摯。旁的樂趣。都是虛假漂浮的。沒有一件是眞樂。要享眞正幸福。除了在家庭裡找。那里也尋不出。便是極有權利的執政者。極有財產的資本家。無論享用怎樣厚。若是沒有完美的家庭。終不算有幸福的人。因爲人要得着極甜適的安慰。非有家庭不能安慰的。社會上無論作什麼的人。他最後的休息。必得在家庭裡纔覺得分外安適。伯雍既有這個思想。他的家庭觀念。比那些務外的人特別强烈。他見了他的父母。他覺得父母便是他幸福的根源。他覺得他父母喜歡。比什麼寶貝都難得。也知道父母天天喜歡着。是家庭中全体人口幸福之所繫。至於兄弟、姊妹、妯娌之間。也願意他們天天喜歡着。各人盡各人的本分。無論什麼事。都要以天眞相處。不要互存一點機心。伯雍既然有這樣的思想。他的兄弟。姊妹。與他是同細胞的。無論有任何不相同的思想。骨肉間的愛力。總是先天賦得來的。所以他們一點破裂嫌隙也沒有。都是渾渾厚厚。依舊是父母中的幼兒一樣。至於媳婦。也是德行人家的姑娘。所謂不是一家人不進一家門。都是家庭幸福中的要素。

伯雍每次回家。輕易不到那里去。除了家人共話。便是在山頂上閒眺。因爲他是山居的人。他總對於山水有感情的。他在城裡報館作事。實在囚拘的要死。他一回家。一定到山上飽吸空氣。但是他原先登山。無論看那里。都很高興的。如今登山一望。反倒使他愁牢不堪。原先在山上往面前一看。目力所到。

都是極茂盛的樹木。由枝葉扶疏處。隱隱約約的看見幾處屋瓦。好多的房屋。都隱在濃綠的樹下。現在不但沒有那些樹。連房子都和大砲轟沒了一樣。一片一片的磚石碎瓦。竟望不到邊。有那少微勤儉點的人家。就破房基內收拾收拾。種些穀類。還覺得好看一點。但是破房基內種穀。究竟是衰亡的表徵。

伯雍在山上看了半天。這拆毀的遺跡。他的思潮不由一處而來。那萬年不毀的碉樓。征服金川的紀念。如今都拆的七零八落了。那些偉大的建築物。武功的標識。都是二百餘年以前。有三千所向無敵的健兒。以汗馬功勞。和疆埸上碧血換來的。如今他們的子孫。不第不曾博一點可紀念的東西。反把祖先的紀念拆賣了。他往西一望。舊日演武的教場。已被農商部佔有。作爲農林場了。他們派來幾個廢物。一事不作。專門的欺壓平民。他們以爲佔了這一點地方。便是戰勝民族的權利。而中國農林大業。也似乎興辦起來了。其實他們所佔的不過把掌大一點地方。內外蒙古的牧場。鴨綠江的森林。他們便不要了。他們也沒工夫去要。而且沒有胆子去要。他們佔了一個教場。侵害許多貧民的產業。便算厲行農林政策了。教場裡的圍城。演武廳。馬城。梯子樓。依稀還存着。尤且令伯雍感慨不忘的。是那碑亭以內的紀功碑。潔白的石頭。刻着滿漢蒙藏四種文字。一部征服金川的歷史。都在上面刻着。同時建設這樣紀功碑的。不知有多少地方。喜馬拉亞山顛上。也有這樣的紀功碑。中國人於十八省以外。又多添了二分一的疆土。可以移殖懋遷。如今人人都視爲固有。也就忘了開闢這些疆土的增大中國版圖的是什麼人了。伯雍覩物傷情的。簡直不勝今昔之感。他默默問那些紀念物說。你們沒有一點法子救這些窮人麼。彷彿那些紀念物答道。我們現在還朝不保夕。那里管得許多。

伯雍已然不願再看這些殘破的遺跡了。他慢慢的由山上下來。幸喜他家後院。有一株大杏樹。還有一株山桃。前院有一株槐樹。一株楡樹。還有一株茂盛的靈椿。還有他父親手植的一株松樹。此外還有幾株棗樹。依然是舊日模樣。所以他不用費事。便認識他的家門。若照旁處一樣。也拆毀了。連他自己也許不認得他的家了。他到了家中。很覺不痛快。因問他父母說。房子拆的太多了。將來上那里住呢。他父親說。這眞是沒法子的事。但是近來也有幾位慈善家。提倡許多慈善濟貧的事。每一貧戶。可以得些錢米。再說靜宜園已被一位慈善家由皇室借出來。打算開一個女學。辦一個貧兒院。將來還要開辦工場什麼的。貧民有了工作地方。每日可以餬口。自然不至把房子拆賣了。伯雍道。房子立着纔値錢的。他們爲什麼拆了賣呢。伯雍的父親道。在城市裡。房子固然很値錢。但是他們搬不了去。他們知道在鄉村的房子。沒有人租。不能指着他吃飯。只得把磚瓦木料拆下來。賣與人家。三間房子的材料。剩到賣主手裡。不過四五十元錢。還有不到此數的。憑這樣的房子。不管是官的私的。但是由老上輩到如今。已然住了二百多年。便是修理費。每間房子不知花多少錢了。如今一文不値半文。竟自拆賣了。眞是可惜的事。可也難怪。誰敎趕上這國破家亡的末運呢。幸喜出來這幾位慈善家。雖然是杯水輿薪。究竟不無小補。

這里雖然有幾處官立的小學。少大一點的姑娘。都不願意去。他們聽說西山園子要開女學。將來還有女工場。有許多姑娘願意去。他們雖然受窮。向學的志氣還沒有頹喪。這位創辦女學的先生。自號萬松野人。是天主教會中人。他夫婦兩個。都很信主的。教會中人。怎樣不及。道德思想。也比沒宗教的人强。何況他夫婦兩個。都是很有學問很有道德的。多少有名的人。都肯帮他們的忙。所以他們一定要辦這個善舉。他們還要約我出來帮忙。反正我也是在家裡閒着。帮他們辦一辦。也是我的義務。你的妹妹。雖然在家念一點書。究竟沒程序。那學堂開了。我打算把他們也帶了去。伯雍道。這是好事。你老人家就帮着他們辦一辦吧。老人家又道。他們此刻正在開辦時代。明天你不妨到那里看看。這個園子。若不整理一下。作個廢物利用。再過幾年。園子裡的樹木。就要沒有了。那些園戶。見清室退政了。他們把這園子簡直據爲己有。每日不知盜賣多少東西。那多年的古柏。他們也一點不愛惜。天天要伐倒幾株。勢敗奴欺主。世界上最要不得的人。便是這些有奴性的鼠輩。主人有勢力。他們便倚勢淩人。主人一衰敗。他們便先下手分肥。他們的性質。不該殺麼。當萬松野人由皇室借得這個園子。附近園戶。那里答應。他們不管人家拏這園子作什麼用。與地方上有什麼關係。他們就知道不能自由盜伐樹木了。羣起和萬松野人反對。甚至有拏刀在路上等他的。打算一嚇他。他就不敢辦了。誰知萬松野人一點聲色不動。向他們首領說。你們若好好跟我說。山上柴草。依舊許你們打。因爲我不得不體恤你們。樹木。無論大小。

一枝也不許動。如果不聽我話。那我就沒法子了。只得用非常手段。求遊緝隊把你們盡數驅逐。到那時。不要後悔。那些園戶知道反抗是無益的。所以都就了他的範圍。如今不第樹木都保住了。而且還要把舊有的地方整理起來。你明天。到那里一看就知道他們的目的是很大的。伯雍說。這樣辦法。是很合理的。因爲皇室的廢園。在清室已沒力量整理了。委之無良心的園丁。非毀平了不止。贈與民國。也不過被强有力者獨占了去。最好借與民間慈善團體。辦點社會公益的事。不但能把古蹟保存。而且還有逐漸復興的希望。清室此舉。總算是很賢明的。不過慈善大家。得了這樣有山有水樹木葱翠的離宮。眞得興辦義舉。若爲自己享受打算。那就有負此園了。他一家談了半天的話。天已不早。鄉間不比城市。晚間沒有可去的地方。惟有早睡。次日晨起。伯雍要到西山園子去看。他吃了早飯。便溜達着去了。十月天氣。小陽時候。又在山陽。暖和的很。這個地方。冬令不十分寒。夏天不十分熱。由那太行山的餘脈。成一個半環形。環口正向東南。把北京城環繞在內。彷彿作了個影壁。西山麓下。大寺名園極多。王公世胄的坟園不計其數。所以以風景而論。西山一帶。爲北京近郊之冠。靜宜園與名刹碧雲寺毘連。遼金時代。大概就有這個園子。因爲碧雲寺。是當初耶律楚材的墓地。前清康熙時代。除了圓明園、暢春園、淨明園、以靜宜園的風景最爲有致。建築物以布達拉一處。最爲富麗宏大。形式一本西藏與印度之大寺。屋瓦皆青銅製。蒙以赤金。每逢四月。柳絮亂舞的時候。前清皇帝。必要向靜宜園行幸。以避柳絮。慈禧太后時代。猶舉行之。庚子以後。該園又被外兵所毀。無力經營。只有一頤和園爲慈禧太后不時臨幸所在了。

靜宜園和圓明暢春兩園。於咸豐年間。同時被英法聯軍所焚。京師人謂之火燒三山。清室精華。在這時代。已然付之一炬了。當時洋人燒這三處離宮。一點意識也沒有。也不爲搶東西。不過爲報林文忠公燒他們鴉片煙的仇恨。故意毀了這三個園子。以遂他們野蠻人報復的惡慾。作書的小時候。常聽老人傳說。靜宜園被洋人燒毀時。那布達拉大寺。燒了多少日子不曾完全燒了。所以在庚子以前。那金瓦依然還有。每至朝暾甫上。照得金光燦爛。莊嚴無比。不曾燒毀時。可以想見了。當英法聯軍去後。這園子已成一片焦土。可是有許多樵人。入園樵採。無意中竟發了大財。他們怎樣發了財呢。因爲靜宜園被焚之後。這個園子。已然廢了。附近村民。自由進去砍柴。他們在那蔓草荒烟之中。山風過處。每每聽得草地上丁令亂響。起初還不注意。後來有人撥草尋覓。只見有許多燒捲的銅片。被風吹得相擊亂響。他們拾歸家中。也有當碎銅賣的。也有存在家中。不介意的。後來纔有人知道那是純粹的赤金。因爲布達拉大寺的青銅瓦。包的都是一二分厚的赤金。被火一燒。金葉子與銅分離。燒成焦捲。滾了滿地。他們不顧在荒草寒林裡受那枯寂。所以都被人拾出來了。但是這布達拉一共有九九八十一間。工堅料實。所以不曾全燬。別的地方也有不曾燒的。以後重加修葺。依然是清室一個消夏的離宮。庚子那年八國聯軍入京。英國人知道。布達拉上還有許多金瓦。他們帶着印度奴隸兵。把布達拉的金瓦。全拆了去。別的東西。也搬去不少。靜宜園經這二次的浩劫。完全毀壞了。這里的禽獸。以仙鶴梅花鹿爲最多。如今也都滅絕了。伯雍到了靜宜園。宮門還照從前一樣。門前兩個大銅獅子。兀自在那里作這荒園的守衛。園墻有許多處坍塌的了。只見好多工人在那里修補。伯雍走到宮門左手一個角門。只見門旁懸一塊牌子。寫着靜宜女校籌備處。有幾名香山汛守備衙門的遊緝隊。在那里守衛着。伯雍取出一張名片。求他們往裏傳達。他們把他引進去。裡面舊有的亭臺樓閣。多半剩了遺跡。實在不易復舊。只有一個小院落。還有幾間較好的房子。大概是三山郎中辦事的地方。靜宜女校。就在此處籌辦。那位萬松野人。見有客來。忙迎了出來。把伯雍讓到屋中。他的夫人也出來欵客。他夫婦兩個。都是很和藹的人。萬松野人。身量非常魁梧。當初他練過武。能舉三百斤的石頭。後來棄武學文。到處訪友求師。成了一個極有學問的人。他的性質。不喜仕進。可是有許多顯達的人。都仰他的大名。他的事業。也皆因有許多顯達的人幫忙。所以能行點素志。他在二十年前。於報界很著名的。如今報也不辦了。專門要辦慈善事業。而且還要闡揚天主教的眞理。他從前就喜歡西山的風景。近來皆因靜宜園一天一天的毀棄。附近的旗民人等。又非常的窮窘。所以他立志要在此處辦一點事業。現在雖然是纔入手。但是直接間接帮忙的人很多。將來一定能成功的。伯雍是本地鄉民。當然對於萬松野人夫婦的熱心。要道謝的。萬松野人說。人類辦人類的事情。不但沒有彼此的分別。地方的界限更不應當有。不過有知識的人。和有財產的人。總須把精力使在窮困的地方。

不但教人有飯吃。是要緊的事。教人受教育學眞理。比吃飯還覺要緊。目下中國人不能吃飯的太多了。而不能受教育的尤爲可憐。無奈我們有多大能力呢。也不過尋一個我們素所知道的地方。辦一點小事業。盡盡心。也就是了。我的意思。本地方的人民。受這樣的困苦。我們當然救濟的。這靜宜園是中國名勝。皇室的離宮。也應當設法保存。所以我求幾位王公。把這地方借過來。預備將來容易發展。但是裡面過於殘毀了。現在我把見心齋。韻琴齋。梯雲山館。都略加修葺。其餘別的地方。慢慢的修理。只是苦於經濟。將來是否能償素志不能。就不可知了。伯雍說。先生的善舉。實在令人欽佩。但不知預定的計畫。辦到如何程度。纔算達到目的呢。萬松野人說。預定計畫。固然有。那就得看將來的經濟了。這靜宜女校。是入手辦法。將來還要設立一所慈幼院。貧民學校。貧民工廠。也要設立幾處。目下女校已然籌備就緒。不久要招生。慈幼院。現正在募欵項。將來一定成立的。至於工廠。便不能預定何日成立了。伯雍道。本處窮人。日見其多。大有朝不謀夕之勢。雖有幾處粥廠。也是有期間的。濟貧的妙法。無如以工代賑。他們既得工資。地方上又興辦許多生產事業。每月一長。本地成了工業地。生計也就不必發愁了。所以我希望此地以興辦工廠爲最大的急務。還求先生向諸位大資本家籌商。把工廠一項。提前開辦。纔好。萬松野人道。工廠一定要辦的。但是道德比吃飯要緊。先由女教入手。這正是根本的辦法呢。伯雍聽了這話。也就不敢多言了。因爲自己一個錢沒有。自己的志願。勉人去辦。不但討人嫌。而且自己也覺慚愧。當然以是是是爲談話的終結了。萬松野人很高興的。同伯雍到重修的地方看了一遍。以全體而論。工程雖不過千百分之一。金錢大概已花了不少。

雍由靜宜園回到家中。他父親問他說。你見着那位先生了。他夫婦都是很和氣的。他們將來能把西山園子興旺起來。加上現在物質文明。比原先還能好。伯雍說。一定。但是園子雖然好了。我們的營子村子。勢必拆乾淨了爲止。許多貧民窟。圍繞一所別有洞天的名園。也是人世間一個奇觀哪。

第十二章

伯雍在家裡住了兩天。仍然回到報館去作事。他到了報館。歆仁正盼他回來呢。聽說他回來了。教館役把他請到後院。歆仁一見伯雍。便說你又回家了。外面的事。你一點也不注意。現在要考縣知事了。你爲什麼不去報名。你的資格是很合式的。所以我盼你回來。趕緊到內務部報名吧。伯雍說。這樣的事。我那有不知道的。但是我沒意思考。現在袁項城雖然組織了一個强有力的政府。但是他倒行逆施的事情很多。這次考縣知事。那里是爲百姓求親民之官。不爲過網羅無聊的小官僚。作他歌功頌德的奴隸便了。我的資格。只爲留學生三字。不得不列入資格一項之內。可是向來與官場一點因緣沒有。如今妄冀功名。難免自討沒趣。登庸試驗。可以不便嘗試了。歆仁說。你還是這樣固執不是。便是在前清科舉時代。誰也不敢說必得。無非撞大運。生官發財的事。無非是個撞。旁人爲自己的事。一點門徑沒有。還要往裡硬鑽。怎麼你有了機會。反倒不去作呢。你直到如今。所以不能潤。都是因爲你過於不活動了。你想想。自有考縣知事的消息。全國都轟動了。不但各現任知事。都來應考。凡是有相當資格的。不遠千里。目下都麕集都門。比前清鄉會試還熱鬧。就苦了沒資格的人。你既有資格。爲何不戰一下子。伯雍說。現在求官。要打算由考試仕進。那眞是可憐到家的人了。何況他們的考試。無非是一種手段。一點誠意沒有。不然爲什麼要規定出保免的例外呢。歆仁道。這正是當局的苦心。現在軍民長官。誰沒有幾個縣知事。若是一律考試。未免要得罪人。項城是什麼樣精明人。他萬不肯把舊部所用的人。全行入考。可是保免試驗的。究在少數。試驗及第的。纔算正式的縣知事。伯雍道。不然。據我看。試驗是假的。保免是眞的。照老袁這樣會作人情。將來的縣知事。還能有中央一個人嗎。地方上我一點援繫沒有。便是僥倖中了。也是瞎鬧。目下我在社會上賣幾篇文章。也能掙幾十塊錢。民國的官。不作也倒罷了。歆仁說。不行。你的思想終歸是挨餓的。弄個知事當當。一年至少可以剩一兩萬塊錢。你此刻正是爲貧而仕。所以我還是主張你去考。再說這次考試。是個特典。我們報紙上。也應當有極詳細的新聞。你入場去考。不但爲你前途打算。爲咱們的報紙。你也應當辛苦一遍。因爲新聞記者不許入場參觀。你去入場。眞是官許的訪員了。伯雍道。你既這樣說時。我還可以去一盪。中不中先不必管。咱們報上我管保有幾天好新聞。

但是報名費須得兩塊大洋。我此刻一文沒有。怎辦呢。歆人說。回頭你到賬房去支。有我的話。總要多借你幾塊使。當下他二人又說些閒話。歆仁依然是懶洋洋的。覺得很勞倦。他有時竟神不守舍的說出許多無意識的話。其實他的腦筋。一時也不能清閒。他無論何時何地。總把精神飛越到政海裡去。他非常善於揣摩。他雖然是有黨的人。他絕不株守一黨一系。他的妙訣。無論那黨那系當權。總要保持他相當的地位。所以他的心思。比別人特別的勞累。他一回到報館。或是回到私宅。他的精神。每每透着特別頹宕。甚至有時說譫語一般的自問自答。若不然突然問人一句話。他自己不知說的是什麼。其實他的心思。沒在此間。依舊在洶濤猛浪的政海裡。一沈一浮的支撐。他二十多歲的人。弄得一點元氣沒有。足見他的精神體魄。是怎樣消耗了。

他雖然有時迷迷惘惘。彷彿是很傻氣的。但是他對於他自己利害的事。向常一點也不傻氣的。他每逢透露傻氣時。甚至自言自語的說譫語。那正是他用極縝密的心思。研究他自己切要之事。以他所辦的報紙而論。每月比別家總要省許多錢。但是報上材料。却比別家熱鬧。因爲他能用極賤的代價。僱用幾個編輯。而且手筆都不錯。再說他能臨時求人。或是應當調查的事。編輯員不願意去。他能想法子教他們去。比如這次考縣知事。他知道伯雍有資格。他便願意他入場去考。他的目的。全在得新聞。好與別家競爭。至於伯雍是否得中。中了之後。他給維持不維持。都不是他心中切要的事。自要有了場內新聞。

他便心滿意足了。所以他盼着伯雍回來。好慫恿他入塲。及至伯雍應許去了。他的心事。已然如願了。所以他的精神。又飛到旁處去。伯雍與他說什麼閒話。他也有時聽不見了。伯雍見他似乎尋思什麼事。不便攪他。只得到前院編輯部裡去。晚飯以後。忙完稿子。還是與子玖鳳兮到胡同裡去溜達。彷彿成了習慣。因爲不出去。也是在那間霉濕的屋子白呆着。出去走走。困極了一睡覺。倒覺舒服。他們一點鐘以後。纔回來。街上行人已然少了。可是還有許多人力車。街燈底下。賣豆漿纔出來。有許多車夫圍着喝。小巷兒裡賣炸豆腐茶鷄蛋的。一個跟一個。一聲赶一聲的叫喚。南城夜中。這是聞見熟慣的事。次日歆仁打發館役。給伯雍送來一封信。伯雍拆開一看。却是薦任官的印結。伯雍笑道。他眞替我想得到。我還忘了這層呢。他吃了早飯。由柳條箱內尋出他那張有名無實廢紙一般的卒業證書。這種東西欲指着他穿衣吃飯。和緣木求魚一樣的難。可是到了官事上。沒他又不行。官事的表面。向來是認文憑不認人的。但是官事的內幕。却反認人不認文憑。伯雍這張文憑。由東洋帶到中國。也曾入了好幾次官衙。被官中打了許多圖章。除了在宣統三年。得了一個法政科舉人虛名。直到如今一點效力也不曾發生。穿衣吃飯。依舊憑着人的勞力。纔能換幾塊錢使。所以伯雍對於他的文憑。已然視同廢紙。他的生活上必需的費用。倒是一支禿筆。很能帮忙。文憑却成了贅物。不過這張文憑也是二十年苦讀換來的。不忍把他焚棄便了。不想這次因爲考縣知事。歆仁欲得塲內新聞。慫恿伯雍入塲。不得不假他作個護照。但是潔白無垢的文憑。一入內務部。又得打一個紅印。未免替這張文憑可惜。他收拾好了。便僱車到內務部去。到了那里。果見有許多熱心功名的人。擁擁擠擠的。前來報名。伯雍雜在裡面。自己覺得很可笑的。暗道。人家被保免的。或是有靠山的。打算作個官。何必這樣費事呢。我看這些人。也都是窮骨頭昏了心的人。大老遠的。來到北京。應考知事。自己准有把握嗎。千山萬水。不用說路費。便是在京裡一住。一天也得一兩塊錢。沒入場以前。每人都作那縣知事的迷夢。恨不定製一把鏟子。預備鏟那肥美的地皮。那里知道揭曉之後。立即破產的。不知有多少人。他們不想運動保免。奔走權利。單單的來買這縣知事的彩票。他們可憐的倖進觀念。比我尤覺可憐了。伯雍一邊想着。一邊隨着衆人報了名。呈驗了文憑印結。領了執照。已然煩得他要不得。他的性質實在耐不了官場的繁瑣。少一不如意。便發起他的牢騷。他說人是在社會上作事的。無論在公在私。都應當以作事爲前提。用不着這些繁瑣難人的手續呀。怎麼事情一到官場。就這等慢臘臘的把人要磨死呢。中國衙門。不作事。專門講究章程。白費光陰。那眞是亡國的第一眞因。他牢牢騷騷。很不痛快的回去了。到了報館。已然午後三點多鐘。誰知秀卿的娘。已然先一點鐘到這里來找他。館役告訴他甯先生出門了。不知什麼時候回來。那老婆子大遠的來一盪。不願意來往奔波。館役又不敎他進來。他只得在門外墻根下候着。伯雍一進巷口。便看見他忙問道。你老人家作什麼來了。秀卿的娘一見伯雍。彷彿見了親人。但是他臉上失意顏色。並不因爲他見了伯雍而可以掩飾的。伯雍見他那樣子。知道他必然有要緊的事。忙把他讓進來。此時子玫和鳳兮。已然出門了。他們到了伯雍那間編輯室裡。伯雍脫了馬褂。教秀卿的娘坐在一把椅子上。但是他依舊滿面愁容。伯雍因問他道。您來找我有什麼事嗎。您的事怎樣。可以幹嗎。秀卿的娘嘆了一口氣說。事情倒不錯。我也很高興。但是我如今已然下來了。現在仍回南大街住在一個舊識家裡。因爲原先的房子。已然被房東租給別人。我只得在認識的人家裡借宿。好在我一個人。怎樣都對付了。伯雍道。事體既然不錯。爲什麼要下來呢。是他們辭的您。是您自己辭的他們呢。秀卿的娘道。我們誰也沒辭誰。他們現在打了官司。家裡沒一個人了。我只得家來閒着。伯雍道。他們只夫婦二人。誰跟誰打官司呢。秀卿的娘道。就是他夫婦兩個打了官司。伯雍道。這也是怪事。怎麼結婚不到半年。就打官司呢。秀卿的娘道。提起來簡直是個笑話。說起初也不知是怎回事。但覺得那位褚老爺。不相是作官的人。他的朋友。一個一個的尤覺登天。若照我看爲可怪的。怎麼他朋友交的很近。爲什麼一個帶着太太來的沒有呢。伯雍說。或者他們有一點頭緒。差使不大。無力携眷的。秀卿的娘說。起初我也這樣想。但是他們都說是本京人。而且說此時伯雍話。北京人當巡警的都有家眷。難道他們挺濶的老爺。沒家眷麼。原先我們太太。還很待遇他雖然報了覺得他們討厭。也就不愛理他們了。後來這老爺都不大香甜。他每日只是在外面游逛。好在事情又散了。與我一點關係是沒有。又不短我錢。我管什麼。他那樣歲數。又是一個好逛的人。在外而難免有什麼瞎鬧的事情。這幾天不知怎樣。他夫婦忽然好的要命。臨睡覺還要吃一頓夜消。喝點紹酒。忙得我半夜不得消閒。但是人家工錢給的不少。我也願意伺候。誰知前天早晨。我們太太起床之後。便出了門。沒有半頓飯時。便同來兩名警察。由被窩裡把我們老爺掏了去。究竟爲什麼。我還不知道。當時嚇得我什麼似的。便是老爺有什麼不是。當婦人的理應替他瞞着。那有帶着警察堵窩掏的。後來我聽那個丫鬟說。老爺不是老爺。是個和尚冒充的老爺。若眞是個和尚。那豈不是笑話呢。但不知他是那廟和尚。怎這大膽子呢。伯雍聽秀卿的娘說到這里。也覺得這事可笑。一個婦人。陪着和尚過了好幾個月。一旦決裂。竟至成了一起奇案。這其間必有緣故。大概是念秧局詐之類。不知是誰騙誰呢。不過秀卿的娘。好容易有了這點事。忽然又散了。未免掃興。因問秀卿的娘說。他們這一打官司。把您的事也攪了。但是他們沒跟您說什麼嗎。短錢不短呢。秀卿的娘道。錢倒不短。我臨走時。那婦人曾和我說。這里不是我的家了。我受人騙了。你跟我這些日子。我也舍不得你。但是我不能在此住了。暫時也不能用人。你還是家去。等我官司完了。有了地方。你再來伺候我。他也不過這樣說便了。他們的官司。不知道打成怎樣一個結果呢。只是我這一沒事。又得坐食山空。秀卿給留的那點東西。差不多要墊辦完了。我眞閒不起。沒什麼說的。還得求您難心。仍是給我找個吃飯的地方纔好。伯雍兒說。未免的又加上一層爲難。而對於這老婦人的貧困無告。又十分不忍。只是一時那裡給他找事。只得向他說。您先回去。我趕緊給您張羅着。如有事時。我必然給您送信。秀卿的娘見說。纔有點放心。把現在的住所。詳詳細細的告訴了伯雍。告辭去了。秀卿的娘去後。伯雍默坐了半天。他忽然發生一種異樣的思想。只見他把他右臂一揮。自言自語的說道。考縣知事。非考不可。考上一個縣知事。總比現在收入多一點。而且還可以行。一點心裡所志願的事。老和現在一樣。不但本身本家。一天比一天窮。連一個可憐的人也救不了。未免太辜負此生了。假如我若是得了一縣的地盤。作個百里侯。那就有人管我叫監督。或是縣長。平日求他們辦點事不肯爲力的。到了這時。必然喜歡與我辦事。因爲我寗伯雍。只是一個窮記者。所以沒人信用。我若當了縣知事。這監督二字。總比寗伯雍三字信用大的多。便是隨便薦一個人。也有人喜歡用。因爲是監督薦來的。若是伯雍薦來的。那就沒效了。監督是最小的地方官。尚且有人監督長監督短叫得震心。無怪乎有不顧性命運動都督巡按使的了。至於大總統和總長什麼的。那還用說嗎。他們不但先得便宜。而且一句話就能使人一步登天。若照我寗伯雍。爲了一個苦老婆子。和一個可憐的小孩。使心費力。花了不少車錢。直到如今。依舊沒有一點頭緒。並且連一個帮忙的也沒有。假如我若是個官。何必這樣費事呢。這樣看來。官是不可不作的了。

此時伯雍的心理。與昨天大不相同了。昨天歆仁勸他考縣知事。他還以爲是瞎鬧。絕沒有誠心去考。他雖然報了名。他不過是爲訪新聞。他簡直沒有必得的希望。他也知道他不會作官的。如今見秀卿的娘。事情又散了。他竟無力給他安置一個地方。便是自己家中。也不能多添一個人吃飯。他煩悶之極。以爲當今之世。非作官萬不會濶的。萬不能養活別人的了。所以他把心理一變。非把縣知事弄到手裡。似乎有許多極困難的事不能解决。所以他把隨隨便便的意思打消。打算誠心誠意的去考。他把參攷書也搬出來了。手錄的課本子也拏出來。平日愛讀的古文。也預備在手底下。他當眞的用起功來。他以爲這樣一來。便可以如願的。秀卿的娘。和秀卿的兄弟。也不必求親賴友的。往旁處寄頓。只我一人的力量。也足以養活他們了。因爲縣衙門裡。多養幾個閒人。不算什麼。何况他們也不能吃我的閒飯。再說到了那時。朋友也多了。同寅也多了。一切人役僕從。儘可以彼此通融。總比我現在的地位好的多。因爲同在官場。氣類總是相投。在官的人。總拏不在官的當作異類。所以由各方面看起來。作官的人。無論官事私事。似乎特別方便。沒官的人。怎樣也不能比的。他旣這樣一想。他便要達到這個目的。他爲達到這個目的。他不能不用功。其實他的觀察。一點也不錯的。可惜他所用的手段。未免太迂濶了。他的師友。他的同學。雖沒特別濶起來的人。單是在軍政兩界。也有很出色的人物。他早先若是有作官的意思。與他們聯絡聯絡。感情老和在學校時一樣。沒緊沒慢的。總在一起厮混。便是有點討厭的辭色。也不要起火。依舊追隨着。到了此時。不但是平常的一個縣知事。便是再大幾級的官。也作上了。因爲他遇的機會很多。他遇見能振拔他的人也不少。但是伯雍的性質。絕不肯由自己口裡。和人要一個官作。而且他最初也沒有做官的意思。他對於已經濶起來的朋友。尤不願去訪問。他雖然沒有什麼意思。不過爲維持小時候的感情。但是人家都是有政務的身子。無端去訪問。怕人疑惑有什麼訏謁。俗語說得好。窮人心眼兒多。他只顧一多心眼。他與他的師友同窗。益發疎遠了。再說自革命以來。他在社會上。以筆尖吃飯。已然養成一種疏懶的性質。既沒人求他什麼事。他也無多事求人。他在社交上。更不好活動了。誰知爲了一個已故的秀卿。竟逼他不得不兢兢業業的去考知事。既然官興發作。就應當想個必得的方法。或是投降歆仁。或是趕尋門路。雖然運動不上保免。也應當求人先容。通個關節。纔算道理。纔能作官。誰知他的老性質。依然不改。仍打算仗着胸中所學。和筆下力量。在場屋戰勝。他的思想。有多麼可憐。由此一點。可以斷定他一輩子仍是不會作官的。

不言伯雍每日用功。預備應考知事。利用這點閒空。且叙一叙褚維宗和田氏的事情。因爲他們的事情。若不正叙一番。看官也不能明白。褚維宗那里是個俗家。也不是內務部什麼科員科長。他正是廣化寺的方丈。名叫青山。北京有句俗話。說是在京和尚出外官。這兩等人。都是享盡人間幸福的。北京也有不少大寺。那個方丈。都是濶綽無比。享用過於王侯。他們不工不商。不知道由那里得來這些產業。他們除了窮奢極侈。結交官府。作出種種聲勢赫奕的事。背地裡暗養女人。敗壞佛門的事。那就不用說了。這青山既無學問。又無修持。不過仗着寺產雄厚。恣意胡爲。不知道造了多少孽了。可是在前淸時代。人人頭上有條髮辮。僧俗還辨得出來。後來。雖有許多剪髮的。僧人還不敢公然穿着俗家衣服出來。民國以後。強制剪髮。徧街都是禿頭。這青山便奇想天開。暗道。我若換一套時髦衣裳。打扮得政界中人的模樣。誰敢說我是和尚。便是走走逛逛。也不必拘泥。花天酒地。也可以任意而行。總比偷偷摸摸。快活多了。他這樣一想。眞個的置了幾套俗家衣服。每日在熱鬧場中亂串。有一天在東安市場茶樓上。遇見田氏。就彷彿遇見五百年前的風流孽冤。險些動起磬槌。要放風流焰口。自此每天必到東安市場。田氏也久飢思食。物色人物。他不但欲償肉慾。對於錢財上。更打算大大的下一網。可巧青山直追踪他。再說青山是個大方丈。臉上自然有一種酒肉和銅臭之色。能表示也是個濶老。再說衣履講究。儼然政界中的官僚。田氏一見。便知道這人可以仰爲外府的。未免對於他眼角留情。拿出拆白黨的手段。青山那里經過這個。早已魂靈飛在半天。他明查暗訪。又和茶樓夥計打聽田氏是作什麼的。夥計說。不甚詳細。但是這樣的人。不是暗娼。也與暗娼相隔不遠。自要有錢。沒什麼難辦的。青山一聽。更覺心動。他回到廟中。只得向平日與他引港的王鐵嘴計較說。現在五族共和。男女平等。獨我們和尚。還不許娶妻。太不平等了。我也打算娶個老婆。開一個先例。你能替我辦麼。王鐵嘴見說。笑道。方丈你這話未免是取笑了。從古至今。也不曾聽見和尚娶媳婦。你求老身拉個皮條。引個綫。背地裡作點風流勾當。倒行。若說揚名打鼓的。給你保媒。娶一位太太。那可辦不到。凡是我給你介紹的。全是作私娼的。好人家兒女。誰肯陪禿驢睡覺。你既有得解饞。何必又萌妄想。須知和尚娶妻。不但你和尚吃罪不起。連我這說媒婆子。

也難逃公道哇。青山道。王乾媽。你老人家還沒聽明白我的意思。便先說這篇道理。我也不是要這樣娶媳婦呀。我須扮作俗家模樣。如今滿街禿子。誰能單單說我是和尚呢。我暫且把我法名藏起。變個俗稱。就說我是那部的參事。誰還不信。那時我另租一處房子。不在廟裡住了。從新組織一個家庭。也享幾年夫倡婦隨的幸福。倘若生一兩個小和尚。也是你老人家的功德呀。我在廟裡當方丈。雖是有錢。就是沒有妻子。雖然有幾個小徒弟。和你老人家不時帮忙。救我涸鮒。究竟是不痛快的。我平日最生氣難平的。他們那些官僚政客。動不動就是一個小老婆子。馬車瀛車的。一同坐着逛。我和尚一看。不由得眼藍。怎麼他們也是不工不商。一切享用。都是民脂民膏。每人弄七八個老婆。還以爲不足。我和尚雖然是不工不商。這些廟產。是歷代廟主相傳的。也是善男信女樂意布施的。怎麼我和尚就不配娶個老婆。享點家庭幸福。也好安心護法。到了無可如何之時。非偸偸摸摸不行呢。天下不平的事。無過於此。他們不是鼓吹革命。鼓吹解放麼。我和尚今天非革命。非解放不可了。王乾媽。我的怒火要由頂門迸出來了。你非救我不可。說到這里。餓虎撲食。往王鐵嘴懷裡一撲。嚇得王鐵嘴連忙往後便閃。說你這和尚瘋了。我這大年紀。怎樣救你。青山定一定神說。唔媽。你老人家慈悲。看在佛祖面上。給我說個媳婦。這便是救我了。王鐵嘴見說。復歸原座。笑道。我說你瘋了。果然還是瘋話。你想。我雖然是個媒婆。給人家說媒行了。怎能給你說媒。這裡頭有好大干係。你想。好人家兒女。誰肯嫁你。那些私娼。又都認識你。

不時來往成了。若說過日子。誰肯嫁你呢。你把這條心收了吧。無是生非。險被捉將官裡去。連累老身。不是要處。青山說。你老人家先不必張致。我並不是求你老人家去物色。我心目中已有一個人了。王鐵嘴見說。斜着眼睛。瞅了瞅青山。作出一種怪笑說。賊和尚。滿街相看小男婦女。我若告在當官。怕你吃不了兜着走。青山道。王乾媽。不要只顧調笑小僧。正經須與小僧想個道理。王鐵嘴道。究竟你的意中人是怎個人物。你知道點底細不知。難道你說出一個人。就教老身替你辦去。怕不吃人打罵回來。青山道。這個人我雖然不知底細。我已打聽明白。他是個寡婦。娘家已然沒人。與婆家又斷絕關係。他現在很自由的。你就說我是個文明而多情的人。兼有資財。足以供他揮霍。難道他不樂意嫁我嗎。王鐵嘴說。話雖如此。這事你求別人吧。你想紙裡包不住火。日久沒有不透風的墻。假如日後露了馬脚。你受點科罰還不寃。我偌大年紀一個老婆子。圖着什麼來。犯不上與你吃罣誤。青山道。乾媽。你今日怎這樣爲難小僧。須知平日我沒把你老人家待錯。這點事怎就挐起橋來。你老人家平日不是這樣人。王鐵嘴道。平日那是什麼事。一號買賣。有我應得的抽分。如今這是什麼事。不但干係非小。你既有了家室。日後我也不能再給你介紹私娼。我指着什麼活着呢。一句話要我去辦。你雖然乖。須不要拿老身當個驢子使喚。么喝一聲便走的。青山見說噯喲一聲說。乾媽。千萬莫要怪我。我沒挐乾媽當外人。所以不曾想到錢上。這件事乾媽與我作成。乾媽的後半輩。還發愁沒人養活。王鐵嘴道。我若不說。你當然想不到。你們有錢的人。總是拏別人也似乎不等錢使。不跟你們說。那里舍得拏出一文。我也不求你養活我的後半輩。咱們先小人後君子。我應着給你辦這件事。慢說他是個寡婦。便是個坐家女。我也能給你說成。不然怎稱得起王鐵嘴。但是你許給我多少錢吧。我看你的賞格。若是拼不得這條老命。你便另請高明。只怕除了我王鐵嘴。沒人肯帮着你賊禿挨罵。青山一肚子惡慾。便是王婆怎樣打趣他。他一點也不氣急。只說道。王乾媽。你老人家太利害了。說着打開他的紅皮箱子。取出一百元花旗銀行的鈔票。說。乾媽。先把這點薄敬拏去用着。事若說成。小僧另有四百元奉贈。王鐵嘴一見這錢。兩股目光。已然注到那簇新的外國鈔票上。既而又笑道。方丈。當家的。老身與你說兩句笑話。難道與你當眞要錢。方丈平日待老身恩重如山。錢花了已然不少。何必這樣的外道。這一來倒彷彿老身屬箭兒毛的。竟在錢上站着了。青山道。乾媽這是小僧一點誠意。乾媽只管收下。小僧辦事自要出口。絕不食言。王鐵嘴道。既這樣。恭敬不如從命。那我就討媿收下了。王鐵嘴一邊很小心的收那鈔票。一邊口裡說道。這事交與我。管保方丈得大歡喜。但是那天你到東安市場去。須知會我一聲。我同你去一蹚。把那婦人指與我知道。你就不用管了。青山說。那行。便是你當我老媽也不要緊。王鐵嘴說。那我可不敢。當下他二人計議已定。王鐵嘴告辭而去。誰知田氏竟上了他們的當。他若安分守己的。也不至吃和尙一個大虧。但是這婦人的慾望也眞不小。他這次再醮。多一半也是爲自己打算。當他們乍一結合。多少有點新鮮意思。後來這婦人越看褚維宗越俗。

他本是一個不守清規的大寺方丈。無論怎樣裝扮。究竟免不了他的俗態。這婦人已然不大喜歡他。好在他的供應很豐。錢財二字。一點也不發愁。田氏此時雖然不便聲言離婚。已然與他貌合神離。每日樂得拿這不心疼的錢在外面胡逛。在中央公園裡面。去實行自由戀愛。那里有他的便宜。無非是幾個拆白黨。既得錢花。又遇肉慾。婦人生恐被褚維宗知道。限制他的自由。扣了他的花費。晚上回家。對於維宗未免使點手段。這和尚沒別的思想。光有這一個目的。樂的他諸事皆忘。恨不叫田氏一聲親娘。有一天夜裡。田氏又在他身上使點手段。和尚便如駕雲一般。因向田氏說。吾愛。你跟我過了這些日子。咱們的感情過於甜蜜了。我若不跟你說了實話。未免太對不起你了。你當眞拏我當褚維宗麼。田氏見說。心裡便一怔。但是仍然不露神色。笑道。你不是褚維宗是那個。便是不是。又有什麼關係。我既然嫁了你。便認命了。和尚說。什麼又是內務部。那都是假的。自我看。也不値什麼。我却是廣化寺的大方丈。錢有的是。足夠你一輩子揮霍的。田氏一聽。心裡已起了火。暗道。他原來是個和尚。便是我怎不及。也嫁不到他身上。他居然敢欺負到我身上。倒要教他知道我的利害。本待發作。又恐三更半夜將他驚跑。倒不好辦了。不如仍是穩住他。因膩聲說道。和尚怎的。也是我的丈夫了。青山一聽。更不得了。叫道。心肝。你太討疼了。明天我便還俗。把廟產全賣了。索興與你過起日子來。田氏說。何必還俗。你此刻不與俗家一樣。自要有我吃的有我穿的：咱們就這樣過也倒罷了。只是便宜你這賊禿。老娘只得認晦氣了。

他二人一個眞心。一個假意。鬧到天明。和尙困的不得了。已自沈沈睡去。田氏慢慢起來。把他那使女喚醒。低聲與他說。咱們娘兒們被人騙了。他正是一個和尙。你小心看着他。他若醒來。就說我登厠去了。田氏囑咐完了那個侍女。他便悄悄出門而去。跑出巷口。到了分駐所裡。便喊告了。他的理由固然很充足。而且他的言詞也很激烈。巡長一聽。是個和尙以詐欺行爲。騙取良家婦女。而且又是廣化寺的方丈。不但違背法律。更屬有傷風化。當時派兩名警士。跟同錢氏前往逮捕。可憐青山還在睡夢中。享受溫柔鄉中的滋味。不想由被窩中被人提醒。翻眼一看。却是兩名警士。站在床前。賊人胆虛。當時嚇得他魂不附体。忙由被中坐起。顫聲問道。你你你們是作什麼的。我又不曾違警。爲什麼大淸早晨。闖入人家。警士道趕快把衣裳穿上。隨我們走。有人把你告下來了。青山說。我是內務部的員司。誰敢告我。我也不曾犯法。警士因指着田氏向和尙說。這婦人告下你。你還瞎說什麼。快走吧。和尙由床上望了望田氏。說。娘子。我與你恩情似海。你爲什麼把我告下來。只見田氏怒憤憤的指他罵道。賊和尙騙我爲妻。既敗佛門。又干法紀。你還不承認麼。這塲官司我與你打了。有什麼話等到堂上再說。青山一聽。這一驚非同小可。險些出了大恭。不由得叫了一聲我的娘。你什麼告不得。單單說我是個和尙。不想昨宵恩愛。今朝變爲仇讎。好。這塲官司我也與你打了。到了堂上須不至沒我的話說。這時警士催他把衣裳穿。好俏從他們的請求。僱了一輛車。把他們送到地方審判廳。依手續。由田氏補了呈狀。定日開庭審判。京師地方。出了這樣可笑的新聞。早已轟嚷得滿城風雨。和尙也有許多同黨。也替青山請了一位律師。出庭辯訴。過了預審。正式開庭。這日旁聽的人很多。原告田氏。也不請律師。他的辯才都能使旁聽的人很吃驚的。他不但要求法官。重重的科罰這個淫僧。而且要求五千圓以上。一萬圓以下名譽賠償金。青山的律師辯道。民國以來。萬民平等。青山也在民國法律之下。怎見得不能娶妻。而且有王鐵嘴的媒證。絕對不能認爲詐欺行爲。但是王鐵嘴非常乖詐。他爲避免他的干連。不承認素常認識青山是個和尙。各方面的辯論。法官已然聽明。當日即宣告辯論終結。次日宣判。田氏完全勝利。由青山支給田氏名譽賠償費八千元。青山科以二年半有期徒刑。許其按日折贖後。驅逐出境。廣化寺另由公正僧侶主持。至於王鐵嘴。圖賄誘良。、助僧淫亂。實爲女界蟊賊。處以四年有期徒刑。這個案子至此完全解決了。

第十三章

田氏於勝訴後。小小的很得了一點聲名。知道他的人很多了。但是他從此益發放蕩不羈。高尙的人。沒人敢娶他。平白的人。他又不嫁。他用和尙賠償他的名譽金。在社會上作一種放浪生活。歸結成了一個不幸的婦人。也就不必提他了。

縣知事的考期到了。伯雍每日用功。把各門功課。已然溫習得爛熟。他這次決心去考縣知事。不但覺悟他自身的前途。應當把筆墨生涯棄掉。另換個來財較易的生活。便是爲許多窮困的親友。也應當及早改變方針。所以他此刻正懷着一個必得之心。是日電燈還沒滅。便起來了。略事盥漱。喝了一點豆腐漿。便携了文具入塲去了。試驗塲所。借的是象坊橋的衆議院。他花一吊錢僱了一輛人力車。進城而去。此時街上行人尙稀。間或看見幾輛車。看那車上乘客。多半手內提着墨合筆袋。還有照舊時科考一樣。胸前懸着卷袋。抱着塲籃。裡面裝着飲食等物。俗語說得好。不圖名利。誰肯早起。可見名利二字。眞能把人指使的不成樣兒。車進了宣武門。人便多了。車馬也擁擠了。么么喝喝的。都往衆議院灌了去。到了試塲以前。下了車。只見人山人海。都是運命未分的候補縣知事。這時那綠油的鐵柵門。還沒有開。有許多警察。在那里守衛着。預考的人。都擁在門前大廣塲內。有看塲規的。有彼此閑談的。有就攤上購買食物的。伯雍在人叢內。走來走去。也遇見幾個舊同學的。他們也是來考知事的。內中當中學以上的教員的有好幾位。他們都打算抛却這清苦的生活。鑽入官途。他們見了伯雍都說。你也來了。伯雍說。可不是。我在首陽山上餓不起了。又有許多人直逼我。打算弄個知事作作。你們大概也要改途。但不知這彩票誰能中。你們看。這里儼然是個寶局。咱們紅着心跑來。與市上那羣賭鬼有什麼分別。我想一星期以後的事。咱們此刻誰也不知道。說罷大家都笑了。這時日光已由城垣射過來了。那塲門還不開。本就起得早。在此站了足有倆多鐘頭。大家都有了倦色。只得蹲在地下。三三五五的聚談。有的說。作縣知事在南省好。因爲富庶有錢。有的說。在邊省好。因爲風氣不開。知縣說一不二。有的說將來我分發到奉天。有的說。將來我分發在江蘇。你言我語。眞跟說夢話一樣。這時只聽隆然一聲。那鐵柵門開了。大衆狠命的往裡擁。彷彿誰先跑進去。誰便是縣知事了。那守衛巡警。早把大家攔住。說。不要擠。等着點名。叫誰。誰進去。大衆只得住步。但是好擠的人。或是不講秩序的。依舊往前頭鑽。彷彿鑽到前面。立刻便占許多便宜。此時大門道內。也放着一張公案。座上一位官員。彷彿舊時科塲的監臨御史一般。在那里監視點名。發放卷紙。伯雍此時。心中不覺暗笑。他見景生情。不覺想起小時候。有一年在國子監考恩監。有一位御史老爺。高坐席棚之上。監放號籤。伯雍和幾個同學的。見他呆頭呆腦。坐着不動。竟繞到席棚後面。用小刀子把縛杉篙的繩子。尋那吃力地方。給割斷一根。連忙跑到前面。那位御史。正自不耐煩的辦他的公事。不想座下木板一沈。他的椅子也隨着往後一倒。把這位御史摔了一個倒仰。惹得全塲大笑。那位御史。是位有涵養的人。一點也不着惱。叫左右把椅子扶起。依舊放他的號籤。小時候一味淘氣。不顧道理。後來思之。實深懊悔。不想今日來考知事。已是知道利害。彼有家累的人。一點軌外行動。也不敢有了。再說前淸時代。科考舉子。任是貧富。都是衣冠中人。一個個眞有神聖不可侵犯的尊嚴。讀書種子。國家社會。都知道另眼看待。如今無論考什麼。也見不出什麼體面來。純粹是飯碗問題。社會的組織變了。讀書人自然沒有從前有價值。

這時有許多職員。挈着花名册。點名。往裡放人。按着卷子上號頭。各歸本號。場屋比從前講究。要照從前貢院。那眞比坐牢難受。點完名。外面已然十點多鐘。題紙也下來了。大衆正自揣摩。忽聽外面一陣革靴佩刀之聲。旣而有一大隊警察。穿着極新的制服。荷着槍。有一位長官。帶着在各號場屋簷下。巡邏一周。氣象至爲森嚴。從前的號軍。有名無實。如今的號軍。是用精壯警士。文事武備。萃於一堂。也是一種奇觀。外面安靜了。屋內又吵起來。窮酸的惡習。無論到那里總改不了。作文便好生作文結咧。偏要嘴裡瞎哼哼。一個人哼哼也倒罷了。許多人同時哼哼起來。而且又是各地口音不同的人。實在難聽的很。伯雍向來是低頭作文。不會哼哼的。他也不管旁人。只顧去寫。他有時停筆休息。也能看見許多可笑的現象。木板上的揭示。不到一點鐘便來一次。無非某號某人。因搜出夾帶。已被扶出等事。沒有兩個鐘頭。伯雍已然完卷了。但是不能放他一個人出去。因爲關防極嚴。門禁至緊。非至若干人。不能啓關。他此時已然餓了。幸有場內發放的食物。兩片麵包。夾着一片鹹肉。他吃完了。交了卷。不能再入試場。只得在指定地點徬徨。外面已然有四點多鐘。纔湊足人數。另由一股綫路放出去。他回到報館。已然乏極了。睡了一個覺。晚上。應當辦稿子。他詳詳細細的。寫了一篇新聞。歆仁一見。非常喜歡。晚飯時特別添了兩個菜。給伯雍慰勞。次日一早。伯雍照舊去入場。他拿出奮鬥的精神。期在必得。消極思想一點也不敢有。如此三場。一禮拜後。發榜出來。在京兆籍貫裡面。他却來個第一名。同時看榜的人。都替他稱賀 。他看見他的名姓。高懸在榜上。不知是喜是憂。但覺得心中直跳。他回到報館。去報告大家。衆人於是都呼他作大令。別的朋友也聽說了。還有給他薦人的。倒是歆仁明白官場情形。他說你們別看伯雍考第一。他中不中還在兩可呢。這次縣知事試驗。重在口試。什麼叫口試。便是相面和問履歷。伯雍有資格沒履歷。這是他第一吃虧地方。再說年齡將够三十歲。老袁這回的意思。絕對不要新進青年去當地方官。所以他無論考多高。一到口試。便得跌下來。但是也未可定。筆試究竟是要緊的。這三場若不及第。那就算完全沒希望了。可是伯雍聽歆仁這樣一說。已然凉了半截。鼓着腮梆。向歆仁說。這些話你若與我早說。我不便費勁報考了。歆仁笑道。當時我若跟你說破了。你便不入場了。咱們的報那里去得這樣的新聞。伯雍也笑道。你這人可氣極了。竟爲你打算。一點也不爲朋友打算。此時有主張教伯雍赶緊留鬍子的。伯雍說。後天就口試了。現留鬍子。那里赶辦得來。天生的沒有作官機運。權當游戲便了。

口試那天。比第一試還麻煩。伯雍到場一看。他竟自呆了。別人都是藍袍紅青馬褂。青緞靴子。瓜皮小帽。伯雍依然普通衣履。一點官味沒有。他連連叫苦說。壞了。我爲什麼不借一身常禮服呢。無怪乎老官僚看着不入眼。這時主考官已然入了座。有許多職員和警吏。在左右伺候着。第一班已然叫。進來受試。試場是個議事廳的形式。主考在講台上坐着。與試的人。都在下面條凳上賜坐。叫誰。誰上去。便彷彿人市一般。一一經買主相看問詢。

那位主考。是現任內務總長。袁總統頭一個信任的人。他在前淸時代。不過是個文巡捕。革命以來。際會風雲。一躍而爲內務總長。他雖然沒有什麼政治手腕。但是專門會作官。也可以說他是個能吏。完完全全的是個官僚模範。這時有兩位四川人。坐在條凳的末排。恰與伯雍挨着。他二人一邊偸看那主考。一邊很奇怪的小聲道。他不是原先學政衙門巡捕嗎。你忘了。有一回考童生。咱們去見學政。他竟百般的爲難。勒索門敬。被許多秀才圍上打罵一頓。你看他如今竟當總長了。而且是大主考。不想咱們活了半生。反到考在他手裡。一個說。今天的事。很危險呢。好在當日鬧事的人多。他不能一一記住咱們的名姓。不然豈不被他暗算。其實這事主考早已忘了。而且事隔多年。以他現在的地位而論。他正作未來的夢過去的痕跡。早已不復記憶。

這位主考。年紀不過五十來歲。論理應當很康健的。但是他的神態。覺得很頹宕。他的頭髮。在頂門上亂蓬蓬的立着。看不出是平頭是分頭來。臉上的顏色。枯澁青白。一點血色也沒有。他的鴉片煙癮。大概在二兩以上。他的鼻梁很高。或者他得了他這鼻子的益處。鬍鬚也很濃黑的。他的眼睛低着看各人履歷。在前面看不見他的眼珠。只見兩道眉毛。隱着一双極深的眼睛。似乎有點疲倦。不愛翻眼皮的意思。他所坐的一定是一把極大的安樂氣椅。因爲他的身子。差不多全沈在桌面以下。他差不多成了半躺半臥的形式。他身体的羸弱。由他的坐相上。可以看出來。有的說總長這幾天正患痔瘡。無怪乎他不精神了。但是他爲袁總統考取賢才。任是怎樣疲困。也得盡他典試的職責。這時忽聽座上叫到伯雍名次上。他答應一聲。走到那講台下面。循級而上。立在主考面前。那主考微微一抬眼睛。把伯雍看了一看。也不知他心裡中意不中意。他大概沒有伯樂一般的眼力。旣而又低下頭去把伯雍的卒業證書。和簡明履歷看了一看。問道。你在東洋留學幾年。伯雍說六年。主考又問道。回國後作過什麼事。未留學以前當過地方官沒有。伯雍道。學生在宣統三年以前。所度的皆是學校生活。改革以來。只在社會上以筆墨爲生。不曾作過地方官。主考見說。點點頭。用朱筆。就伯雍名字上。畫了一個記號。口試算完了。有人指引而出。

伯雍對於主考在他名字上所畫的記號。十分懷疑。他不解是什麼意思。甲等乙等丙等呢。也不知道。或者是個落第的記號。但在前三場。自知考的很優。這次若是落了第。何必漢文科學的考的那樣嚴。臨完只爲目光不對。便把人擯斥。不如起初便不用考試。把相面的金剛眼聘作大主考。一一經他相面。豈不簡決呢。伯雍一邊懷疑着。一邊出了衆議院。僱車回報館去了。他的運命此刻尚不能决。非俟大榜出來。不能明白所以。但就目下趨勢言之。他的前途似乎益發暗淡。他依舊恢復了他不競的主義。平淡的生活。知事的中不中。他簡直不問了。

大榜懸出來了。是日看榜的人很多。垂頭喪氣回去的也實在不少。伯雍知道榜出來了。但是他懶得去看。若說他沒有得失之心。他此刻還沒有那樣火候。再說他此次報考。多一半是受了秀卿遺族無人照管的刺激。他若眞得了縣知事。大量多少能行點救貧的事業。絕不至照現在這樣有心沒力。所以他必得的心很盛。既聞發出大榜。他心裡不住的震動。生恐榜上無名。落個無趣。所以他懶得去看。只得求一個識字的館役先去看看。少時那個館役跑着回來。喘息還沒定。便向伯雍說。甯先生。您您您中了。榜上有名字。伯雍說。眞的嗎。館役說。將來我還求您携帶。我敢冤您嗎。伯雍說。這倒累你一盪。晚上請你喝酒。此時伯雍少微把心放下一點。胆子也壯了。自己穿上衣裳。出了門。忙叫一輛車。跑至象坊橋衆院議前面。下了車。只見看榜的人實在不少。但是臉上透出笑容的。多一半是年老暮氣之人。伯雍沒工夫察看別人。先在榜上尋他的名字。甲等裡面沒有。他已慌了。只得去看乙等。依然看不見他的名字。暗道。我被那館役冤了。沒法子。去看丙等。他的名字便在前幾名內寫着。他此時不慌了。他反倒生了氣。暗道。不中就不中。爲什麼把我翻到丙等裡面。什麼氣都能受。這個氣受不了。大爺有兩隻手。有心思。有腦力。到處可以吃飯。不是一定指着縣知事吃飯的。不玩兒了！。當下他氣憤憤的回去了。你道他爲何這樣生氣呢。按着定章。凡考列丙等的。須入一年政治補習學校。然後纔能分發出去。因爲考丙等的。都是不曾作過地方官的。所以特別規定這一條。以伯雍的知識學問。便是當總長去。也不能說是外行。如今爲一個縣知事。致他入一年學。他覺得非常可恥。所以氣得他很要命。再說這個政治補習學校。所聘的敎員。多半是這次知事試驗落第的先生們。落第的不能說是沒學問。但是他們也是因爲經驗不足纔落第的。拏沒經驗的人。要敎人有經驗。那簡直是使不會說外國話的人敎人深通英語。天地間那有這個道理呢。可是這個學校。明明是爲敎人有經驗的。照他的辦法。不用說一年。便是在學堂一輩子。也不能有經驗了。龐士元非百里才。諸葛孔明未出茅廬。制定三分大勢。他們的才幹。是由那里經驗的。也不過多讀書。胸中有道理便了。只有經驗。沒有道理。也不過和油鹽店掌櫃的一樣。便是勉强大小作個官兒。究竟見不出什麼治績來。所以用人行政。不必問這個人有經驗沒有。但須訪問這個人有道理沒有。再說猾吏的經驗。在乎舞文弄墨。避害趨利。拏作官當作一種營業。雖有經驗。也不見得有造於民。所以伯雍深知道入一年學堂。也未必得着經驗。便使他得着經驗。也無非是刻板文章。一天便會的。他决計犧牲了這個知事。仍然作他那筆墨生涯。有好多人都替他可惜。慫慂他還是入學去好。也不必天天去。自要把學費交足。也就完事了。一年以後。分發出去。倒底是個正途。伯雍說。我在學堂二十多年了。一個錢也不曾給父母掙過。如今又拏錢去上學。使父母受累。於心不安。算了吧。掙多掙少。還是自食其力。覺着平安。倒是鳳兮人很達觀。而且也知道世路。他見伯雍不去入學。很表贊同的。他說伯雍。你這着我非常贊成。你想想。你的家計如何。伯雍說。食指十餘人。一絲恆產沒有。鳳兮說。這不結咧。就讓你考到甲等。立刻分發出去。你想想。行裝路費。得多少錢。我管保還沒到省。已有破產的危險了。何況你無產可破。在在必得出之於借貸。於前途渺茫之中。先須負許多債務。我們窮念書的。實在受不了。你再想想。二十餘行省以內。你有一個親戚朋友。較有優勢。能援引你作縣知事嗎。大概沒有。假如有這樣親戚朋友。你也不必考試。保免縣知事早到手了。內無資斧。外無奥援。冒冒然分發出去。在省城一蹲。總也不給你掛牌。不用說一年半載。便是一兩個月。你就得流爲乞丐。所以你一考知事。我便替你爲難。如今幸天教你考列丙等。自己犧牲不幹。我很替你慶幸。假如你要困在外頭。任你這樣脾氣。一定懊惱而死。那時不是徒教朋友傷心麼。你如今無論怎樣。倒能掙幾十塊錢。不至挨餓。沒把握的官。千萬不要顧頭不顧尾的胡鑽。伯雍聽了鳳兮這套話。心裡十分感激。幾乎要落淚。因向鳳兮說。鳳兮。你這話比金子值錢。我當初也沒打算考。因爲受了一點感觸。忽然萌了這個妄想。其實細想起來。便是弄個官作。照我這樣性質。也未必能發財。不但不能發財。甚或有家敗人亡之慘。還是憑着自己心思氣力。掙幾個錢。養活老小。似乎對得起天地鬼神。便是寢食之際。也覺得安泰。鳳兮說。你能這樣想。將來你的幸福必然無量。須知我們現在除了一個窮字。沒有別的毛病。可是我們若盡心竭力的在社會上去勞動。我們雖然不能轉貧爲富。我們確可以遠貧的。因爲人自要在社會上肯盡心力。終歸不會挨餓。至於作官。似乎來財較易。但是由官覊得來的錢。究不算人類的正當收入。除了由心思勞力。對於人類有所貢獻。因而獲得一種報酬。纔可以名爲收入。其餘差不多都是欺詐得來的。打劫得來的。按着耶蘇教義。不說有個最終審判。其實那里等得到最終審判。將來社會主義發達之後。自然而然有一個大審判實現的。這種大審判。不知要殺多少人。最初發生的國家。不是俄國必是德國。因爲這兩國社會革命黨最多。他們的毒瘡。已然種下了。無論遲早。將來必然潰裂。他們潰裂之後。傳染到別的國。也要潰裂。到那時。豈不是個大審判麼。不過這個審判。特別激烈。有好多人都要宣告死刑。世界成了一個慘淡無光的顏色。彷彿到了世界末日。由這暗淡無光裡面。漸漸露了一綫光明。照滿大千世界。那纔叫新世界。新文明。這事雖然不知何日發現。但據我看。實現的日子已然不遠。伯雍見鳳兮說這一片話。很驚訝的說。鳳兮。你平日不大談這些社會問題的事。你如今怎會能發出這一篇議論。而且像個豫言家。鳳兮說。泰西的學說。關於社會主義的著作。我也曾涉獵幾種。但是我所服膺的。還是孔聖人所說的不患寡而患不均的聖訓。泰西的學者。無論主張什麼社會革命。均產主義。又是什麼勞工神聖。沒有能出我夫子的範圍的。不過夫子所說的。簡而賅。意思教人自悟。就拏一個患字說。裡面真有不可言喻的慘象。泰西學者。費了一輩子腦筋。著成極厚的書。一出版就要聳動世界。促成革命的思潮。其實還是演繹孔子的經義便了。反正關於社會的不平。古人早有這種思想。不過古人言語含蓄。民智又不開通。效力當然淺薄。被小儒誤解的地方也很多。今人思想激烈。民智大開。所以新思想的學說。能夠不脛而走。伯雍說。新學說無論怎樣宣傳。我想中國不容易受傳染。因爲中國社會的組織。雖然有四千多年的專制。

不過是個名目。一切有形無形的階級。都彷彿是一種抽象名詞。一點權力和威力的意思沒有。譬如三綱五常等等。都是無形的階級。其實長幼尊卑。男女有別的事。正是往理想國裡造就的一種哲理。至於所有人民的生活。極力的要往水平綫上作。如同古時的井田制度。那簡直是均產主義。後來井田雖廢。但是旣爲農民。大都有地可耕。一畝半畝。也能自己買賣。四千餘年的國家。有多少皇帝。有多少貴族。始終未見中國有一個大地主。有一個大資本家。中國所有的土地農產。無論改多少朝代。依舊分散在人民手裡。若在外國講究權利的國家。那里有這樣的德政呢。以俄國而論。所有的耕地。多一半屬於貴族和大地主。農人不叫農人。喚作農奴。對於土地。一點權利沒有。貴族和大地主。役使他們。和牛馬一樣。所以俄國文豪託爾斯泰先生。於他所著的小說『復活』裡面。極力主張無論何人。對於土地不能享受所有權。他說土地和空氣海水一樣。誰都能利用。可是誰也不能買賣佔有。他這種主張。就皆因大地主的權利太大了。國家的土地。差不多都被他侵佔了去。將來要制社會死命。所以他極力反對土地私有。中國自有史以來。我還沒看見過這個現象。因爲中國的君主。但分賢明一點。多一半要以聖人自居。一道諭旨。眞能有利於民。中國的貴族。但分讀幾本書。都要以賢公子自居。他們的生活。都是很超逸的。對於土地的所有權。很不注意。譬如前清的王公貝勒。雖然有多少土地。日久天長。自己也不知有多少了。而且反都落在佃戶和莊頭手裡。外國人拏農人當奴隸。中國却是佃戶拏地主當大頭。沒有多少日。

主子倒是奴隸。奴隸倒成主子了。這事雖然不平。足以證明中國絕沒有大地主。亦絕沒有資本家。所以照外國人所倡的學說。中國人一定不歡迎。因為此說一行。中國的農人。必然全體反對。所以我說中國社會的組織。還不至誘引危險學說之流入。鳳兮道。你所說的還是中國以前的事。不是中國以後的事。你要知道中國的社會組織變了。中國以前講究賢人政治。現在雖然共和。應當講究庶民政治。却不想成了滑頭政治。無賴子政治。而白又添了一種有槍階級。滑頭無賴子。有槍階級。都是以發財為能事的。他們為急於發財。什麼事都敢作。什麼權利都敢貪。前清時代的光蛋。如今成了大資本家的很多。如同梁士詒。他怎就會當了財神呢。他的行為。若在賢人政治時代。早就應該查封的。可是現在不但沒人查封他。而且有許多政客。仰他鼻息。都願意給他作乾兒子。袁世凱也要指着他作皇帝。他們又有錢又有官。將來他們必要壟斷中國的金融。演成一種特別資本制度。於國民產業上。必加以十分危險的影響。因為他們壟斷中國財源。第一要扶殖自己勢力。第二要厚結黨羽。他們的錢。一點也不能用到國產的開發。不過供政爭之用。他們無論得勢不得勢。他們的資本主義。確是與國民經濟有大害的。中國的經濟能力。完全操在少數幾個人。他們又不去作生產事業。將來若說沒有社會革命黨發生。殺了我也不信的。有權的武人。當初也是窮光蛋。他們見梁士詒一派這樣有錢。誰不眼紅。他們不但瞪着眼要敲他的竹槓。環顧左右。都是伏在自己威力以下的。他們有一省的地盤。便能致幾千萬的財產。甚至有管轄他們二省以上的。

搜括的財產。能說少嗎。以我們鄉下而論。只爲出了一位師長。全縣耕地。差不多都被他買了去。河間一邑。誰不知都屬了馮國璋。我們知道的是這樣。我們不知道的。更不知其數。現在不過民國二三年。便出了這些資本家和大地主。將來更不知演成什麼樣的局面。所以我很替將來的社會發愁。將來不但農民要吃老大的虧。便是我們士流。吃飯的機會也很少了。不出十年。中國必成政客和武人的天下。他們不但要遂政治上的慾望。而且也要作資本家。大地主。中國本來不照俄國那樣黑暗。可是他們正往那條道上驅。他們簡直在那里造就社會革命黨。將來必然惹起極大的反動。他們只知優越的權力。足以壓倒一切。他們不知人心潰裂以後。有多大危險。他們也不想外國思想之侵入。有多速的程度。假如我懸揣的問題。是一種杞憂。我想現在絕對不能是民國。一定還是前清的帝政。我想社會國家的組織。無論怎樣完密。有時必定呈露偏頗不平的現象。那現象。被大多數人咀呪時。自然而然要起反動。黠者乘之。必至一發而不可收拾。所以不患寡而患不均一句話。眞是古今中外爲政者之天經地義。社會均產主義。便是不均二字的反動。

伯雍道。你所推想的。也有道理。但是我想便是有這樣現象。也是一時的。恐怕不至照你說的那樣利害。鳳兮說。但願不利害纔好。可是我現在非常害怕。你不見北京貧民一天比一天多。這也是與社會問題有至大關係的。反正現象不好的很。所以我現在只抱一個消極主義。叫我沒心沒肝的在政治家馬後頭去吹、我實在辦不到、教我奮發有爲作點什麼福國利民的事業。一則沒有實力。二則也沒那大才幹。我每日除了幫着子玖辦辦稿子。我只以作詩消遣。我的詩雖然作的不好。但是我樂此不疲。覺得搖筆吟哦的候時。什麼憂愁都能忘了。彷彿我的精神。與天地俱化。除了作詩。再沒有一個消遣法子。你別看我和子玖時常往外跑。我并不以爲那是頂好消遣法子。我但得老有詩機會。我這一生也就算很幸福的了。再說我在鄉下。有幾畝祖遺的薄田。老妻帶着我的兒女。耕織自給。也用不着我補助他們。地價如今雖然貴。並且有勢力的人。也有覬覦我那點田地的。但是無論他們怎樣利誘威脅。我也是不賣給他們。我在京中不圖掙錢。自要有吃飯的地方。也就成了。我想這樣安分守己。不事競爭。雖然對於國家社會沒什麼補救。可是也斷不至爲國家社會之累。轟轟烈烈的事情、教他們自命爲偉人的作去吧。伯雍道。我聽你這篇談論。我很羨慕的。究竟我不如你。你倒有幾畝薄田。可以躬耕、我連立錐之地都沒有。脚下踏的。頭上頂的。都是人家的。我雖然打算遯居都不行。所以有時便萌妄念。妄念終歸成不了事實。不如用用功。完全作一個小說家。以腦力換錢。每日竭力撙節。日子多了。自然能有成效。我常讀外國小說家的列傳。我很羨慕他們的生活。而且也有致萬金產的。我想買文二十年或三十年。也可以不爲親朋累了。不知我這個主意。你贊成不贊成。鳳兮說。你如果這樣的決心。不第可以常保名譽、以文爲活。也可以自給的。你就不必想別的了。他二人談到此間。便把談話中止。伯雍的知事夢也醒了。但是他遠有一件爲難的事。他已然忘了秀卿的娘還等着他謀事。因爲伯雍忙着考縣知事。這老婦人也沒敢來找他。但是老婦人的心中。很替伯雍禱告。盼他作了知事。誰知這些日子。也沒見伯雍的信。他也不知他中了沒有。但是這件事。他很關心。打算到報社打聽打聽。

第十四章

秀卿的母親。現在住在一個相識家裡。這一家原先與他是接坊。也是一個老婦人帶着兩個兒子度日。他的小兒子纔十一二歲。大兒子却三十多了。他們原先也在內城住。這婦人娘家姓張。婆家姓李。他的丈夫李海臣。在十年前死了。李張氏帶着兩個兒子。安分守己的過貧苦日子。因爲自己沒有特別能耐。也不敢有非分之想。每日只盼他兒子發跡。他這大兒子名叫從權。雖然小時候沒念過多少書。很知道孝養他的母親。但是他沒有門徑給人去作事。每日只作個小買賣。賺錢養家。他在街上每日要看見許多很濶的人。使他無故的發生許多妄念。清末的時候。當陸軍的很有點起色。李從權忽然不願意作小生意。竟跑到保府去當軍士。他的身量很大。五官也很整齊。又認識幾個字。沒有幾天。便補了頭目。辛亥革命。他也曾到南邊去打仗。後來共和成立。他居然變了兩個人。他暗道。一封電報滿家就算完了麼。這就叫革命。但是與我們當兵的有什麼好處。我自己也應當打主意了。沒有多少日子。他見新興起來的濶人多多了。他依舊是個弟兄。他便有些灰心。後來在南京湖南各地。他從着大軍。又打了幾個仗。他便不照從前那樣安分。有點自由行動了。他腰裡也弄了幾個錢。他告了退伍。其實他能有多少錢。因爲他看出一號買賣。在被兵的地方。婦女很不值錢。他竟用幾十塊錢。買了七八個姑娘。但是貨物雖賤。打算運到北京。是很困難的。他連送人。再運動舊夥伴。由軍用車往回載。剩到他手裡。纔三個人。而且也不是出色的人物。所幸已然運到北京。他便在南大街以南。天橋迤西。租了兩間房。把他母親和兄弟也接了來。他母親一見這三個女子。便呆了。從權說。母親。不要疑惑。這是咱們的衣飯。將本圖利。也沒什麼。他母親道。聽你的話。我已然明白了。咱們不是作這行生意的。恐怕有傷陰騭。從權道。母親。這不算事。旁人所作造孽之事太多了。兒子於槍林彈雨之中。給人家掙了不功名。難道就這點事就不許作麼。母親只管隨兒子吃飯。如今不比前淸。什麼事都得革命。自要有飯吃。也就顧不了許多。當下他把這三個女子。都寄頓窰子裡。每一天要使幾塊錢。這是以前的話。秀卿在世時。便與他家有來往。所以如今秀卿的娘。只得寄宿在他家。從權雖然是個粗魯漢子。却很講究外面。他對於秀卿的娘。很有敬禮。便如對待他娘一樣。因爲是老接坊又與他母親很投緣。他始終不敢簿待。但是秀卿的娘。在此住着。白吃白喝。總覺過意不去。話言話語之間。老有些抱歉。從權說。伯母。只管在此住着。便是一年半載我也養活得起你老人家。只是沒有什麼好吃的。你老人家一定過意不去時。我可以給你老人家找點事。只是我現在能給你老人家找什麼事。也不過在窰子裡跟個姑娘。每日可以弄幾個零錢。秀卿的娘兒說。雖然是個老太太。也覺得不好意思。半天纔說。老賢姪。你的美意我很感激。但是有你妹妹在世時。我也不曾到那裡頭去過一趟。我的胆子太小。從權說。你老人家和我母親一樣。直到如今。還逼我改行。您想。我活了這麼大歲數。一點別的能耐沒有。作買賣。沒有資本。小買賣賺不了幾個錢。惟有當兵和當警察。彷彿是陷們北京人的生計。兵我已當够了。打了多少極激烈的仗。竟沒陣亡。不必說我爸爸有德行。總算我撿一條命。若說教我當警察去。我更幹不了。沒黑日帶白日。都得出勤站崗。每月只領八塊錢。未免挐人太不當人了。如今我也不管什麼道德廉耻。因爲吃飯要緊。養活老人更要緊。所以我不當兵了。販來幾個人。教他們給我作買賣。我並不欺負他們。也不虐待他們。我想他們跟我到北京來。總比在他們家鄉遭大兵的蹂躪强的多。所以他們如今倒很感激我。我常說好人是人人應當作的。但是如今作好人很難。除了一死。沒法子能教人知道是好人。他們既不能死。就得想生活之道。把從前的習慣一點也不用想了。就挐你老人家說。身子還很硬朗。又很乾淨的。跟個姑娘。又算什麼的呢。比在人家當婆子舒服多了。秀卿的娘道。我也不是沒這心。如今有一個人應着給我找事。你兄弟到龍泉孤兒院去。也是他給介紹去的。他爲我們娘兒倆的事。沒短跑道兒。李從權道。這人是作什麼的。秀卿的娘道。是位念書的。現在當一家報館編輯。從權道念書的麼。恐怕靠不住。我也不是看不起念書的。他們多一半看不起人。而且很驕傲的。拏我們差不多不能當人看。他那能給你老人家找事呢。依我說。不要信他的。秀卿的娘道。這個人好很。還是你妹妹臨死時託付他的。李從權道。那更靠不住了。嫖客對於姑娘。是一種交易行爲。那有眞情。不用說人死了。便是活着。他也管不着哇。秀卿的娘道。這人不過上過秀卿幾個盤子。可是秀卿很尊敬他。秀卿常跟我說。伯雍除了窮。確是一個有愛力的人。因爲他時時對於社會上不幸的人。很表同情。他絕不照旁人一樣。顧己不顧人。可惜他也是在社會上困着。他若有力量將來對於不幸的人。必能想法子安慰。秀卿時常這樣說。我也不解是什麼意思。誰知他臨死時。一定教人去請這位先生。我想人家那能來呢。誰知一請就到了。秀卿跟他說的話。我有好些不明白的。但是他不願我吃胡同裡頭的飯。尤且不願意他兄弟落在胡同裡頭。成一個游民。他求這位先生。給他兄弟尋個讀書所在。給我也找個吃飯所在。人家都應了。而且替我們跑了不少次。他眞是一個好人呢。從權見說。呆了半晌。說。我倒錯怪了人家。這樣的人。人都管叫傻子。便是由我看。也得說他是個傻人。但是我仔細一想。人家那里是傻。或者人家有人家的志向。但是這位只在報館麼。還有別的事沒有。怎的我也見見他。秀卿的娘道。頭幾天他考縣知事來着。也不知中了沒有。他說他如果中了。我的事便不必求別人了。從權道。他一定中的。這樣的好人。放在那一縣那縣有幸福。論理你老人家應該打聽打聽去。萬一他若中了。他將來必帶家眷到任。你老人家就服事他的家眷。豈不是頂好的一件事情。秀卿的娘道。我也是這樣想。就看我的造化吧。他們說到此間。秀卿的娘。看看外面日影。因道。他這時該起來了。他們每天是夜裡作事。他起的很晚。我這時去。他也就剛起床。從權說你老人家就去吧。小心人家有別的事。若是出了門。您豈不是白跑一盪。秀卿的娘說。可也是。我此刻就去吧。說着換了一件新布衫。出門去了。

伯雍果然是新起床。秀卿的娘便來了。他一見這老婦人。他的心房不由得跳起來。因爲這幾天他實在把這老婦人的事忘了。也赶緊把秀卿的娘讓到他的屋中。秀卿的娘落座之後。眉開眼笑的。先給他道了一個喜。伯雍反倒一怔。說您爲什麼給我道喜呀。秀卿的娘道。您此刻不是縣太爺了麼。爲什麼不喜呢。伯雍道。這件事呀。再不要提起。您的事我現在籌畫着呢。我想城裡頭不好找。不如到鄉下去吧。秀卿的娘一聽這話。已自怔了。忙問道。您沒中麼。我想您一定中的。伯雍道。中倒中了。只是和沒中一樣。所以不願意再提此事。你老人家的事。千萬不要着急。我一定給您找一個安穩的所在。我如今想起一個所在來。我們西山目下來了兩位大人物。把靜宜園佔領了。也皆因我們那些老鄉親多一半是沒出息的人。所以地方上的事。只得看人家來辦。這且不要提。如今他們在那里辦了一個女校。還辦了一個貧兒院。我想他們那里一定用女僕的。這個地方。山明水秀。不亞世外桃源。一個人若在那里住一生。也算很有幸福的了。我的意思。打算把您介紹到女校服事女生。也沒什麼困難的。崇格也不必教他在龍泉孤兒院了。一并也教他到香山去。你們娘兒倆在一個地方。總比心懸兩地強。不知您願意不願意。如果願意。

我明兒回家。便和他們說去。秀卿的娘見說。當然是很願意的。第一他的小兒子也能隨了他去。這是他第一的心願。當下他很感激的說。這事再好沒有了。只是您這樣爲我們打算。我們將來怎樣報答呢。伯雍道。這些話都用不着。須知這是死鬼秀卿的意思。他若一點思想沒有。你們娘兒兩個。也可以在胡同裡混一碗飯吃。但是那就齷齪不堪了。崇格也就不知成了怎樣一個壞孩子。秀卿旣然不願意你們娘兒兩個墮落。我不過勉成其志便了。究竟我不過從旁幫忙。至於將來如何。就看你們娘兒兩個怎樣作了。秀卿的娘道。自要我們娘兒倆個有吃飯地方。彼此常看得見。我們一定知足的。再說我們娘兒倆。一老一少。有什麼倚靠。也不過求有能耐的人垂憐我們。我們自己也得往人裡去。伯雍說對了。無論大小人。自要自己往人裡去。往後必然成人的。當下他又囑咐秀卿的娘道。您還是在家等着。等我由西山回來。便有頭緒了。秀卿的娘。謝了又謝。自己回去。是日伯雍也不出門。預備出許多稿子。晚上交給鳳兮。求他代理幾天。次日他便回家去了。這時已是初冬時候。一出西直門。已然覺得凉了。他在車上坐着。發生了許多感想。他竟不知道人是究竟作什麼的。究竟作什麼纔叫人。他看見許多坐車的人。騎馬的人。騎驢的人。步行的人。還有推車担担的人。還有許多村婦小兒。在道旁檢那些被霜凋落的柳葉。他不知道這些人心裡。都是怎樣一個目的。也不知道他們那一件是人類究竟應當作的事。他也不知道他所作的事。究竟對不對。但是他見那些行路之人。和道旁拾柴的人。彷彿一個人有一個人的心事。他們的心事。雖然不能明白。大概都是偏於一己的。拾柴的。拾了一筐柴。够他一天燒的。便算沒他的事了。坐車的騎馬的。也是這樣。忙完了自己的事。便算達到今天的目的。他們各人忙各人的事。大概絕不想一想這熙來攘往的人。有沒有共通的關係。他們只知各人奔走各人的衣食。所以在他們一己以外的事。絕對不能想一想的。譬如大家每天行走的這股通關大道。大家就知道在上面走。至於這條道路的好壞。他們不但心裡頭不想。而且眼睛也不看。道路已然壞了。車輪子一丈長的平路也走不着。可是他們一起一伏的。都同看不見一般。還在上面走。走這條道的人。不僅是沒責任的平民。也有多少瀛車馬車。裡面裝着很大的官。但是他們的眼睛。也看不見這條路的坑坎。他們的屁股。也不覺得顚簸。他們所以這樣沒有感覺。就皆因他們辦完了自己的事。每天吃兩頓飯。那就是他們的目的。在他們以外的事。都算偏枝。可以不必妄費心機。

伯雍由這許多人身上。發生這種感想。他覺得後來的社會。益發危險了。各人奔各人的事。不能說是惡德。但是團聚好多人成了一個社會。各人就會圖各人的利益。那眞是自亡之道。譬如有一處樹林。大家都進去砍柴。你也砍。我也砍。砍完了怎樣呢。明白的人類。互助的人類。絕對不是這樣的。必得由共通的利益。想出一種共通制限。教利益源源不竭。而且逐日的發達。那纔叫人類社會。不是惶惶各人倖佔一點小利。就算罷了的。可是現在在大路上極壞的馬路上行走的人。無論貧富貴賤。士農工商。那一個又不是自要得着一己的利益。便算已然達到目的呢。他們只顧目前的微笑。那管日後的苦痛。在伯雍心裡。已然替他們悲不自勝了。

伯雍在路上行了三個鐘頭。纔得到家。這次他回來。更使他吃驚了。家家房子。拆得更多了。這實在出他意料以外。舊時的路徑。益發不易辨認了。他由山脚下一條小路。慢慢往家裡走。只見那被創的冬山。連草根都沒有了。山內紅粘土。早先是不許露出來的。如今一片一片的在外面露着。山靈鍾毓之氣。已是發洩盡了。只餘一處一處的疤痕。表示他垂斃慘象。襯着那山村一片瓦礫。曾經看過他的盛況的。目擊這種凋敝現象。那能不爲先民一哭呢。

伯雍一進街門。只見他父親正在院中收拾菊花呢。院子掃的極乾淨。好幾十盆菊花、都晒在夕陽底下。枝葉非常茂盛。花朵開的特別好看。伯雍的父親。每日除了到野茶肆裡喝一回茶。一到家中。必然把院子掃的乾乾淨淨。不下一百餘盆的花草。天天都要按着太陽的方位。移動多少回。他老人家絕不教旁人帮忙的。一盆一盆的。都要自己搬。他老人家。第一愛的是秋海棠。第二愛菊花。如今秋海棠已然開了。把根子已然用土蓋好。收在不凉的屋子裡頭。目下專一的養活菊花。他老人家是講究習勞的人。所以六十多歲了。腰腿的便。便是二三十歲的人。也赶不上。

老人正低着頭。玩賞他心愛的菊花。忽聽脚步響。回頭一看。是伯雍。便道。你回來了。伯雍赶緊上前給請了一個安。他見老人如此精神。他心裡頭喜歡極了。當下爺兒兩個進到屋中。家人相見。自有一番忙亂。有泡茶的。有打洗臉水的。他母親更是喜歡。原說是吃飯。如今見兒子回來。分付大兒媳婦。不用作別的菜。回頭買點羊肉。吃火鍋吧。伯雍的父親。便有些不悅。說。何必吃火鍋呢。他剛進門。一肚子火。也犯不上吃好的。但是老太太不聽。還是吃火鍋了。

晚飯以後。伯雍和他父親閒談。把秀卿的母親的事。跟老人提一提。打算請求老人把他娘兒兩個都薦到西山園子去。老人道。這事須早一點說。如今希望到那里作事的很多。倒是貧兒將來却容易進去。因爲賠們這些鄉親。不知是怎個用心。說對來開辦時。誰也不送孩子進去。硬給造謠言。說孩子進去。便出不來。將來都得賣給鬼子。用孩子的眼睛作藥。你看他們窮得這樣。天天拆房子。捨不得孩子也倒罷了。何必造這樣謠言呢。所以現在雖然貼出招收貧兒的廣告。大家都不去報名。甚至有已經報名的。聽見這樣謠言。都自行撤消了。氣的我什麼似的。我就問他們說。你爲什麼不教孩子去。怎就知道賣給洋人呢。這是一種慈善事情。於你們的生計。不無小補呢。他們說。老大爺。你老人家不知道。天底下沒有這樣好人。憑什麼把人家孩子招來。供吃。供喝。供衣裳。還請老師教給他們念書。其中若沒有貪圖。誰肯辦這傻事呀。所以我們大家一研究。這正是一種利誘。將來他們一定把孩子賺去的。你老人家想一想。對不對。我們現在雖然沒飯吃。將來有了皇上。依舊有飯吃的。我們不能眼睜睜教他們把孩子賺了去。老人說到這里。很有氣的向伯雍說。他們這些人。覺得自己很聰明。其實他們的性質。都是該殺的。乘着這機會。不教孩子去。若等看出好來。那不是晚了麼。伯雍道。中國人辦公益事。也有另有用意的。可不能說沒有眞正慈善家。照我們這些鄉親如此多疑。結果不過是挨餓。有什麼法子能教他們明白呢。老人道。有什麼法子。他們這輩子也不能明白了。他們須把猜忌和依賴的根性去掉。就能明白了。而且也能有飯吃。如今且不要提他們。你剛纔所說的那可憐的母子。我明天到園子裡跟他們說去。不至於辦不到。因爲他們很信用我。我也不妄求他們的事。他爺兒兩個說到這里。全家族說了一會子閒話。已到睡覺時候。次日伯雍的父親。老早的便到西山園子去了。吃早飯時。已然回來了。伯雍見老人很喜歡。便知道事情必然成了。果然老人坐下之後。便向伯雍說。事情成了。你那天進城呢。再回家時。把他們帶來就是了。伯雍見老人這樣熱心。他更不敢懈怠了。他說兒子吃完飯便進城。把咱們的事辦完。也就沒事了。他父親說。你明天再走也不遲。我還要問你。你不是考了一回縣知事。怎樣了。伯雍見問。把臉一紅說。這事也是兒子一時妄想。試驗試驗看。不想到口試時。跌下來了。把我列在丙等。應當入學一年。我想這一入學。多少也得躭誤別的事情。將來還不知怎樣。所以決計不去了。他父親說。好。你的性質。也不是能作官的。再說作官也得有資本。家裡如今指你掙錢。那能有工夫等你作官再吃飯。再說你的年齡還不大。先拿發財的心去作官。那就要不得了。賠錢的官。咱們作不起。賺錢又不會。何必定得作官呢。

你如今不去入學。很合吾意。你就老老實實的指着筆墨掙幾個錢。我在家裡過日子。寢食倒安。非分的妄想。以後千萬不要再輕試了。伯雍聽了老人的教訓。知道老人是眞心愛他。他只得遵着老人的教訓。去求安分的生活。次日伯雍進城了。當天晚了。不便去找秀卿的母親。第二天。吃過早飯。便向大街去了。秀卿的母親告訴他的地名。他略微明白一點。但是他不曾去過。他進了許多小巷。都是很湫隘的民居。走了半天。見許多門口。都釘着四等或三等下處的牌子。還有許多剛起來的娼妓。神頭鬼臉的。在門口買物。他也不知那一家是李從權的住處。他走出一條小巷。却是南北的一條街市。行人也較多了。但是在這條街上走的人。姑且不問他們的衣履。但看滿臉的市井氣和匪氣。足以表示他們是另一個社會裡的人。他們看見伯雍左右瞻顧的不知是找什麼。大家都很奇怪的。彷彿這條街上。忽然來了這樣一個人。實在是一件罕見的事。伯雍也不管別人看他。還在那里尋找門牌。却都不是。他不能不向旁人打聽。又恐行路的人不知道。一抬頭。見路南一個小飯館。還是一間小樓。他遂到那飯館門口。隔着破風窗只見一個吃飯的也沒有。那掌灶的在灶旁一個小凳兒上打盹兒呢。一個繫藍布圍裙的堂倌。在一張方桌旁站邊。和兩個男人一個四十多歲的婦人。正說得熱鬧。伯雍一拉門邁步進了屋中。那堂倌自當是飯座兒呢。忙站起來讓道。您來啦。請樓上坐。伯雍說我不吃飯。掌櫃的我和你打聽一個人。堂倌見說。把伯雍打量一眼。仍是很和氣的說。您打聽那一個呢。伯雍道。這左近有一個叫李從權的嗎。他有一個母親。一個兒弟。他家另外還住着一個老太太。那堂倌兒說。仰着臉。把眼珠兒一轉。說。哦。是了。我知道了。您打聽的大槪是李大個兒。他當過陸軍。前年由南京回來的。他有三個姑娘。都是由南邊帶來的。現在在四禧堂給他混事呢。伯雍道。這些事我倒不知道。我就知道他叫李從權。我找他也是爲找在他家住着的那個老太太。堂倌道。是。一定是他。我們不叫他李從權。我們都叫他大個兒。也時常在我們這里喝茶。您跟我來。我指給您。說着把伯雍引到門外。向東指着說。您往東走。見胡同往北由南數。路東第三個門。就是他家。伯雍暗道。這個堂倌倒很和氣。因向他道聲勞駕。自往東口去了。行不多遠。果見左手一條小巷。伯雍一直進去了。到了第三個門。一看門牌。果然與秀卿的娘說的一樣。遂把木板門拍了兩掌。却好。正是秀卿的娘出來看客。一見是伯雍。他已然樂了。忙往裏讓。伯雍隨他進去。院子裡很潮濕的。堆着許多灰土及廢棄的破爛東西。倒是三間正房。老的已然不堪。這時李從權知道有人來了。忙迎出來。他問秀卿的娘說。大娘。這位是誰。秀卿的娘笑着向他道。你不知道。這位就是我常與你提的那位寧先生。李從權見說。忙給伯雍請了一個安。說。哎呀。了不得。這個地方怎勞得起您來。快請進來吧。伯雍一邊往屋裡走。一邊看從權。身量有五尺七八。濃眉大眼。頂高的鼻子。四肢頭顱。都與他身量很相配的。若是穿上一身軍服。眞可以算是人樣的好男兒。可惜墜落到這惡濁社會裡頭了。

他們到了屋中。只覺得一股黴濕之氣。鑽鼻刺腦。此時已是初冬天氣。若在夏天。更不知怎樣潮濕呢。他們的屋子。是一明兩暗。從權把伯雍讓到左手那間。大概這間是較乾淨一點的。棚上的紙。被雨侵的一片一片的懸着。四面的墻壁。也都被潮氣剝蝕。露出黃土和碎磚。這樣的屋子。便是妓女的一個領家住的。他們的生活。已可想見了。屋子裡頭。有四五個妓女。年齡都不過二十歲。已然梳洗完了。因爲天時尚早。還沒到下處裡去。他們見伯雍進來。紛紛的走出去了。屋裡也沒多餘桌櫈。只有一張汚油的桌子和兩條板凳。靠墻另有一副鋪板。上面放着一個汚而舊的鋪蓋。那一定是從權下榻之處了。他把伯雍讓在桌旁凳兒上坐了。他的母親。也過來周旋。是一位很老實的人。還穿着很長的藍布旗袍。伯雍讓他們都坐下。兩位老太太並排坐在鋪板上。從權在桌旁下手那個孩兒上坐了。只見微微把臉一紅。向伯雍道。先生莫要笑話。我這是沒法子了。作了這一種賤業。已然見不得親朋。如今一見先生。使我又愧又感。伯雍道。這也沒什麼。反正是爲吃飯。再說這宗生意。或者比別的生意容易一點。從權說容易什麼。人若是要吃飯。便沒有一件容易事。這行生意。簡直不是人幹的。虧了是我。若換個別人。不但不能吃飯。而且還要受他們種種欺負。剛纔您沒看見。那四個妓女。有三個是我領着的。那一個來串門的。這三個人。也不用說怎來的。您大概也聽說了。是我由南邊買來的。錢也用的不多。因爲被兵災的地方。買人是很容易的。誰知到了北京。一作買賣。事事都不行了。開窰子的比我能耐大的多。簡直是白給他們幹。如今我背的押賬。已有兩三千元。好在人還沒有飛。若是老實一點的。有幾個人也得被人家拐了去。好在打架罵人。我全成。

氣急了。我便跟他們打架。如今我雖然有虧空。每日總有錢進門。我也把這裡頭的規矩都明白了。誰也不能再欺我。他們有什麼事。也找我來議論。我也算本地一個光棍了。但是三個活人。在外頭混事。我依舊混的這個樣兒。連糊棚的錢都沒有。您說幹什麼容易呀。還是照您這樣的人。肚子裡有書。拏筆能作文章。到處都有人恭維。也不受氣。那眞是神僊一樣。伯雍道。一類人有一類人的苦兒。究竟誰苦誰甜。非親受的人不能知道。外頭的人。都以爲操賤業的人吃飯容易。誰知裡面也是挺黑暗的。你既然吃這碗飯。你也得想個改良的法子纔好呢。李從權道。娼業中的黑幕。沒有改良日子。因爲一改良。他們當掌班的或是當領家的。就不能發財了。再說地方上捐項也是很重。反正都得出在姑娘身上。譬如頭等班子。一個盤子。姑娘纔得四毛錢。那六毛倒歸了班主。姑娘的四毛錢。還有種種花消。他們不借債怎的。若到了三四等。那簡直就指着人肉換錢。反正還是開店的便宜。伯雍道。既是這樣困難。怎麼妓女反倒一天比一天多呢。從權道。來源不絕。那能減少呢。再說是生計到了現在。困難極了。沒法子。慢慢的都得掉在這行。就拏我說。也是堂堂一個漢子。除了當兵。或是跑到口外去當胡子。彷彿世界上沒有我的事作。但是我母親寡婦失業的。我兄弟尙小。我若不管他們。一點活路也沒有了。所以我不當兵了。也不敢去當胡子。怕是那一天死了。致我老母幼弟失所。一抹臉。把羞恥沒有了。拏人家皮肉。養活我的老小。論理這不是大丈夫所作的事情。可是在民國却講不得了。我見了許多沒有道德的大官。和在上流社會的人。我覺得我所作的事情。比他們所作的。似乎勝强百倍。比如我將來應當下地獄。我以爲我的罪過。或者不至於上刀山下油鍋。因爲我沒有學問。沒有知識。而且沒有飯吃。爲養活老娘。作出這一點不道德的事。見了閻王爺。我也有話說的。我不解有權有位有財的。也和我們下流人一般見識。不作一點道德上的事。那我就沒法說他們了。伯雍道。聽你的話。也是有一肚子不平的。所以激得你變了性質。反倒往不好道兒裡鑽下去。其實是你想錯了。一個人自有比賽作好事的。萬不可比賽去作壞事。旁人沒有道德。不作好事。我們應當替他可憐。千萬不要想比我富貴的人。都沒作出什麼很漂亮的事。儘有由窮人上或是女子身上取財的。我們一介窮黎。講什麼道德。作出一點寡廉鮮耻的事。也就不算什麼了。若是這樣想。那不是教世界終無一個好人而後已嗎。好事可以去賽。壞事萬不可賽的。我們無論作什麼事。總要存着一點道德心。存着一點爲人的心。世界上的事。自然而然會好的。而且不平的事情。也就慢慢的少了。李從權聽到這里。他大大的歎了一口氣說。我從小時候也沒聽見過這樣的話。但是我總以爲一個人不應當虐待別人的。所以我對於我領着的那三個孩子。我並不虐待他們。伯雍說。這是你的好處。但是我希望你慢慢的把他們解放。李從權見說。愕然道。解放。是把他們都不要了麼。伯雍說。似是這個意思。從權道。這事恐怕難一點。因爲我若不要他們。我便沒飯吃了。他們也沒法吃飯。還得住窑子。我弄來的人。豈不白便宜別人麼。伯雍道。解放也是有辦法的。比如你此刻若是仗着他們發了財。

你就應當不取報償的把他們嫁給安善的良民。你若未曾發財。你須改變你的生活。假如你現在每天有五元錢進門。你有兩塊錢大概都够了。你不要要錢。也不要胡花。你儲蓄到五六十元錢。你便買一架縫紉機器。或是織襪子的機器。你教他們每天少作兩個鐘頭的賣淫生活。在家裡頭學習兩點鐘縫紉或織襪子。等他們手藝學成。便不教他們再營賤業。在家裡安分守己的另營勞工生活。用自己勞力。供給社會上必要的品物。因而獲得一種正當的報酬。我想這是人類最光明正大的生活。也是最神聖的生活。你若試辦一年。管保有頂大的效驗。恐怕你由此發軔。將來要成立一個很大的平民工廠。把女子職業。也提倡起來了。他們見女子不是沒事作的。也不是不會作事的。他們也就不想往窰子裡跑。覓求悲慘的生活。我看你的爲人。似乎很有毅力。也似乎很有忍耐。你爲什麼。不在社會上奮鬭一下子。指着娼妓吃飯。指着人肉發財。那都是社會之蠹。人類的蟊賊。龜奴惡鴇。不齒於人類的東西。堂堂一個漢子。何必與他們爲伍。好小子惟有到社會上去奮鬥。經營與人民國家有益的事業。齷齷齪齪的。弄兩個娘兒們在窰子裡混事。簡直不能算是光棍。那恥辱大了。便是以後發了大財。五輩以後的兒孫。也洗不掉這汚點。所以我給你出的主意。我願意你耐着性兒試一試。伯雍把話說完。再看那從權時。已然淚眼滂沱。哭起來了。半天。纔抽嗒着說。先生。我聽了您的話。愧的我無地自容了。我怎作了這一件錯事呢。從此我聽您的話。不再和那些壞人比賽了。您教給我的主意。我越想越有理。我也不是辦不到。我從前也很疑惑的。

怎麼中國人用的東西。都由外國來呢。如今聽了您的話。我們自己走的路。實在都是不對的。富的不工作。貧的不工作。由那里有貨物呢。我由明天起。便實行您教給我的主義。不但教他們學着作工。我也學。教我母親和兄弟也學。我想三年以後。我們一定不能這樣齷齪了。您今天不是爲我來的。是爲我大娘來的。不想却由地獄裡把我拔出來。伯雍見從權精神上受了感動。便安慰他道。你覺悟了。你的前途是不可限量的。如今咱們不要提這些話了。我應當和你大娘說話了。此時從權的母親。微微歎了一口氣。過來給伯雍倒了一碗茶。說您先歇一歇吧。喝一碗茶。您所說的話。眞是金石良言。我跟我兒子。吃這樣的飯。心裡眞是不舒服呢。我也是養兒女的人。終日總以爲這事不合理。但是我一個婦道。也不會說什麼。今天您的話。眞是救了他了。伯雍說。您放心把。您這個兒子。將來必能發跡的。皆因他是熱腸的人。而且很有毅力。絕對不是安於卑鄙的人。我今天給他下了一副興奮劑。他從此必要另換一個人的。從權的母親道。要不是您。他也不能改悔。可見好人的話。是一定要聽的。說罷。仍和秀卿的娘坐在一起。伯雍喝了一碗茶。因又向秀卿的娘道。老太太。您的事我給您辦好了。秀卿的娘兒說。謝道。這又教您分心了。此時他娘兒三個。都把耳朵的官能。向伯雍那邊注了意。伯雍續言道。現在我們西山。創立一個女學校。還有一個貧兒院。我已求我父親把您薦到女學那邊。他們辦學的。是有宗教的人。待人都很和平的。您到那里。一點委屈不能受。您的兒子崇格。也不必教他在龍泉孤兒院了。您可以把他帶到西山。

將來便送在那所貧兒院裡。你們娘兒兩個。到了那里。我想倒是個安身立命的所在。那里不亞如世外桃源。儘可以在那里養老。您這兩天。把東西收拾收拾。那天我同您把崇格領出來。等我再回家時。我就把你們娘兒兩個帶了去。您以爲好不好呢。秀卿的母親。還沒有發言。早見從權由鋪子上跳起來說。好事。這事太好了。旁人打着燈籠羣不着。您知道麽。西山園子是從前皇上家的地方。如今改爲慈善機關。眞是我們貧民老大幸福呢。但是沒人介紹。那能便進去呢 這事實在應當感謝先生的。秀卿的娘見說。滿臉笑容。向伯雍稱謝不已。伯雍道。您預備預備那天領崇格去。我同您去。天不早了。我也該回去了。將要走。從權連忙攔道。您不能走。您既然肯到我家裡來。您一定不拏我當畜類看待。自從聽我大娘提起您的爲人。我久已要見一見。今日既然見着了。我不許您就這樣走。我總得請您喝三杯。再說這個地方。向常不見上等社會的人來。裡面有許多外人不知道的事情。我也要請您看一看。您若拿我不當人。不可以坐在一起。您就走您的。那我也就不敢強留了。伯雍道你既這樣說時。我便擾你三杯完了。我要求你作個嚮導。在這裡遊一遊。從權道。你肯賞臉。我樂極了。說着換一身較整齊點的衣裳。戴上一頂帽頭。請伯雍頭前走。伯雍說。這就走嗎。從權道。天不早了。外面已有四五點鐘。太陽已然落了。伯雍道。已然這時候了。天實在短多了。從權道。說話多了。不覺得躭誤時候。您此刻必然餓了。走吧。我先請織喝酒去。當下伯雍向那二位老婦人道了擾。秀卿的娘感謝不絕的。同着從權的母親。把他二人送出去。很喜歡的進去了。從權引着伯雍。出了巷口。那條街市上的舖戶。已有上燈的了。街上的行人。也漸漸多了。那左近的娼屭。出入的人。
也覺熱鬧了。那些人很高興的由這家出來。又進那家。他們都是三五成羣。口裡說的話。沒有一句乾淨入耳
的。他們多一半是年青的人。還有許多像作買賣的人。他們的腰裡多一半也就有五十銅子。但是每人心
裡都懷一個獅子吃緜羊的雄心。他們的五十枚銅元。也不能爽快就花了。總要跑過幾十家。到處挑點邪
眼。討會子厭。等到兩腿跑乏了。然後纔擇肥而噬。但是由伯雍眼睛裡一看這些人。直不解他們爲什麼
這樣高興。此時從權和伯雍說。踣們不用上遠處去了。就在面前那個醉花樓喝幾杯吧。伯雍道很好。方纔
我還在那里打聽道兒。那個跑堂兒的。倒很和氣的。從權道。一定是小周兒。他最和氣不過的。說着。已然
走到飯館門前。從權一拉風門。請伯雍先進去。他也隨着進去了。裡面也點着幾盞電燈。有許多飯座兒。
在那里吃飯呢。櫃上的人。都認識從權。忙讓道。李爺。請那里坐。從權道。樓上有地方嗎。櫃上人說。
有。此時只見白天那個跑堂兒的登登登由樓上跑下來了。一見從權便笑道。李爺今天要請客麼。樓上坐
吧。當下他二人撩衣上樓一看。較樓底下乾淨多了。跑堂兒小周。也隨着上來。揀了一個開座兒。請他
二人坐下了。問道。還有別的客吧。從權道。沒有別人。小周兒見說。給擺上小菜碟。兩副杯筷。又問喝
什麼酒。要什麼菜。從權道。不要麻煩。你給湯一斤紹酒。配四個菜。我們先喝着。吃什麼我再告訴你。
小周兒說好下面分付去了。從權因向伯雍說。這個地方太窄的很。不過作的吃食。還乾淨。戀此刻慢慢想

着。普通的菜都有的。可以分付他們。伯雍道這里很有意思。吃飯的勾當。原不必到大飯館。在這樣酒館式的舖子。倒能吃的飽。從權道。我知道先生不見外。所以只在此地盡點孝心便了。正說着堂倌把酒菜拿來。從權飲的很豪。不住的勸伯雍飲。只是伯雍飲了幾杯。已然不能再飲了。從權見伯雍酒够。他也不敢再喝。要了點蒸食乾飯。陪着伯雍吃飯。教堂倌算了賬。一共九吊二百錢。從權說寫十吊吧。小周道一聲謝。忙着又給泡了一壺茶。每人喝了一碗。從權道。天不早了。我領您溜達溜達好不好。伯雍說好。我正願意參觀參觀。咱們這就走吧。說着下樓而去。街上雖有許多燈火。較比八大胡同黑暗多了。伯雍也不知往那里去。傻子一般。跟着從權走。他們串了好幾個小巷。裡面總有許多人。說說笑笑的亂擠。間或也有很冷靜的地方。他們也到了好幾個下處。院子裡窨黯黯的。擁着好些人。他們的規矩。不往屋裡讓客。只憑一個龜奴一喊。那些失了自由沒有人權的妓女。便都站在本屋的門口外頭。任人觀覽。若到了四等。便不喊見客。一間間的小屋子。裡面慘陰陰的點着一盞油燈。每一個窗戶上。都鑲一塊一尺多大的玻璃。有客的。把玻璃簾兒放下來。沒客的。便在坑上對那塊玻璃坐着。院內遊客。便從那塊玻璃往裡窺伺。如對眼。便知會龜奴。往屋裡讓。喝茶或是別的均有價格。那就聽客人的自便了。伯雍來到這樣的院子。他茫然不知所謂。他見一間一間的小屋。裡面點着極陰慘的燈。他已然覺得毛骨悚然。他一想像這裡面的罪惡和不道德。他簡直不知人類的殘忍性該當多大了。他聽從權告訴他。您可以就着窗上的玻璃。往裡看一看。伯雍見說。大着胆子。就一塊玻璃往裏一看。屋裡也就容下兩個人。還有一鋪小炕。放着一張小炕桌。別的陳設。便看不清楚了。小桌上放着一盞洋油燈。燈光舍不得捻亮。只有三成光。燈影下。坐着一個妓女。只看他滿臉慘白。也不知是本色是擦的白粉。年齡也看不清楚。或者也許十七八。也許三四十歲。因爲在那森暗的燈影之下。實在不易辨他的媸妍和老少。便是極少艾的一個美人。在這屋裡一坐。也要令人股慄的。那妓女見伯雍在外面往裡看他。一則爲招攬生意。二則若有人進來。可以帶進點空氣或是捻亮了燈。所以他向伯雍一笑。滿嘴的白牙都露出來了。他這一笑。裡面不知含着多少傷心和慘痛。原冀可以勾動伯雍的心。却不想把伯雍嚇了一跳。赶忙離開那玻璃。向從權說。你再帶我到旁處看看去。從權道。您看着不中意麼。伯雍道。不是中意不中意的關係。我的目的。只不過略事參觀。明白此間現象便了。從權道。雖然這樣說。咱們也得找一個地方歇一歇。若是這樣跑。恐怕您累不了。伯雍道。看吧。咱們再走兩家。若是有閒着的屋子。咱們也可以坐一坐的。說着出了這一家。又到旁處去串。伯雍眞有點乏了。只得尋了一家三等下處。他兩個進了門。見院裡却沒許多人。從權說。這里清靜。您可以招呼一個人。歇一歇了。伯雍說。別忙。先看一看。他們在院裡繞了一周。只見離大門近的那間房子。門帘打着。裡面一定是沒有客的。及至在往裡看時。只見一個三十多歲快到四十的婦人。也打扮得妖妖冶冶的。只是憑他怎樣裝扮。也是不好看的。但是在一幫下等遊客眼裡。也許有尋他當西施的。伯雍對於他。並沒注意。不過屋內有一件事情。足以惹起伯雍的好奇心。只見那婦人就炕沿坐着一個五六歲的小孩子。又瘦又黑。在這婦人懷下站着。委委屈屈的。意思要教這婦人抱抱他。但是那婦人兩隻手都沒閒着。只見他拿一件藍布破小棉襖。就那盞火油燈下。正拿蝨子呢。大概那小棉襖。一定是那一個小孩子穿的。他所以爲這小孩子如此盡心。不用問。那小孩子一定是他兒子了。伯雍看了這一幅圖畫。差不多要顫起來。因問從權說。這個婦人也是混事的麼。從權說。是呀。我還認識他的男人。從前在本街拉車。一家四五口人。委實生活困難。不想他男人拉一個軍人到南苑去。不但沒給錢。倒挨了一頓打。回家來。便氣病了。一家子立刻沒飯吃了。沒法子。使了一百五十塊錢的押賬。把老婆押在這里混事。但是他這年紀快四十了。恐怕也混不到好處。那個小孩子。便是他的兒子。在家裡本是離不開他的。所以時常到這里來找他的娘。伯雍見說。更覺得心裡發軟。暗道。貧民是自己沒有能力呢。還是國家社會不教他們有能力呢。怎麼北京的普通人民。男的除了拉車。女的除了下窰子。就會沒飯吃呢。因向從權道。我看這里咱們倒可以坐一坐。從權見說。向伯雍一笑。也不好反對。便叫來一個龜奴說。這位先生要在這屋裡坐一坐。那龜奴見說。把伯雍看了一看。忙着叫了一聲大金鳳姑娘。有客。那婦人見說。把破小棉襖忙給那孩子穿上。又忙着到洗臉盆那邊去洗手。又叫龜奴趕緊把那孩子抱出去。屋子裡忙了一團。那個龜奴剛把伯雍二人讓進來。抱起那孩子就走。那孩子捨不了他的娘。哇的一聲。哭喊起來。此時雍伯忙道。不要把他抱走。就在屋裡也不要緊哪。那龜奴見說。把孩子放下了。撥了一把茶壺忙去泡茶。婦人究竟不知伯雍是怎個意思。數責那孩子道。怎麼一點也不明白。來客了。還是這樣磨我。等我回家打你。但是那孩子如同沒聽見一樣。依舊挨着他娘去了。

屋子小的很。勉強坐下了。從權因問那婦人道。你們爺們好了嗎。婦人見說。把從權看了一眼。很奇怪的問道。「你認得我們爺們嗎。」從權道。怎不認得。他不在本街拉車麼。我也在本街住。婦人道。不用提了。他如今還沒好利落呢。不睜眼的老總們。眞利害極了。若不是在南苑吃他們一頓打。他那會病呢。他這一病。「不但花了好多錢。把我也坑在這裡頭。不想我跟他半輩子。快老了。反倒當了娼妓。這有什麼法子呢。我們家還有一個老婆婆。我又有兩個孩子。若說給人家當老媽子去。誰肯先借給我們一二百塊錢呢。我又得給男人治病。又得養活老小。除了這一着。實在想不出別的法子。唉。我們爺們這一場病。把我們一家害苦了。多怎中國纔有王法呢。」說到這里。眼圈一紅。却不住的直看伯雍。意思有點後悔。不應當這樣說話。因爲他見伯雍坐在那里一聲不言語。又見他的衣服很齊楚的。莫不成是個官。或者是個軍界人。他深恐把伯雍得罪了。忙推開他那孩子。給伯雍斟一碗茶。免強笑着說請喝茶吧。但是伯雍實在不敢喝他的茶。只說你坐着吧。不要張羅我們。可是那婦人終疑惑伯雍是官面的人。他有許多話也不敢說了。不過問他什麼。他說什麼便了。

坐了一會。伯雍的思潮。一起一伏的。也沒有話說。從權遂向伯雍道。悠歇過乏來了吧。咱們再走一家好不好。伯雍道。好。你再帶我走一走。說着開了錢。同從權出去了。那婦人還說再來。可是他心裡頭對於伯雍的誤解。到底不會消釋。

他們又到了一家四等。伯雍這次覺得明白一點了。他自己也敢到那小玻璃窗前往裡窺伺。這種盜賊行爲的問柳尋花。在伯雍覺得奇怪極了。而且卑下極了。但是衆人行之若素。當局還由這種不堪的地方。貨賣人肉。墜喪道德的地方。剋求一種捐。稅那眞是不可解的事情了。伯雍已然到好幾個窩洞。都看過了。那陰森悽慘的景象。只能使人不快。怎能引起人的慾念呢。可是每日都是這樣的。每日都有許多人瘋子般往這里跑。究竟他們以爲很快樂的事。是在那里呢。

大凡野蠻未開化的人民。總以達到殘忍目的算是一快樂。直到如今。所以有強姦的行爲。也都只爲人類的野蠻根性未退。下等娼窰。雖然不比強姦。但是人類的罪惡和殘忍。實際上差不多在輪姦行爲以上。可是人類的有權者。和國家的法律。對於不常見的強姦和輪姦。雖然勉強規定幾條法律。對於這公然以人肉爲業。供給無量數的蠻民。每日到此實行強姦或輪姦的行爲。不但不定出一種科罰。而反加以官許的形式。究竟法律是什麼東西呢。道德又是怎樣解釋呢。社會上有好多事情。性質和行爲原是一樣的。可是一方爲法律所不許。一方又爲法律所優容。文明的法律。應當這樣矛盾嗎。應當這樣不平嗎。人類社會所以有這樣的現象。還是不講人權的結果。我們沒有別的稱謂。只好仍然加以野蠻的徽號！

伯雍最後又走到一塊玻璃窗的前面。往裡張時。只見屋裡尤覺悽暗。一盞半明不滅的油燈。旁邊坐着一個婦人。約在二十左右。穿着一身花道布的裌衣。正在那裡掩面啼泣。他爲什麼哭。在伯雍固然一點也不明白。不過看那悲慘的背景。配上一個妓女。在那里啼哭。內容的慘痛。也就不問可知了。因回過頭來向從權說。你認得這個婦人嗎。你來看看。他爲什麼哭呢。從權見說。就那塊玻璃往裡一看。少時。直起腰來。向伯雍道。我認得他。他的男人叫王德。從前跟着一個營長當護兵。因爲偷盜主人東西。被斥革了。這小子一點不務正。不但賭錢。還打嗎啡。到了把老婆押在這里頭了。至於他這老婆是怎來的。也不知道。大概也是拐來的。聽說這婦人生意不甚佳。在這裡頭混事。多少也須有點運氣纔成呢。但是他哭的不知爲什麼。伯雍說。咱們進去坐一會。從權見說。喊過一個人。叫把簾子打起。那婦人見有客進來。便不哭了。隨手把那盞燈捻亮。只見他依然淚眼糢糊。從權因打趣他道。大嫂子。你哭什麼。難道想起你的情人。婦人道。還想情人呢。都要死了。說着由衣兜內。取出一包茶葉。教龜奴去泡茶。此時他的臉上。已露出一點喜容。不照方纔那樣哭喪着了。從權依然問他道。你到底哭什麼呢。我們在外面見你直哭。怪難受的。所以進來坐一坐。你作生意別哭呀。婦人道。怎能教人不哭呢。想起來眞沒個活頭。這四等窰子。也不是誰興的。若在頭二等。還可以彼此串屋子。我們便和囚犯一樣。一出屋門。被警察看見還要罰。偏巧今天一個客也沒有接。眼瞧着要落燈了。連燈油錢還沒有着落。不睜眼的忘八。還要找我來要錢。一肚子的委屈。跟誰說去呢。所以越想越難受。不覺得哭起來。幸虧有你們二位。不然我今天就不能開張了。伯雍見說。暗道。聽了這個婦人的言語。再証以方纔那個婦人所說的話。凡是陷在此中的。不是因爲男人養活不了。便是有一種無賴子男人。欲依賴老婆養活他。所以可憐的婦女。尋不出別的生路。只得飛蛾投火的。往這里硬跳。但是長此以往。北京社會究竟要成個什麼東西呢。實在是不堪設想的事了。

時間已然到了。錶上的時針。催着伯雍得回去了。開了錢。遂和從權一同出門去了。到了街上。伯雍向從權說。你家去吧。外面已然十二點多鐘。我也該回去了。從權道。我送您到大街上。這里的道兒。您不大熟識。走錯了倒麻煩了。說着穿街越巷。經過好幾條極黑暗的小胡同。纔到了西珠市口大街。伯雍一見。腦子裡淸楚了。已然辨出東南西北。因向從權說。你回去吧。這我就明白了。但是我跟你說的話。你便牢牢記着。你若照我的話去實行。你在這極黑暗地方。定然要放出一個光亮來。有許多可憐無告的女子。也能借着你這點光亮。得着他們吃飯的正途。你想想。我們方纔所看見的現象。慘不慘。我們也是人類。我們看見他們因爲自己沒能力。社會國家。又不替他們想法子。不得已墜落在這人肉市塲裡。我們應當對於他們表示一種同情。想法子救濟他們。我們那里還有心腸蹂躪作踐他們。所以我勸你不必避艱難困苦。在這悲慘無人道的地方。獨樹一幟。漸漸改變一種勞工生活。這便是你終生不朽的事業。從權見說。很入感的向伯雍謝道。先生的話。比金子值錢。無論怎樣。我也要實行。好在你看得見我。說罷向伯雍鞠了一躬。自去了。伯雍呆呆的看了他半天。見他漸漸沒入黑影兒裡去。伯雍一個人暗道。他覺悟了吧。他若眞個覺悟。他在這黑暗地獄裡。可以算作一盞水月電燈了。

夜氣深了。西北的冷風。中在人身上。覺得很銳利了。大街上行人稀絕了。只有那拉不着買賣的人力車。兀自在街上徬徨。在黑暗的長街上。也看不見車夫和車身。只有那盞照路的車燈。在極冷空氣裡熒熒顫動。遠遠的還有幾處豆腐漿攤子。由那熱鍋裡。不時的往外冒蒸氣。這是冬天街上一個極佳的點綴。

第十五章

過了數日。秀卿的娘已然把行李冬衣預備好了。伯雍又同他到龍泉孤兒院把崇格領出來。他們就在本星期內。一同到西山去。先住在伯雍家裡。次日伯雍和他父親。帶着他娘兒兩個。到了西山。而見那兩位大慈善家。開恩把他們收下了。伯雍的心願。至此算完全償了。伯雍不便在家裡久住。過了兩天。依舊回城裡報社。他從此立定一個目的。什麼與官場政界有關係的事。不但不願去作。而且連想也不敢想他。知道他的性質和能力。絕對不是可以在政界裡活動的。他索與把一切妄想都屏除了。一心要作一個文學家。他所研究的文學。是切於實際。於人生最有關係的。他於中國的文學。雖然有一點研究。他卻不想作一個文章家和詩家。他雖然對於新文學未表示何等的歡迎。他也不專專守着舊文學的腦筋。一點也不知道改變。他利用外國文。讀了許多小說。他看出小說的文章。比什麼文章都有用處。而且在文學上。也眞能有極大的價值。他實驗的結果。他以爲用桐城派的文體。寫社會上大小事故。究竟不能發揮盡致。終不如小說家用一管禿筆。洋洋灑灑。寫好幾十萬言。社會上諸般事情。都不能有逃形的。小說能夠任意發揮自己哲學思想。也能替一羣無告的人。代鳴不平。大小說家的心思筆路。不是光寫一個人的主觀。他們銳利的眼光。甚湛的思想。深刻的筆墨。能夠一一刺入一般人的心坎。彷彿一言一句。都由別人心裡掏出來。無論令誰看見。也得表同情的。小說的功用大的很。小說的文章。也是不可紀極的。差不多和衣食住三項的要素同功。人們對於他的要求很切的。人的思想。人的生活。多一半用小說的力量來改造。所以他一心要作一個小說家。他對於中國的小說。第一佩服水滸傳。第二是儒林外史。第三是兒女英雄傳。紅樓夢雖然也在他愛讀之列。他卻不十分景仰的。外國的小說家。他第一贊成法國的囂俄、第二是英國的迭更斯。第三是俄國的託爾斯泰。第四是蘇格蘭的斯格得。斯格得的思想。因他所處的時代關係。雖然舊一點。但是文章是極好的。可以與水滸並駕齊驅。寫武士沒有再比他好的了。而且他的種族思想。非常熱烈。所以伯雍很景仰他。至於伯雍的思想和要作小說的動機。完全受的是囂俄迭更施斯託爾斯泰的著書的感動。他每日除了研究文學。便安下心去作小說。騰出餘暇。也能出去看看戲。訪訪朋友。因爲秀卿的母親和兄弟。有了安身之處。在伯雍覺得安閒多了。他也不敢再去發那狂熱。假如他再要和秀卿的娘一般攤上一個。他非白白的累死不可。所以他把救濟窮人的狂熱心。一點也不敢萌。對於社會。完全持一種消極的態度。他知道對於社會川消極的心來對待。是萬不應當的。但是他若不消極的自處。非殉葬不可了。所以他沒法子。把社會上的事。不敢問了。一心在文學上川一點功夫。如此又過了兩三年。歆仁的報紙。仗着他的小說。銷路很廣了。伯雍常和歆仁說。咱們的報。近來很好了。你是當議員的。應當在政治方面去活動。你無論加入那一黨。誰也不能管你。但是你不要把你的報。完全弄成機關的性質。北京的報。多一半是仰賴機關生活的。一點振作也沒有。我們的報。若好生經營一下子。未嘗不可以作一完全營業性質的民間新聞。若照你這樣辦法。你在那黨敎你的報也屬那黨。不但我們當編輯的很感苦痛的。報務絕對不能發達的。歆仁口裡雖然很贊成伯雍的意見。他究竟沒有辦報的誠心。他究竟吃透機關報的甜頭。他絕對舍不得錢。擴充務報。他每月所費的經費。絕對不許超過補助費。至多不許川到三分之二。並且他完完全全的要作一個機關報。所以編輯人沒法子發展。只得敷衍從事。這時歆仁正幫着帝制派捧老袁當皇帝。天天有許多關於帝制的新聞。都是他自己作。他每日出去奔走。晚上回來作新聞。往往到兩三點鐘也不能消閒。但是他很高興的。他說這回老袁的皇帝一定作成了。他還勸大家作請願書。或是勸進表。將來都有好處的。怎麼他這樣精明的人。今日會迷到這個樣兒呢。他不知道這回的帝制。是硬作麼。不知道各地方都起了禍疙麼。亂子眼看就到了。他怎說一定作成呢。其實老袁作了皇帝。於他有什麼好處。也無非拿他的報當一種御用報。多給幾個補助費便了。爲這一點小利。便迷了利害關係。無怪袁家父子。作了這一場沈酣的皇帝迷夢。直到臨死還不覺悟。可見利令智昏。雖如項城之豪傑。也不能免的。果然洪憲的年號剛一頒佈。各地反對之聲。同時並起。沒有幾個月。曇花一現的皇帝。竟自昇遐而去。辦帝制的這一羣人。都慌了手脚。一個一個的。紛紛亡命去了。且有好幾家報館。同時都歇業了。歆仁的報館。也受了帝制的遺毒。把壽命葬送了。不但他的報館不能存在。連他的生命財產。也很危險呢。因爲反帝制派。把他也列在小禍首之內。他聽了這個消息。他實在不能不躲避。他把這幾年所弄的錢。和金珠細輭。赶忙存在交民巷外國銀行裡。帶着他的愛妾桂花。一同躐入使館界。打算要在外國使館裡。暫避一時之難。但是外國使館。不知他是何許人。拒而不納。他說我是中國的議員。因爲受了政治的嫌疑。特求貴公使保護的。外人回覆他道。貴國議員。人數太多。敝界湫隘。無法收容。且使館界素重衛生。不能庇護議員。致使空氣濁惡。先生還是自尋棲所吧。歆仁受了這場搶白。無法子。只得帶着他的愛妾到六國飯店去住。過了幾天。外面風聲漸漸鬆了。歆仁又請出人來向各方面一疏通。算是沒他的事。但是他的損失。也實在不小。報館也開不成了。只得摘牌歇業。欠給編輯的好幾個月薪金。他也硬不給了。伯雍不可惜別的。由民國元年。直到現在。一日也不曾離手的報紙。忽然消滅了。未免有情。但是他的力量。也不能把他復興起來。沒法子。只得暫歸西山。享受幾天閒日月。至於他後來於文學上造詣的到如何境地。成就了如何事業。那是後來的話。此書暫且不敘。我們所知道的。北京的政治。似乎一天比一天黑暗。北京的社會。一天比一天腐敗。北京的民生。一天比一天困難。可是北京上中下三等人民。每天照舊是醉生夢死。一點覺悟沒有。梅蘭芳的戲價。一天比一天貴。聽戲的主兒。照舊那樣多。茶樓酒肆。娼寮淫窟。每天晚上。依然是擁擠不動。祿米倉的被服廠女工。更加多了。工錢連六枚銅元都掙不到了。貧兒教養所。一天總要有多少貧兒送進來。但是傳染病益發利害了。可是監獄式的辦法。依然未改。街上人力車的號數。一天多似一天。可是滊車的號數。也很增加的。教育公所。依舊是那樣煙不出火不進的。朱科長的權利。一點也沒有動搖。他每日仍是坐着他那輛騾車。很高興的去上衙門。他的腦子。什麼事也不想。他的眼睛。什麼事也不看。他就知道他是個科長。在社會上很尊貴的。凡此等等。皆是伯雍於五年中所目擊的。他總想用小說的體裁。把他於此五年中所見所聞。和心裡所感想的事。詳細的寫出來。可惜他沒有工夫去作。如今他正家居。他大概要從事這種著作的。但是他的書何日纔能出來呢。這是我們所盼望的。

（完）

跋

穆子辰公、十二年來、以賣文爲業、而尤以說部膾炙人口、然固非穆子之志也、穆子固有志於世者也、惟遭時多故、重以家累、又不苟求、遂以文博升斗、所著長短篇小說、約數十種、雖效稗官言、而所見者大、一讀其書、同情之感、不覺油然而生也、非有穆子之學之筆、亦何能至是哉、凡小說者流、多以風花雪月、男女私情、以博人悅、或則怪誕不經、但傳奇罕、誨淫誨盜、識者譏焉、穆子之書、取材至近、而描寫入微、非道人之所不能道、僅以人人心中所欲道而不能道者、穆子捉而渲染之、故其詞淺而指深、意轉特別濃厚也、此書、爲穆子最近之傑作、對於各層社會、或則諷刺入骨、或則慨寄同情、描寫之工、無以喻矣、而穆子之志、亦可藉是得窺一二也、書成、爲跋數語、惜不能盡其美、是在讀者之玩索耳、癸亥立冬日雪笠山人識於瀋陽客次、

社會小說 北京 （終）

釀小說34　PG0938

北京
——穆儒丐京話小說

作　　者　穆儒丐
編　　者　陳　均
主　　編　蔡登山
責任編輯　蔡曉雯
圖文排版　楊家齊
封面設計　陳佩蓉

出版策劃　釀出版
製作發行　秀威資訊科技股份有限公司
114 台北市內湖區瑞光路76巷65號1樓
電話：+886-2-2796-3638　傳真：+886-2-2796-1377
服務信箱：service@showwe.com.tw
http://www.showwe.com.tw
郵政劃撥　19563868　戶名：秀威資訊科技股份有限公司
展售門市　國家書店【松江門市】
104 台北市中山區松江路209號1樓
電話：+886-2-2518-0207　傳真：+886-2-2518-0778
網路訂購　秀威網路書店：http://www.bodbooks.com.tw
國家網路書店：http://www.govbooks.com.tw
法律顧問　毛國樑　律師
總 經 銷　聯合發行股份有限公司
231新北市新店區寶橋路235巷6弄6號4F
電話：+886-2-2917-8022　傳真：+886-2-2915-6275

出版日期　2013年6月　BOD一版
定　　價　330元

版權所有・翻印必究（本書如有缺頁、破損或裝訂錯誤，請寄回更換）
Copyright © 2013 by Showwe Information Co., Ltd.
All Rights Reserved

Printed in Taiwan

國家圖書館出版品預行編目

北京：穆儒丐京話小說 / 穆儒丐著. -- 一版. -- 臺北市 :
釀出版, 2013. 06
面； 公分. -- (釀小說 ; PG0938)
ISBN 978-986-5871-42-0 (平裝)

857.7 102006853

讀者回函卡

感謝您購買本書，為提升服務品質，請填妥以下資料，將讀者回函卡直接寄回或傳真本公司，收到您的寶貴意見後，我們會收藏記錄及檢討，謝謝！
如您需要了解本公司最新出版書目、購書優惠或企劃活動，歡迎您上網查詢或下載相關資料：http:// www.showwe.com.tw

您購買的書名：______________________________

出生日期：________年________月________日

學歷：□高中（含）以下　□大專　□研究所（含）以上

職業：□製造業　□金融業　□資訊業　□軍警　□傳播業　□自由業
　□服務業　□公務員　□教職　□學生　□家管　□其它_____

購書地點：□網路書店　□實體書店　□書展　□郵購　□贈閱　□其他

您從何得知本書的消息？
□網路書店　□實體書店　□網路搜尋　□電子報　□書訊　□雜誌
□傳播媒體　□親友推薦　□網站推薦　□部落格　□其他__________

您對本書的評價：（請填代號　1.非常滿意　2.滿意　3.尚可　4.再改進）
封面設計____　版面編排____　內容____　文／譯筆____　價格____

讀完書後您覺得：
□很有收穫　□有收穫　□收穫不多　□沒收穫

對我們的建議：______________________________

____

____

____

請貼
郵票

11466
台北市內湖區瑞光路 76 巷 65 號 1 樓

秀威資訊科技股份有限公司 收

BOD 數位出版事業部

(請沿線對折寄回,謝謝!)

姓　　名:____________ 年齡:______ 性別:□女 □男

郵遞區號:□□□□□

地　　址:________________________

聯絡電話:(日)____________ (夜)____________

E-mail:________________________